文春文庫

ファーストラヴ

島本理生

文藝春秋

ファーストラヴ

〈初出〉別冊文藝春秋二〇一六年七月号～二〇一八年一月号
単行本　二〇一八年五月　文藝春秋刊

スタジオまでの廊下は長くて白すぎる。

踵を鳴らしているうちに、日常が床に塵のように振り落とされて、作られた顔になっていく。

Cスタジオに入り、渡されたマイクをジャケットの下から通した。本番五分前なのにスタッフたちがのんびりしていることが番組の低予算と低視聴率を物語っている。もっともタレントでもない身としては、これくらいのほうが気楽だ。

司会の森屋敷《もりやしき》さんが口を開こうとしたとき、白髪交じりの前髪が一本だけ垂れた。

櫛を手にしたヘアメイクの子が素早く近付いてきて、撫でつける、というよりは押し付けると、森屋敷さんは紳士的な笑みを浮かべて、どうもありがとね、と片手をあげた。ヘアメイクの子は会釈して引っ込んだ。

「本番一分前でーす」

という呼びかけに、私はプラスチックの眼鏡を押し上げて姿勢を正した。

正面のカメラを見つめて息を吸い、森屋敷さんに合わせて、にっこり微笑む。

「こんばんは。育児にまつわる視聴者の皆さんの疑問や悩みに、わたし四児の父である森屋敷とお越しいただいたゲストの先生がずばっとお答えする、『子供が寝てから相談室』。本日のゲストはもうおなじみ、臨床心理士の真《ま》壁《かべ》由《ゆ》紀《き》先生です」

私は軽く会釈して、どうもこんばんは、とあえてフランクな挨拶をした。淡いパステルカラーのセットは保育園のようで、スタジオの眩しすぎる照明の下では今が深夜だということを忘れそうになる。

「真壁先生は日頃からカウンセリングを通して、ひきこもりのお子さんやその親御さんに向き合われているんですよね。真壁先生の目から見て、最近なにか気付かれたことはありますか？」

私は表情を引き締めて、そうですね、と答えた。

「皆さん、愛とは与えるものだと思っていらっしゃいますよね。じつは、それが原因だったりすることもあるんです」

「え？　いや、それは間違いなんでしょうか？」

「けっして間違いではないんですけど、正しくは、愛とは見守ること、なんです」

「しかし先生、見ているだけなら、いつまでたっても状況は変わらないんじゃないですか？」

「ひきこもりのお子さんを抱える親御さんに多いのが、過剰にお子さんに気を向けすぎてしまっていることなんです。それって一見、子供想いに思えますよね。だけどじつは親御さんが先回りしすぎることで、本人の自主的な意思を奪ってしまっている場合があるんです」

森屋敷さんは四角い顔で深々と頷いた。包容力を滲ませた表情につられるように、気付けば熱く語っていた。

収録は二時間ほどで終わった。

お疲れさまでした、と頭を下げて、スタジオを出る。控室に置いた革のトートバッグを回収して、テレビ用の眼鏡を外してケースにしまい、トレンチコートを羽織った。

テレビ局前のロータリーには一台だけタクシーが止まっていた。夜風に首を竦《すく》めつつ駆け寄る。

ドアが開いたと思ったら、先に中にいたのは森屋敷さんだった。

「お疲れさまです、真壁先生。今日のお話、大変興味深かったです。タクシー、待つのも寒いでしょうから、よかったら一緒にどうぞ」

という提案に、私はお礼を言って乗り込んだ。

「こちらこそ今日も隅々までフォローしていただいて。森屋敷さんは、たしか麻布のほうでしたよね？」

「ええ。真壁先生のご自宅から先に行ってください」

ありがとうございます、と恐縮すると、森屋敷さんは堂々と
「夜遅いですから。女性は男が送らないと」

と言いながら足を組んだ。車内の暗がりでも、森屋敷さんの革靴は丁寧に磨かれて艶を帯びているのが分かる。

私は笑って、紳士ですね、と言った。

彼は、昭和生まれですから、と笑い返してから、ふと
「そういえば収録前に、あの事件の話をしていたんですよね。真壁先生がご本を書かれるかもしれない、とおっしゃってた」

と思い出したように言った。

「ああ、聖山環菜《ひじりやまかんな》さんですか。そうなんです。出版社からの依頼で、本人の半生を臨床心理士の視点からまとめるという企画なんですけど」

「そうなんですか。そういうお仕事もされるんですね」

と訊かれて、私は曖昧に首を振った。

「初めてなので、まだ迷ってます。社会的にも意味のある仕事だと思いますけど、裁判に影響が出るとよくないですし、遺族の方の感情もありますから。そもそも企画が通るかも、まだ」

「そうですか。いやあ、びっくりする事件でしたね。アナウンサー志望の女子大生がキー局の二次面接の直後に、父親を刺殺して、夕方の多摩川沿いを血まみれで歩いてたっていう。しかも、あれが話題になってましたよね」

「あれ、というと」

「逮捕された後の台詞《せりふ》ですよ。『動機はそちらで見つけてください』だ。一部報道では、両親に就職を反対されてたなんて話も出てますけど、それだけで父親を殺して、警察に挑戦的なこと言うなんて、やっぱり、もともと殺人を犯すような要因が本人にあったんでしょうか。母親は今もショックで入院中だっていうし。うちも娘が二人いるから、他人事じゃないですよ。たしかに女子アナ志望だっただけあって可愛い子だけど、美人すぎる殺人者って週刊誌の見出しはさすがに悪趣味だなあ」

「そうですね」

と私は相槌《あいづち》を打った。明かりの消えた住宅街を抜けて、白い一軒家の前で降ろしてもらう。

タクシーを見送ってから、音を立てないように玄関の鍵を開けた。

リビングの扉からは明かりが漏れていて、わあわあ騒いでいる声がした。

まだ起きているのかと訝《いぶか》しんで扉を開いた瞬間、巨大な黒い虫が飛んできて仰天した。額めがけて突っ込んできたかと思うと、がしゃんとぶつかって足元に落ちた。

額に手を当てて呆然としていると、我聞《がもん》さんと正親《まさちか》がソファーの陰から飛び出してきた。足元を見ると、ラジコンの飛行機が転がっていた。

「由紀、大丈夫？　物音がしなかったから、帰ってたことに気付かなかったよ」

とコントローラーを手にした我聞さんがパーカ姿で駆けてきた。

「お母さん鈍いよ」

おそろいのパーカを羽織った正親が平然と言った。

「ちょっと！　なんでまだ起きてるの。しかもお母さんのおでこに飛行機ぶつけておいて、なんなのよ」

「ごめん、ごめん。まさか飛ばした先に由紀が現れると思ってなくて。これ近所のバザーで売ってたんだよ。そうだ、お茶漬けでも食べる？」

我聞さんは大きなボストン型の黒縁眼鏡をずり上げながら笑顔で訊いた。

「お父さん、ぼくも食べる」

と正親はパーカのポケットに両手を突っ込んだまま、ダイニングテーブルに向かった。

憮然としつつも、食べたい、と答え、荷物を置いて椅子に腰掛ける。

我聞さんが二つの茶碗に白米を盛り、たらこを載せてだし汁と海苔と白ゴマを振りかけると、良い香りがリビングまで流れてきた。

お茶漬けを息子と並んで食べながら、バルコニーへと視線を向ける。テレビ局のロータリーからは見えなかった赤い月が、物干し竿に引っかかったように浮いていた。

築十年の白いリビングにいると、自分がまだスタジオにいるような錯覚に陥りかけた。

「そういえば昼休みに迦葉《かしよう》から電話がかかってきたよ」

という我聞さんの一言で、私は我に返った。

「なんの用事で？」

と箸を止めて訊き返す。

彼は炭酸水のペットボトル片手にカウンターキッチンから出てくると、蓋をひねりながら
「最近起きた事件のことで由紀の意見が聞きたいって。少年事件かなにかじゃないかな」

と答えた。

「分かった。じゃあ、私から事務所に電話すればいい？」

と私は訊き返したものの、内心は戸惑っていた。

我聞さんの弟の迦葉とは、大学時代に同期生だった。

もっとも文学部の心理学科だった私は、法学部だった彼とほとんど授業で一緒になったことはない。

迦葉から仕事上の相談を受けるのは初めてだった。

「間に入ったほうがよければ、僕から連絡しようか?」

我聞さんは空気を察したように気遣って言った。

今年のお正月に皆で集まったときのことを振り返る。おせちの並ぶ食卓を囲んでいたときに、お義父さんが酔って
「正親にも兄弟がいたら、もっと楽しいだろうねえ。我聞と迦葉みたいに」

とこぼしたので、私が困ったように笑っていたら、迦葉がお猪口《ちょこ》片手に
「さすがの兄貴でも、赤ん坊おぶって正親とサッカーするのは無理でしょう」

と茶化したので、一瞬、会話が止まった。

お義母さんがあきれたように迦葉の背中を叩いた。

「もう! どうしてそんなに口が悪いの。由紀さん、ごめんね。この子、本当に昔から」

私は、いえ、と首を横に振った。

箸でつまんだ手作りの黒豆はふっくらして黒い艶が美しかったけれど、どんな味だったかは思い出せない。

「あいつの電話なんて無視すれば」

茶碗を空にした正親が言い切った。

「そんなふうに言ったら失礼でしょう。自分の叔父さんに」

正親は白ゴマと海苔の匂いが混ざり合った息を吐きながら、でもさ、と反論した。

「叔父さんって言ったって、お父さんと迦葉君って本当の兄弟じゃないんだろ。だったら関係ないじゃん。だいたいあいつ若ぶってるけど、叔父さんっていうよりおっさんだし」

私は苦笑した。お正月に会ったときに、迦葉から

「兄貴はでかいのになー、おまえはどうしたの？」

と背の低さをからかわれたことを根に持っているのだろう。

我聞さんが

「迦葉はお母さんより年下なんだから、おっさんなんて呼ぶなよ」

と釘を刺した。

正親はやばいという顔をすると、突然、話をそらすように

「電話なんてしてきてさ、お母さんのこと好きなんじゃないの。いつもからかってくるし」

と言い出したので、私は空の茶碗を手にして流しに立った。

水を流すと同時に

「まさか」

と我聞さんが笑い声をあげたので、一瞬、腕に鳥肌が立った。

泡だらけの指の間を、冷たい水道水がすり抜けていた。

翌朝、我聞さんと正親を送り出した私はリビングにさっと掃除機をかけてから、一階の仕事部屋にこもった。

カーテンを開けて、芝生の枯れ始めた庭を眺める。撮影の翌日は疲れるので、勤務先のクリニックには休みをもらっている。もともとは院長のすすめで出るようになったテレビなので融通《ゆうずう》がきくのだ。

仕事机に向かってパソコンのメールをチェックしていると、視界に写真立てが飛び込んできた。結婚式の日の集合写真が収まっている。

十年前の梅の花がほころぶ春の日に、私と我聞さんは結婚式をあげた。

両家の親族に囲まれて、百合の髪飾りをつけた私は白無垢姿でふくらみかけたお腹に手を添えて微笑んでいる。

我聞さんは今も愛用している黒縁眼鏡を掛けて、笑顔を向けている。

迦葉だけがちょっと離れたところで足を軽く広げて立ち、好戦的な眼差しを向けていた。腹の前で絡めた両手の指がやけに綺麗だった。

あの日、神社で結婚指輪の交換を終えて、披露宴会場へ移動する途中の中庭で、迦葉はなにを思ったか、突然、椿の枝を折った。

式場係の女性が驚いたように睨んだのを無視して、彼は真っ赤な椿のついた枝を私に差し出して

「今日からはお義姉さんって呼ばせてください。まあ、慣れないけどね」

と冗談めかして言った。

親族たちがあきれたように受け流し、私は表情をなくしたまま、よろしくお願いします、と呟いた。

右手に握りしめた椿の枝のひどく硬い感触を今も覚えている。

私は迦葉のメールアドレス宛てに短い文章を綴ると、読み返しもせずに送信した。


観葉植物に囲まれたソファーに腰掛けた浅田《あさだ》七海《ななみ》は、ストライプのシャツのボタンを二つ開け、いかにもだるそうにしていた。華やかなネイルを施した手でハーブティーを飲み終えるのを見計らって
「どうですか。最近の調子は？」

私は心持ちのんびりした口調を心がけて、尋ねた。

「前よりは眠れてますよ。会社が移転したんで、しばらく忙しかったですけど」

「ほんと？　今までは赤坂だったよね？」

「茅場町に。方向が逆なんで朝がきつくて。派遣から正社員になるって話も進まないし、今度の春の契約更新のときに辞めて転職しようかなって考えてて」

「そっか。でも環境が変わると、落ち着くまでは大変ね」

七海はしばらく黙り込むと、意を決したように口を開いた。

「じつはちょっと前から、夜のお店で働いてて。そこのお客さんが、昼間の仕事が微妙だったら紹介できそうな会社があるよって言ってくれて」

私はメモを取る手を止めた。

浅田七海は以前よりも長く伸ばした睫《まつげ》を上下させながら、私のこと好きらしいんですよ、と困ったような笑みを浮かべた。

「君はこんなに頭もいいし気も利くのに、派遣で使いまわされてるのはもったいないって、すごい親身になってくれて。私はいつも通りずばずば喋ってただけなんですけど、むこうは年下の女の子に色々言い当てられたの初めてで、感動したらしくて」

「その男性、いくつくらいの人？」

と私は首を傾げて訊いた。加湿器の蒸気が静かに立ち続け、植物の葉を湿らせている。

七海は嬉しそうな顔をして、軽く身を乗り出した。

「四十五歳です。妻子持ちだから、いやらしいことしてくるわけでもないし、本当に店の外でも楽しくご飯食べてお酒飲むだけで、紳士なんです。最初はそういうお店に通ってくる男なんてって警戒してたけど、一生懸命話してくれる姿見て、印象が変わったっていうか。真面目な人なんだなって」

「それならいいけど。奥さんも子供もいるってことは、深入りしなくても変な誤解を受けてトラブルになる可能性があるから、気をつけてね」

「そう、ですよねー。こっちは適度な距離で良くしてもらえればいいんですけど」

七海は一応理性的に振る舞っていたが、その男性に心奪われているのは一目瞭然だった。私は心の中でため息をつく。

浅田七海は一年前、同棲相手の美容師に散々お金を貸した挙句、彼の女性トラブルにまで巻き込まれて心を病んだ末に、相手に逃げられた。それで鬱《うつ》状態になり食事もろくに取れなくなったため、心配した妹がここに連れてきたのが最初だった。

初対面のときに、自分は強いから本来はこんなところに来るようなタイプじゃない、と言い張っていたのを思い出す。私にむかって、二度と男に執着しない、と宣言した七海の痩せ細った手足を今も覚えている。

それからじょじょに回復して派遣の契約企業に就職した矢先、社内の複数の男性たちと肉体関係を持つようになった。

私は彼女のプライドを傷つけないようにやんわりと、遊びと職場は分けたほうがいい、男性は社会的な生き物だからリスクがあると思えばすぐに逃げて不快な思いをするだけだ、とアドバイスした。

七海はそのときは曖昧に頷くだけだったが、後から、どの男からもメールの返信すら来なくなって傷ついた、と語った。

お世辞にも真面目とは言いがたい男の惚気話《のろけ》が一段落すると、私は、ねえ、と彼女に呼びかけた。

「以前観た映画の中にね、こんな台詞があったの。『奪われたものを取り戻そうとして、さらに失う』。どういう意味か分かる？」

七海は面食らったように押し黙った。

「夜のお店で働くのが悪いって言ってるわけじゃなく、それで傷を癒すことはできないっていうことだけは分かってほしいの。不特定多数の男性と寝たりするのも同じことで、本当に心から遊びを楽しんでいるならとやかくは言わないけど、七海さんの求めてるものは」

「でもっ、あの人たちとはもう個人的には会ってないし、今はべつに悪いことは一つも起きてないし」

「だけど、あなたの期待してるものはそこで手に入ると思う？」

七海はすっかり黙ってしまった。さっきまで輝いていた瞳は曇り、生きていることの喜びなどないという顔をしている。

私は少し口調を柔らかくして、続けた。

「七海さん。あなたは出会ったばかりの男性のことを、真面目とかすごく優しいって断言するところがあるけど、人間はもっと多面的で流動的な生き物だと思わない？　真面目に仕事や人と向き合っているように見えて、実際はお金にだらしなかったり、都合が悪くなると逃げてしまう人はたくさんいるでしょう。それを心の底では分かっているのに、こうであってほしい、という過剰な期待を持ってしまうのはどうしてだと思う？」

「分からないです」

と七海は呟いた。その表情は年齢相応ではなく、もっと幼い少女のように映った。

診察室に誰もいなくなると、私はため息をついてコップに水道の水を汲んだ。

生い茂った観葉植物たちに水をやっていくと、水滴がコップの縁から指に伝った。孤独と性欲と愛の区別は難しい。若ければなおさら。ただ七海がまた深く傷つく前に、そのことを自分で理解してくれることを願った。

昼休みに近所のとんかつ屋でヒレカツ定食を注文したところに、同じクリニックの里《さ》紗《り》ちゃんが紺色の暖簾《のれん》をくぐって入って来た。

カウンター席までぎっしり埋まっていることを確かめてから
「向かいの席いいですか？」

と茶色い髪を耳に掛けながら訊いたので、私は頷いた。彼女はメニューを手にすると、ヒレカツ定食の大盛りを注文した。

「そういえば放送見ましたよ。あの番組ひさしぶりでしたよね、由紀さん。子供の問題とか、もっとテレビでも頻繁にやるべきですよねー。自分もこの仕事してますけど、やっぱりカウンセリングってハードル高いし」

「そうね。とはいえデリケートな問題だし、自分がテレビに出たくないっていう人も多いから。まわりから売名だとか言われるし」

定食が運ばれてきたので、油で曇ったソース瓶を取る。見た目は悪いが、さらっと甘い。

「でも由紀さんは優秀だから、そういう中傷とは無縁じゃないですか?」

「そんなことないって。聞こえないふりしてるだけで」

キャベツは柔らかさを感じるくらいに細く千切りにされていて美味しかったけど、食べきる前に満腹になってしまった。

里紗ちゃんは綺麗に完食して熱いお茶を飲み干した。深いVネックの赤いニットやつけまつげなど、クリニック勤務にしては派手でどうかと思っていたけれど、案外、情熱のある彼女に私は好感を持っていた。

レジでバッグの中を探ると、財布を忘れたことに気付いた。里紗ちゃんに謝ってお会計の分だけ貸してもらった。

クリニックに戻って、デスクで相談者の問診票を整理しているときに、受付で私の名前を告げる声がした。

ほどなくドアが開いて
「すみません、真壁の夫です」

冠婚葬祭用のスーツを着てトランクを引いた我聞さんが立っていた。緩く伸ばした髪にいつもの眼鏡を掛けているため、首から上だけが自由な風情を留めている。

「我聞さん、どうしたの？」

と近付いていくと、すっと財布を差し出された。

「食卓の上にあった。今日は僕もこれから撮影でいないから、困るんじゃないかと思って」

「そっか、ごめんね。本当にありがとう」

彼は笑顔で、ついでだったから、と言った。

「じゃあ、午後からの仕事もがんばって」

我聞さんがそう告げて帰っていくと、となりのデスクにいた里紗ちゃんがこちらを見て
「由紀さんの旦那さんって優しいですね」

と感心したように言った。

「ちょっと不思議な雰囲気の方でしたけど、お仕事ってなにされてるんですか？」

「結婚式場のカメラマン。それ用のスーツ着てたでしょう」

「ああ、カメラマンさんなんですね。だから風来坊っぽい感じがしたのかも」

と彼女は納得したように頷いた。

「そうそう。子供の頃からおまえはでかいスナフキンだって言われてたみたい」

「分かる。自由業だったら、時間も融通きくからありがたいですね」

「そうだね。息子なんて、私よりも旦那の手料理食べて育ったようなものだし」

そんなことを喋っているうちに午後のカウンセリングの時間が来たので、私は席を立った。風来坊。たしかに十四年前に出会ったとき、我聞さんはもっと自由だった。

回想を遮るようにメールが届いた。名前を見て、思考が止まる。携帯にメールを送らないというのはお互いの暗黙の了解だと思っていたのだが。

私は文面を確認してすぐにポケットにしまった。


週明けの月曜日午前十一時半に、私は迦葉の勤める法律事務所を訪れた。

ビルのエレベーターで二階に上がってインターホン越しに名前を告げると、自動ドアのロックが開いた。

事務所内にはデスクが四つ並んでいたが、ほかの弁護士たちは出払っているようだった。

奥のドアの向こうが依頼人のための部屋らしく、グレーのタートルネックを着た若い事務の女性に案内される。

ソファーに座って待っていると、先ほどの若い事務の女性がお茶を持ってきた。化粧気もなく枝毛の目立つロングヘアとは対照的に、整った顔と大きな胸に目がいった。

お茶を飲んでいると、いきなり音をたててドアが開いた。

「どうもどうも、お義姉さん。わざわざお呼び立てして、恐縮です」

長い足を持て余したように迦葉は踏み込んできて、向かいの一人掛けソファーに腰を落ち着けた。

左右の大きさが微妙に違うために印象の定まらない目がこちらを向く。

警戒した視線を返すと、迦葉はふっと口元を緩めて
「そんな顔しないでくださいよ」

と笑った。

「メールありがとう。まさか用件が聖山環菜さんのことだとは思わなかったけど」

彼特有の足を引っかけるような物言いには気付かぬふりをして、私は告げた。

「そうそう。あの事件、俺のところに来ると思わなかったんだけどさ。だけど、ちょっと困ってるんですよ」

と迦葉が切り出した。

「そうみたいね。ところで、聖山環菜さんの様子はどう？」

「ああ。最初は軽そうな男が来たって目で見られたけどね。まあ、なんとか上手くやってるよ。国選弁護人だからチェンジできないしな」

迦葉は額を指で掻きながら説明した。

「国選ってことは、たまたま迦葉が選ばれたっていうこと？」

と私は尋ねた。

迦葉は、違いますよ、と答えて
「派手な事件は、基本的に国選でも優秀な弁護士が指名されるんだよ。刑事事件に慣れてて、やる気のある」

とさらっと付け加えた。

大学時代の法学部の友達から、法廷での迦葉の噂は聞いていた。

わざとらしくなく被告人の虐待経験や不遇を織り交ぜるのが上手い。被害者の自業自得を指摘するタイミングや匙《さじ》加減も絶妙で、彼の弁護の結果、かなり刑期が短くなることもあるという。

「それで環菜ちゃんの事件って裁判員裁判になるからさ。どれだけ同情買えるかが重要なんですけどね。そんなときに、お義姉さんが彼女の本を書くと聞いて、びっくりしましたして」

「なるほどね」

私は作り付けの本棚にぎっしり並んだ法律書を眺めながら、呟いた。

「とりあえずお互いに状況は知っておいたほうがいいかと思って。正直、俺は反対だけどね。裁判にも差し支えるし、本人を含めた遺族の感情を考えると」

「それは、たしかにそうね」

と私は同意した。

迦葉は上目遣いにこちらを見た。

「まあ、注目度高い事件だしな。加害者の手記みたいにすると風当たり強いから、ちょっと売れてる臨床心理士に同性目線で書かせて、硬めのノンフィクション本として売り出そうってそんなところだろう。俺が言えることはここまでで、あとはそちらの判断になると思いますけど。環菜ちゃんには会った？　そういえば」

私はその推測に苦笑いしつつも
「これからだけど。気難しそうな感じの子だった？」

と訊き返した。

「や、むしろ大人しいほうだろう。ほとんど喋んねーし。ああ、雰囲気はちょっと似てるかもな」

「誰に？」

迦葉は
「昔のあなたに」

と言った。柔らかな棘《とげ》が心臓に食い込んだように感じ、私はすぐに質問を変えた。

「環菜さんのことだけど」

「ん」

「殺人の動機ははっきりしたの？」

迦葉はあっさりと、いや、と首を横に振った。

「それはこれから。ところで兄貴は元気？」

と彼は湯呑を口に近付けながら訊いた。

「うん。とくに変わりなく」

「そっかー。正直、俺は今でももったいないと思うけどね。正親もでかくなったし、そろそろ、また本格的に写真やりたいっていう思いはないのかと思って」

私は、本人に訊いてみて、と受け流した。

「もうすぐ十二時だから失礼するけど、今日はこんなところで大丈夫？」

彼は頷いて、俺もこれから家裁だからさ、と言った。残っていたお茶を飲もうとしたら、迦葉がドアを指さして小声で
「さっきのお茶運んできた、事務の子」

と切り出した。彼女のことが妙に気になったのを思い出したとき
「大人しそうに見えるけど一度だけこのビルの非常階段で俺と、ね」

私は嫌な予感を覚えて、そんな話ここでは、と咎《とが》めるように遮った。

「まあ、もうじき結婚して辞めるそうだから。下まで送っていきますよ、お義姉さん」

彼の軽口にこめかみが痛くなってきたので、私は振り切るように立ち上がった。

迦葉はビルの下まで見送りに来た。

昼間の日差しの中で向き合うと、迦葉の存在感は薄れて、茶化すような笑みだけがわずかに脳裏に残った。


拘置所へ向かう電車内で、私は聖山環菜の資料を読み返した。

聖山環菜、二十二歳。殺人容疑で今年の七月十九日に逮捕される。被害者は、環菜の実の父親である画家の聖山那雄人《なおと》。

事件当日の午前中、環菜は都内でキー局の二次面接を受けていた。

しかし具合が悪くなり、途中で辞退したという。数時間後には父親が講師を務める二子玉川の美術学校を訪ねている。そして女子トイレに呼び出した父親の胸を、渋谷の東急ハンズで購入したばかりの包丁で刺した。

血を浴びたリクルートスーツのジャケットとシャツを脱ぎ捨て、白いTシャツに紺色のスカートという格好でその場から逃走した彼女は、自宅へと戻る。そこで母親と言い争った後、自宅を飛び出して多摩川沿いを歩いていたところを近所に住む主婦が目撃。

主婦は、顔や手に血を付けた環菜自身がなんらかのトラブルに巻き込まれたのだと思い、駆け寄って助けようとしたところ、逃げられたので通報したということだった。

疲労を覚えて、顔を上げた。地下鉄の窓に映る顔は暗い。首の後ろを片手で揉みほぐしながら、考える。

事件自体に複雑さはない。一方で娘の父親殺しというのは相当の覚悟がないと難しい。ごく普通に就活をしていた女子大生がそこまでの暴力性を突然発揮するものだろうか。なにか本人も自覚していなかったような引き金があったのか。

拘置所で面会の手続きを終えると、待合室で待機した。

面会室にやって来た環菜は痩せていて小柄だった。ガラスの仕切りの向こうで、会釈して椅子に腰掛ける。肩幅も狭くて華奢《きゃしゃ》だ。

不自然に幼い、というのが第一印象だった。

二十二歳のはずだが、目の前の環菜はまだ十六、七歳くらいに見えた。童顔の女子大生というよりは、大人びた少女顔というほうがしっくりくる。小さな顔の中に整ったパーツがぎゅっとおさまっている。そのわりに猫背なせいか、想像よりも地味な印象を受けた。

私はできるだけ柔らかい声で、はじめまして、と挨拶をした。

「聖山環菜さん。臨床心理士の真壁由紀といいます。この仕事に就いてから、今年で九年目になります」

と自己紹介すると、環菜は、はじめまして、と小声で言った。

「少し、落ち着きましたか？」

と尋ねると、彼女は警戒したように押し黙った。私は質問を変えた。

「本のことは新文化社の辻《つじ》さんから聞いていると思うけど、こういうことは環菜さんの気持ちが最優先ですから。裁判も控えているので、私としては、もしあなたが本当に本にして伝えたいことがあるなら、最大限お手伝いをしたいと思っているけど、無理強いするつもりはないから。そのことだけは最初に頭の隅に置いてもらえたらと思います」

うつむいていた彼女が
「私、は」

と囁《ささや》くような声で切り出した。

「そのほうがいいなら、本にしても、いいと思ってます。でも」

「でも？」

「私の本心なんて、語る価値のあるものじゃないと思います」

彼女は心配そうに打ち明けた。

「価値？」

環菜は強く頷いた。

「環菜さん。もし答えられたらでいいんだけど、逮捕後に警察の取り調べに対して、動機はそちらで見つけてくださいって言った覚えはある？」

と問いかけると、彼女は驚いたように首を横に振った。

「そんな、えらそうな言い方してないです」

「うん。今日あなたに会って、私もそんな言い方しないだろうと思ったので、訊いてみたの」

「たしかに、ちょっと、違う言い方はしたけど」

と環菜が困ったように言葉を続けた。私は頷いた。

「良かったら、なんて言ったのか訊いてもいい？」

「動機はなんだって訊かれたときに、動機は自分でも分からないから見つけてほしいくらいですって。そういうふうには言いました」

私は、分からない、と復唱した。

「正直に言えば、私、嘘つきなんです。自分に都合の悪いことがあると、頭がぼうっとなって、意識が飛んだり、嘘ついたりしてしまうことがあって。だから、そのときもとっさに自分が殺したことを隠そうとしたんだと……」

一言の中に、正直、と、嘘つき、という単語が並んだのを興味深く感じた。

「それなら、事件のあった日の、午後の記憶は明確にある？　話せる範囲でいいんだけど」

環菜はいつの間にか親指の爪を嚙んでいた。節の細い指だった。この手で父親を殺《あや》めたようにはまず見えない。

「あの日は、試験会場に入ったときから心細くて、前日に両親に女子アナなんてやめろって反対されたのもあって……」

環菜は思い出したくないとでもいうようにうつむいた。私は、そう、と頷いた。

質問を重ねようとしたら、彼女が思い出したように言った。

「そういえば、弁護士の庵野《あんの》先生って、真壁先生の知り合いなんですか？　本の依頼の話をしたら、びっくりしてたから」

「庵野迦葉さんのこと？」

と私は訊き返した。

「あ、そうだ。かしょう、先生って変わった名前ですよね」

「そうね。迦葉っていうのはお釈迦さまの弟子の一人だったかな。彼は親戚で、と言っても血縁関係はないけど」

環菜が、え、と上目遣いになると、無意識に媚《こ》びた目つきになった。いつから身についたものだろうか。

「それで先生たちは名字も違うんですね」

本当は迦葉の姓が「真壁」ではなく「庵野」であることには違う理由があったが、あえて説明はしなかった。

環菜は急に口調を柔らかくした。

「庵野先生は女心とか詳しそうですよね。少しだけ、女はみんな自分のこと好きになると思ってるみたいだけど」

私は否定も肯定もしない相槌を打ってから
「迦葉君は、そう見えるかもね。ところで環菜さん。今後のことなんだけど」

と本題に入ろうとしたとき、環菜がふと視線を下げた。

「先生は、ご結婚されてるんですか？」

私は、ああ、と左手の指輪を見ながら頷いた。

「え、子供、は」

「いるわよ。小学生の息子が一人」

環菜は突然なにかをあきらめたように、先生はお幸せなんですね、と小声で漏らすと
「やっぱり、今日はもう帰ってください。どうするかは新文化社の辻さんに手紙でお返事しますから」

と告げて、面会室を出ていってしまった。

私も革のトートバッグを持って立ち上がる。たぶん私は彼女の審査に不合格だったのだろう。

翌週になって、クリニックの郵便受けに届いた新文化社からの手紙には、申し訳ない

が環菜の希望で本の企画自体を延期するという旨が書かれていた。

私は仕方なく、手近な屑箱に手紙を捨てた。


行燈《あんどん》が照らす貸切風呂には、波音だけが響いていた。

檜《ひのき》の香りを吸い込みながら、熱い湯に浸かる。豊富な湯量に気が緩む。仕切りの向こうの波間に目を凝らしたが、曖昧な闇だけが広がっていた。

夜風がひんやりしていて、火照《ほて》った頰を静めた。

「星空が綺麗だって聞いてたのに、曇ってて残念だな」

背後から我聞さんの声がして、振り向く。大きな体が沈むと、一気に湯が溢れた。湯気で霞んだ顔にはうっすらと無精ひげ。温和な彼はそれくらいのほうが異性として魅力的に見える。

「正親のやつ、飯食ってすぐに寝たなあ。家族風呂って年齢でもないから、かえって良かったけど」

と我聞さんが言ったので、私は苦笑した。宿のプランに無料でついてきたものの、小学校四年の息子と夫と混浴するわけにもいかない。

我聞さんが濡れた前髪を後ろまで流すようにかき上げた。ひさしぶりに目の当たりにした素顔をじっと見つめる。

「どうしたの？」

「あいかわらず眼鏡外すと印象が変わるなあ、と思って」

彼は笑いながら両腕を伸ばして浴槽に寄りかかった。湯がまた勢い良く溢れる。

「いつもありがとうね」

「どうしたの、急に」

と我聞さんは不思議そうに訊き返した。

「だって家とか正親のこととか任せっきりだから」

私は呟いて、顔ぎりぎりまで湯に浸かった。

「迦葉になにか言われた？」

とふいに質問された。筋肉が柔らかく隆起した肩を見つめながら、写真のこと、と私は答えた。

「もう、気にしなくていいのに。あいつは意外と考え方がマッチョだからな」

「迦葉君は我聞さんのことが好きだから、一番やりたいことをやってほしいんだと思う。私だって結婚前に正親のことをあなたに話したときには、同じことを思ってたから」

十年前の寒い夕方に、大学院近くの喫茶店に遅れてやって来た我聞さんは正面に座った。

レザーのコートから水滴が落ちたので、霞んだ窓ガラスへと視線を向けると雪がちらついていた。

子供ができた、と切り出すと、我聞さんは目を見開いた。びっくりしたように、ほんとに、と訊き返した。

「間違いないと思う。先月、避妊してたのが外れちゃったときがあったの覚えてる？たぶん、あのとき」

と説明してカップに口をつけたそばから、温めた牛乳の匂いに軽い吐き気を覚えて、ソーサーに戻した。

「産めなくても、報告はしておきたくて。病院のことだったら、自分でちゃんと」

「えっ、どうして？」

コップの水が揺れるほど前のめりになった我聞さんに、私は驚いて言った。

「だって、我聞さんには報道写真家っていう夢があるし、私だってやっと修論を書き終えたような状況で生活も」

「じゃあ僕が報道写真やめるから」

と彼が即答したので、私は茫然《ぼうぜん》とした。彼はすでに小さな賞をいくつか取って、翌年の春には新作の個展を開く準備を進めていたからだ。

それでも我聞さんは言ったのだ。

「僕の夢なんていいよ。子供だったら僕が育てるから、結婚しよう」

我聞さんの左肩に寄りかかると
「うちの親は今でも由紀に感謝してるんだよ」

と彼が言ったので、意外に感じて顔を上げた。湯に波紋が広がって、すぐに消えていく。

「でも生活できなかったときに散々お金貸してもらった挙句、長男に主夫業やらせてる嫁なんて」

「親にしてみたら戦争やテロが起きる国に行かれるよりも、日本で働いてるほうが安心だよ。孫だって正親一人だし。迦葉は、あの調子だと、結婚はまだ先かな」

「迦葉君は、お義父さんお義母さんのところには帰ったりしてるんだっけ？」

「うん。あいかわらず実の親のところには顔出してないみたいだけど、うちの実家にはたまに飯食いに行ってるみたいだよ」

私は、そう、と相槌を打つ。

迦葉はもともとお義母さんの妹夫婦の子供だったが、離婚したために当時八歳だった迦葉は真壁家に預けられたという。その事情については、今ではもう誰も積極的には語らない。

洗い場で体を流して浴衣を羽織ると、我聞さんが正面に立って、濡れた私の髪を見た。

「そういえば、一度くらい長く伸ばしたのを見てみたいけど」

「長いのは似合わないって言われたことがあるから」

誰に、と我聞さんが問いかけたのを、私はタオルを畳みながら遮って告げた。

「そろそろ戻らないと、正親が起きたら捜しに来るかもしれない」

我聞さんも、そうだった、と言って扉を開けた。山から下りてくる夜風が火照った頬に心地よかった。

部屋に戻ると、正親は布団からはみ出して眠っていた。

窓辺の椅子に腰掛けて、暗がりでスマートフォンを確認すると、仕事のメールが届いていた。新文化社の辻さんからだった。

『あれから聖山環菜さんとやりとりをしましたが、彼女のほうから、やはり真壁先生にご協力いただいて本を出したい、という強い希望がありました。一度はこちらから依頼を取り消してしまったにもかかわらず、再度のお願いで大変恐縮ですが、ご検討いただけないでしょうか。聖山環菜さんから真壁先生宛てのお手紙も受け取っています。とりいそぎクリニックに郵送いたしましたので、お手隙のときにお目通しいただけたら幸いです。』

月曜日の朝、クリニックに出勤した私は郵便受けからＤＭに紛れた茶封筒を取り出した。

入口のガラス扉を開けて、受付を通り抜けて事務所へと入る。

ブラインドを下ろした窓辺のデスクで、熱いコーヒーを一口飲んでから、茶封筒を開封した。さらに無地の白い封筒が出てきた。若い女性らしからぬ素気ないデザインに、辻さんが差し入れたのだろうか、と思いながら読み始める。

「 真壁由紀先生

先日は、わざわざ拘置所まで面会に来てくださって、ありがとうございました。

あのときは言えなかったのですが、弁護士の庵野先生が本を出すことに反対していたんです。裁判での心証が悪くなるかもしれないから、と。

だけど真壁先生に会って以来、私は、私のことが知りたい、と思うようになりました。

どうして私は拘置所なんかにいるんだろう。

どうして私は親を殺すような人間に育ってしまったんだろうって。

ついこの前まで普通に生活してたのに。友達だって彼氏だっていたのに。未来や夢があったのに。

自分は頭がおかしいのかもしれない、と何度も思ったことがあります。反省すらまともにできない私はきっと地獄に落ちるのだと思います。

お願いです。私を治してください。私をちゃんと罪悪感がある人間にしてください。

聖山　環菜」


観葉植物が無秩序に置かれた喫茶店はどこか懐かしい感じがした。

レジの横にはピンク色の公衆電話もあって、御茶ノ水界隈にはまだこういう店があるのだな、と考えていたら、五分遅れで店内に現れた迦葉が革の破れたソファーに腰を落ち着けた。

彼は水を一口飲むと、真向かいの辻さんに言った。

「どうも遅れてすみません。出掛けに急な電話がありまして。相方の北野《きたの》先生も、もうすぐいらっしゃいますから」

辻さんは、こちらこそお忙しい中恐縮ですっ、と語気を強くして頭を下げた。もしかして運動部だったのだろうか。小柄な背丈と銀縁眼鏡に似合わず、オレンジ色のカーディガンに包まれた背中は意外と厚みがある。

「こうしてお時間までいただいて、本当にありがとうございます。僕としても裁判に支障がないように、極力、配慮します。刊行時期に関しては、判決が出てから、ということで上司も納得していますし、ほかにも気になることがあればなんでも言ってください」

辻さんが誠実にこの仕事に取り組んでいることは、その言い方から伝わったはずだが
「被告人の希望ですから。こちらとしても最大限、尊重したいと思っています」

冷静な言葉を紡ぐ迦葉は、私の目を見ない。カウンターの中では湯気が立ちのぼり、聞いたことのあるクラシック音楽が流れてくる。

迦葉が足を組みかえながら
「辻さんって、ちなみに今おいくつですか？」

と訊いた。

「二十七歳です」

と辻さんが答えると、迦葉はコーヒーカップを持ち上げながら、わか、と突然砕けた声を出した。

「若いな。いいなー。それくらいのときは俺もなんでもできましたよ。徹夜仕事も夜遊びも」

迦葉が笑ったので、辻さんもようやく安心したように、いえいえ、と首を振った。

「庵野先生もまだお若いですよね？」

「いやー、もうじき三十代後半に突入しますから。ぶっちゃけ年齢言ったら、モテなくなってきましたよ。辻さん羨ましいな」

たて続けの軽口に、辻さんは油断したように笑顔を見せた。迦葉のペースだな、と私は心の中で呟く。そんな私へと、迦葉が急に視線を向けて
「とはいえお義姉さんはプロですから。内容への配慮に関しては、本当はあんまり心配してないんですけどね」

と言った。流れていた曲にかすかなノイズが混ざり、音源がレコードだったことに気付く。

「僕、じつは存じ上げなかったのでびっくりして。真壁先生と庵野先生がご親戚だったなんて」

と辻さんが喋っている途中で鐘が鳴って、扉が開いた。大きな体を左右に揺らして、外は薄ら寒いというのに大量の汗をかいた男性が入ってきた。

「や、や。どうも遅れてすみません。や！　庵野先生、先週はどうも」

「ご足労いただきましてありがとうございます。北野先生」

迦葉は会釈してから、意地悪い笑みを浮かべた。

「全力疾走してきた……わけじゃないですよね？」

北野先生は甲高い声でひゃっひゃと笑うと
「あいかわらず庵野先生はジョークが利いてますね」

と嬉しそうに返した。

内心困惑しつつも笑顔で挨拶を交わすと、北野先生がおしぼりで汗を拭きつつ説明してくれた。

「庵野先生とは、修習生時代に一緒だったんですよ。よく馬鹿な飲み方しましたよ。庵野先生、テキーラリレーとか覚えてます？　よく誰も死ななかったですよね」

「本当に。俺たちのときは男ばっかりだったからなあ。あ、辻さんはまだできますよね。テキーラリレー」

「できませんよっ。僕、下戸なんですから」

と辻さんは軽く力を込めて否定した。

「へえ。じゃあ、お義姉さんと一緒に飲んだことないんですね。それは幸運ですね」

迦葉君、と静かに遮ると、男性全員がかえって興味を持ったように私の顔を見た。

「お義姉さんはなかなか酒強いからな。すみません、よた話はここまでにして、本題に入りますか」

「はいっ。あの、聖山環菜さんは殺人罪で起訴されましたよね。これって最終的に罪はどれくらいになるのかってお訊きしても」

という辻さんの質問を引き取ったのは北野先生だった。

「それなんですが、じつは難しいところなんですよね。過去の判例でも、身内同士の殺人は個々の事情によって大きく刑期が異なるので」

「ちなみに精神鑑定の結果はもう出てますか？」

と私は尋ねた。北野先生は、はい、と頷いた。

「問題なし。責任能力は認められています。それもあって、若い女性だし、全面的に罪を認めて反省の態度を見せたほうが印象が良いんじゃないかと僕は思ってるんですけど。庵野先生はね、ちょっと強気にいきたいみたいで」

迦葉はテーブルの縁から言葉を引っ張り出すように、人差し指を置いた。

「問題は、彼女の母親なんですよ」

「母親？」

と私は訊き返した。

「そ、母親。父親殺しに関しては、凶器も事前に購入してるし、ひとけのないところに呼び出して胸を刺したって状況からも、殺意があったことを覆すのはほぼ無理。だから少しでも情状酌量《じょうじょうしゃくりょう》してもらうためには母親の証言が頼りだったんだけど、こっちの証人として出ることを拒否された。検察側の証人として出るらしい」

私はしばらく言葉が出なかった。代わりに辻さんが前のめりになって
「それじゃあ母親と娘が対立する形になるってことですか？」

と質問した。

「そう。環菜ちゃんは父親を殺したことは認めてますけど、計画的犯行ではなかったと

言ってるし、動機もいまいち曖昧なままなんですよ。だからすべては法廷でって感じですね。この案件は」

北野先生が口を開いた。

「庵野先生。やっぱり、しおらしくしたほうがいいんじゃないですか？　就職に反対されたからっていう動機だけじゃあ、あまりに」

「短絡的ですよね。だからこそ、北野先生。なにか他に理由があったとは考えられませんか？　今回のような事件だと、おそらく検察側の求刑は十五年は超えてくるでしょう。僕の目標はその求刑の半分以下ですから」

私と辻さんは思わず声を合わせて、半分以下、と訊き返した。

「あの、庵野先生。殺人っていうのははっきりしてますよね？　それで半分っていうのは。僕はそこまで法律のことは分からないですけど」

「そこまで刑期が短くなるほどの事情があったっていうこと？」

迦葉は顔を上げると

「それはもっと掘り下げてみないと分からない。とはいえ、もしなにか事情があるなら、それを誰も知ることがないまま人生やり直すのが難しいほどの年月を刑務所の中で過ごすことが、果たして正しいと思いますか？」

と言った。

「殺人罪で社会から十数年間隔離《かくり》されるんですよ。たとえ有罪でも、ほんの数年まで刑期が短くなるとしたら、まったく人生違いますから」

一瞬の静寂の後で、辻さんが感銘を受けたように、たしかにそうだ、と深く頷いた。

そんな論議の合間に、私はそっと腕時計を見た。午後からのカウンセリングの予約時間が迫っていた。

「すみません。だいたいお話は分かりました。ちょっと仕事が入ってるので、失礼させていただきます」

と伝えると、男性陣は我に返ったように水を飲んで、自分たちもそろそろ仕事に戻ると口々に告げた。

会計をして喫茶店を出ると、外の空気はひんやりと乾いていた。迦葉だけが徒歩圏内だったので、さっと礼を言って去っていった。残された三人で御茶ノ水駅まで戻ることにした。

坂道は広々としていて、ビル風が吹き抜けてくる。

駅前は近くの大学の学生たちで混雑していた。改札を通りながら、北野先生が言った。

「庵野先生はああ見えて正義感強いですから。僕は尊敬してるんですよ。刑事事件やりたがらない弁護士も多いですからねえ」

紺色の背広姿の北野先生は貫禄さえ感じさせるが、声はわりに若かった。

「むしろ弁護士の方は、刑事事件がメインなんだと思ってました」

「いやあ、正直お金にならないですから。我々の同期でも、要領のいいやつは外資系の企業買収みたいな案件ばっかりやって、赤坂のタワーマンションに住んでますよ」

「お金持ってる方って高い場所に住むのが好きですよねえ。やっぱり見下ろせるのがいいんですかね」

辻さんが指摘したので、私は笑いながらホームへの階段を下った。

三人でホームに立つと、全員が仕事帰りという雰囲気を滲ませながらも、円錐と円柱と球体のように似て非なる感じがおかしかった。トレンチコートの裾が揺れるたびにストッキングを穿いた足が覗く。

「でも血が繋がってないのに、庵野先生と真壁先生は似てるというか、どこか雰囲気が近い感じがしますよ」

と北野先生が言い出した。

辻さんが、それ僕も、と答えかけてジャケットからスマートフォンを取り出した。仕事の電話なのか片手で口元を隠しながら遠ざかる。

残された私は北野先生となんとなく顔を見合わせた。彼がにこっと笑うと気持ちが少し柔らかくなった。

「被告人に関しては、動機次第では情状酌量もありえるかもしれません。ただ僕の意見としては、最終的には十三、四年くらいにはなってしまうんじゃないかと」

女性にとって貴重な二十代を刑務所で過ごして、ようやく出てきたときには三十代後半――たしかに迦葉の言う通り、長い時間ではある。

一方で父親を殺すという逸脱を犯した人間に対して、どこまで弁護の余地があるのかは私にも分からなかった。

北野先生は、僕らもがんばるので見守っていてください、と言った。こちらこそ、と恐縮して頭を下げる。

ホームに電車が近付いてくると、北野先生はふと思い出したように訊いた。

「真壁先生はクリニックもあってお忙しいと思いますけど、以前からこういったご本の執筆に興味があったんですか？」

強い風を受けて髪に視界が遮られる。私は肩掛けの革のトートバッグを摑んだまま、北野先生に顔を向けた。

「はい。私はこの仕事で有名になりたいんです」

北野先生は意表を突かれたように黙った。私はすぐに、そんなに簡単にはいかないですけどね、と付け加えた。彼は笑って、そうですか、と無難な相槌を打つと、電車に乗り込む私に会釈した。

車内で一人になると急に頭が冷えて、本当に受けるべきなのか、と悩んだ。

迦葉とこれ以上かかわるのが自分にとっていいことだとは思えない。被害者ならまだしも、自分の名前を出して加害者側の本を出すことにもリスクがある。下手に裁判の邪魔もしたくない。ただ、母親が検察側の証人にまわったという話だけが引っかかっていた。

そんな迷いの最中にスマートフォンがふるえた。車内なので無視しかけたが、迦葉、の名前にはっとする。まわりに背を向けて電話に出た。

「さっきは慌ただしくてすみません。お義姉さん、もう職場ですか？」

ちょうど停車してドアが開いたので、私は降りながら、まだ駅だけど、と答えた。ふたたび目の前に青空が広がる。

どうしたの、と訊こうとして冷たい風を吸い込むと同時に

「ちょっと伝えておきたいことがあるんだよ」

と迦葉が先に切り出した。

「北野先生が言ってたように、現段階ではこっちが不利なんだ。そして環菜ちゃんの証言にはやっぱり不自然なところが多い。俺も最初は正直、ただの父親殺しなら同情の余地はあまりないと思ってた。だけど母親が検察側にまわったことで、なにか隠されてる気がしたんだ」

「それは、私も思ったけど」

と私は慎重に答えた。

「そう。だから俺らは本当に見つけなくちゃならないんですよ。あの家庭になにが起きていたか。もしかしたら、由紀の立場からだったら、また違う手掛かりが摑めるかもしれないと少し思ったんだ」

拘置所の面会室で向かい合った聖山環菜は前回よりも心を開こうとしているように見えた。

私の顔を見ると、嬉しそうな笑みさえ滲ませて

「真壁先生、よろしくお願いします」

と礼儀正しく頭を下げた。私も膝の上に筆記用具を載せたまま軽く微笑み返した。

「今日の気分はどう？」

「そんなに、悪くないです。昨日も庵野先生と北野先生が来てくれて、それに友達がこれを差し入れしてくれたから」

環菜は着ている白いパーカの裾を両手で摑んだ。私はちょっと気になって、友達、と訊いた。

「はい。小学校からの友達で、香子《きょうこ》ちゃんっていって。美人で頭が良くて、昔からずっと頼りっぱなしなのに、なぜか私のことを一番の親友だと思ってくれていて。大学は別れちゃったんですけど、毎月かならず買い物したりご飯食べに行ったりしてたんです」

大学名を尋ねると、環菜が通っているところよりも偏差値の高い大学だった。小学生のときから交友のあった頭の良い親友なら、環菜の家庭環境もある程度、客観的に把握しているかもしれない。

とはいえ私たちの信頼関係が浅いうちに、その親友にも会って話を聞きたい、と切り出せば拒否される可能性もあるので、まだ心の中にしまっておくことにした。

「環菜さんからの手紙を読んで、私も色々訊きたいことがあって。ただ面会ではどうしても時間が限られるから、どういう形にしたらいいかは難しいところだけど」

環菜は黙った。睫が長い。真剣な表情になった途端に、瞳が潤んで見えた。

「……私もなにをどうしたらいいか分からないから、お任せします」

「じゃあ良かったら次の面会までに、お母さんとの関係や思い出を手紙にしてもらうっていうのはどう？」

と提案すると、環菜は一瞬眉根を寄せて、え、という顔をした。

「抵抗がある？」

「いえ、あの、そうじゃなくて」

彼女はジーンズ越しの膝に手を置いたまま、いくらか憤《いきどお》ったように続けた。

「私が死なせたのは父なのに、どうして母のことを訊くんですか？」

「それでも、できたらお母さんとの関係を振り返ってほしいの。もちろんお父さんのことが混ざってもいいから」

「いいけど、べつに母とは……普通だから」

ねえ、と私は問いかけた。

「あなたがくれた手紙の中に、治してほしいっていう一文があったけど、これは具体的にどんな自分になることをイメージして書いたの？」

背後に立つ看守の陰った横顔をうかがう。時計を見ると、面会時間は残り数分足らずだった。

「それは、他人の痛みが分かる、とか、そういう人間らしい心を持った」

「他人の痛みの前に、あなた自身が、自分の痛みを感じられてる？」

環菜はなにを言われたのか分からないというふうにぼんやりとして、呟いた。

「いえ、でも、私が悪いから」

その虚ろな目に魂を戻すように、今言ったことをちょっとよく考えてみて、と私は念を押した。

新宿駅を出ると、街はずんと沈んだように暗くなっていた。

改札口が明るすぎて、対比にめまいがした。素早く肩だけで人を避けて階段を下りる。

高架下から仰ぎ見るタカシマヤの光が近くて遠い。肩の凝りをほぐすように首を振りかけたとき、スマートフォンが鳴った。

「もしもし、由紀。あたしだけど」

という呼びかけに身構える。

「うるさくて聞こえにくいけど、外なの？　正親は」

とまくしたてるように訊かれて、私は答えた。

「お母さん、ちょっと今新宿だから。電器屋で買う物があって」

「買ったらすぐに帰るの？」

そうだけど、と言い終える間もなく、母が遮る。

「それなら一時間後くらいに寄るから。この前、みんなでイギリスに旅行したときのお土産持っていくから。あんた、好きでしょう。バターたっぷりのビスケット」

みんな、というのが誰のことを指すかという説明はもちろんない。輸入菓子なら最寄りのカルディでも買えると思いつつ拒絶するほどの理由が見当たらなかったので、とっさに提案した。

「それなら外で食事する？　正親も帰ってくるし、夕飯作るのこれからだから」

母は素っ気なく、それでもいいわよ、と返すと
「肉はやめてよ。海外旅行でいっぱい食べて、もう十分だから。お寿司屋で美味しいところがあったら予約しておいて」

と注文をつけるだけつけて電話を切った。

私はため息をついて、急いで電車に乗った。

ドアにもたれて正親にメールを送るとすぐに、外はめんどい、という返信が来たが、無視してスマートフォンをしまった。多少手間でも、あの人を家の中には入れたくない。自分の精神衛生のために。

駅から少し離れるけれど有名なお寿司屋で、母は好きなものを頼んだ。正親もつられるように中トロやうにを注文していた。

母はジャンパーだのお菓子だの紙袋にいっぱいのお土産を正親に手渡したが、いざ帰るときになると、財布を開いて
「ごめん。今日あんたの家に寄るだけのつもりだったから、持ち合わせがないわ。また今度でいい？」

と私を振り返って言い出した。私は素早く財布から千円札を数枚取り出して手渡した。

「私、細かいのあるから。カードで払ってもらえれば、こちらの分は渡すから」

母は、ああそう、ありがと、と抑揚のない声で答えた。あきらめたようにゴールドカードを出してサインする手元を私は見つめた。

お寿司屋を出て、薄暗い路地を歩き出した母は
「喉渇いたからお茶飲みたくなっちゃった」

と言い出した。

私は道路の向こうの大型スーパーマーケットへと視線を向けた。

「もうすぐ我聞さんも帰るから、私は買い物して戻る」

「ああ、そう」

母はがっかりしたように呟くと、黒いニットに包まれた肩を落とした。

「あんたは優しい旦那さんにもらわれて、ラッキーだったわよ。お父さんなんて、あいかわらずほとんど出張で。まあ、近所の奥さんたちと旅行したり女子会したり、あたしにも楽しいことがあるからいいけど。あんたもちっとも連絡よこさないで冷たいし」

「ぼくが電話してあげるって」

と言った正親の頭を、母は笑顔になって撫でると
「孫が可愛いのだけがなによりね。じゃあ、あたしはもう帰るからね」

と名残惜しそうに告げた。

私は手を振ってから、正親を連れて青信号に変わった横断歩道を速足で渡った。娘としての務めを果たした安堵《あんど》と疲労がどっと押し寄せる。

生鮮食品売り場で、買い物カゴ片手にひき肉を選んでいたら
「お母さん、今日機嫌悪かった?」

と正親に指摘された。我聞さん似の優しい眼差しの奥には、私譲りの冷やかさが潜ん

でいる。陰と陽を併せ持った正親の目が、私はわりに好きだ。

「そんなことないよ」

と私は買い物カゴに合いびき肉を入れながら答えた。

「明日のお昼はミートソースね。もうセロリ食べられるんだっけ？」

「おばあちゃんってさあ、お金払うの嫌なのかな。前もお母さんに頼んでたよね」

と言われて、内心ぎょっとした。私は返事に迷いながらも、言葉を選んで口にした。

「なんでも頼っていいって思ってるのかもね。お母さんが小さい頃は、おじいちゃんはほとんど家にいなくて、二人きりだったから。娘には甘えていいと思ってるのかもね」

「えー、そんなのうちだって同じようなもんじゃん。交代でしか家にいないし」

「うちは、もうちょっと家族で一緒にいる時間を作ってると思うけど」

と後ろめたさを覚えつつも反論すると、正親は、ていうかさーっ、と子供らしく声を大きくして反論した。

「お父さんにもらわれたとかラッキーとかって、お母さんが全然がんばってないみたいじゃん。そんなことないでしょ？」

愛しさが湧いて正親の頭を抱え込もうとしたら、ぎゃ、うざいからやめろ、と途端に抵抗されて逃げられた。

スナック菓子の売り場に走る正親を目で追いながら

「ちょっと、お土産のお菓子は？」

と呼びかけると、すぐさま言い返された。

「ぼそぼそするからビスケットいらねー」

私はあきれて、ビスケットはお昼休みに里紗ちゃんと食べよう、と思った。

「　真壁由紀先生

先日はありがとうございました。お手紙を書いてみようと思います。

生まれて初めての記憶を考えてました。雪だるまのスノードームが浮かんできました。

幼稚園に通ってた頃、父が長期の海外の仕事から帰ってくるというので、母と私で空港に迎えに行ったことがありました。

空港から帰るタクシーの中で、手渡されたのが白いスノードームでした。ちらちら紙の雪が降ってました。たしかロンドンのお土産で、そのときは嬉しかったと思います。

それでも笑顔の雪だるまを思い出すと、今はひどく気分が悪くなります。

父からプレゼントをもらったのは、それが最初で最後でした。

父の帰国後に移り住んだ一軒家には離れがあって、そこが父のアトリエでした。

小さなおうちみたい、と面白がった私に、勝手に入らないようにと父はきつく言い渡しました。

幼い頃の私は、親に反抗したこともなくて、物を欲しがったりわがままを言ったこともありませんでした。ほかの子とくらべてもかなり聞き分けが良かったと思います。

母は優しかったけれど、家の中ではあくまで父が一番で最優先でした。

父は美大に通っていた頃から、聖山那雄人は有名になる、と先生たちに太鼓判を押されるほど将来を期待されていたそうです。芸術理論のコースにいた母のところまで噂が伝わってくるほどだったそうです。

大学一年の学園祭で、コンクールの入選作として飾られていた父の絵を見たときのことを、母はよく語っていました。

展示室で父の絵だけが生きているように見えたといいます。生身の人間そっくりの、うつむいた女性の横顔だったとか。

自分には作品を生み出す力がない分、母は才能のある男の人に昔から憧れを抱いていたそうです。

美意識の高い父にとっても、母は理想の相手だったと思います。大学内でも一二を争う美人だと評判だったらしいから。

母はよく言っていました。私の取り柄は綺麗なだけで、それで嫌な目に遭うことも多かったけど、そこから助け出してくれたのはお父さんだったと。

長く書いたら少し疲れました。ごめんなさい。おやすみなさい。

聖山　環菜　」

雨が降り出すと、急に気温が低下して、寒い日が続いた。

駅から職場までのコンクリートの道を歩いていると水滴が跳ねて、嫌な染みをストッキングやトレンチコートにつくった。

ロッカーに荷物を置いて鏡を覗き込むと、髪がまとまりづらいことに気付いた。幸い午後はカウンセリングの予約は入っていない。いそいで近くの行きつけの美容院に電話をかけてカットをお願いした。

昼休みになると、私はコンビニのおにぎり一つ食べただけで美容院に向かった。これなら急に予約が入ってもすぐに戻れば間に合うだろう。

目白通り沿いの美容院は雨のせいか空いていた。窓際の椅子でヘアカタログを開く。ボブヘアのページを開いたときに、伸ばしたのを見てみたい、という我聞さんの言葉が蘇った。

担当の女性美容師がやって来て、どうしますか、と尋ねる。

「ちょっと、伸ばしてみようかと思って。なので軽く整える程度でお願いします」

「分かりました。真壁さん、ずっとボブでしたものね」

とブラシで髪を梳きながら言われる。私は頷いて、スマートフォンを取り出した。ネットニュースを今のうちにチェックしようとして、手を止めた。

――美人すぎる殺人者の元恋人が激白。「僕は彼女の奴隷でした」

週刊誌に掲載された記事の抜粋だと分かるまでには少し時間がかかった。その間にシャンプー台に案内されて、仰向けになる。髪を洗われている間、さっきのニュースが気になって仕方なかった。

カットとブローが終わると、すぐに店を出た。シャンプーの香りが残る髪を耳に掛け、迦葉に電話をかけた。呼び出し音が鳴り続けるだけだったので、とりあえず留守電に吹き込む。

速足で雨の中を歩きながら検索をくり返した。自撮りがエロいだの、ただのメンヘラだのといった下世話な感想がネット上に溢れていて、胃の奥から不快感がこみ上げてきたとき、迦葉が折り返してきた。

「クズだらけですよ、お義姉さん」

と開口一番に言った迦葉に、私は少しだけ平静を取り戻した。

「環菜さんには、このことは」

「一応、迷ったけど伝えた。すぐに見当ついたみたいだよ。賀川洋一《かがわよういち》っつう大学のOB

だと」

「元恋人だっていうのは本当なの？」

と私は尋ねた。

恋人って呼んでいいか微妙だけどね、と迦葉は答えた。

「元の記事は確認してないけど、プライベートな写真も掲載されてた？」

と遠慮しつつ尋ねたら、迦葉はさらりと答えた。

「水着でピースした写真が一枚載ってただけだよ。もともとやばいのは送ってないって言ってたし」

それなら、と胸を撫で下ろす。とはいえ環菜も少なからずショックを受けているに違いない。

「ちょっと俺、賀川洋一君に話聞いて来ようかと思ってさ」

「それって私も同行できない？」

迦葉は立場上即答はできないのか、話をうやむやにするように
「ところでそちらはどうですか。なにか進展はあった？」

と切り出した。私は短くため息をついた。

「まだ。就活のときに親と揉めたのが殺害の動機だってくり返すだけで」

「そっか。だけど、なんでそんなに反対したんだろうな。可愛い一人娘が女子アナにな

るっていうんだから、応援してやりゃあいいだろうに」

「だから、私もそこにもなにか隠されてることがあるんじゃないかと思って。その元恋人に会えばなにか分かることがあるかも」

「なるほど。ちょっと検討してみます」

と彼は答えて電話を切ろうとした。私は躊躇《ちゅうちょ》しつつも、思い切って言った。

「迦葉」

「なに？」

「私たち、一度、腹を割って話すべきじゃないかと思うんだけど」

間を置いてから、ふっと笑う声がした。

「割る腹なんて、俺には元々ないけど？」

彼は途端に皮肉めいた言い方をした。やっぱり変わっていない。私はそう実感して
「そう。じゃあ、いい」

とすぐにあきらめて言った。

「一応、そんなことを言い出した理由を聞かせてもらってもいいですか？」

挑発するような敬語に、絶望的な気持ちになる。どうしてこうなったのか。何万回もくり返した問いをまたくり返す。どうしてこんなことになってしまったんだろう。

「私たち、本当は協力できるほどお互いのことを許してないでしょう？」

一拍置いてから、電話は切られた。

休憩コーナーを通りかかると、見覚えのあるアナウンサーの男女が立ち話をしていた。甘いルックスが売りの男性アナウンサーは軽く膝を曲げて、若い女性アナウンサーにわざわざ目線を合わせている。

「おはようございます」

私が頭を下げると、女性アナウンサーだけが振り返って、おはようございます、と声を出した。

「真壁先生、ご存じですか。一花《いちか》さんが亡くなったの。何度か番組でご一緒してましたよね。さっき速報で入ってきたんです」

「え、どうして？」

と私は驚いて訊き返した。

「それが……自殺らしいんです。いつも一生懸命で驕《おご》らない、いい子だったのに」

ああ、と相槌を打ちながら、一花の痩せすぎた体と笑顔を思い出す。どんなに人気が出ても驕らないというより、自尊心が低すぎるところがあった。彼女が昨年末に自伝本を出版していたことを思い出す。

「一花ちゃんって、家庭環境が壮絶だったんですよね。本で読んでびっくりして」

「そうね。そういう自己開示をした直後は注目されて緊張感が高まるし、その時期が過ぎれば、今度は落差で鬱になりやすかったりするから。一概には言えないけど」

「そっかー」

と男性アナウンサーは分かったように頷くと
「なにか悩み事あったら、思い詰めずに俺に言ってよ。いくらでも美味しいもの奢《おご》っちゃうから」

と女性アナウンサーにだけ言った。私は苦笑して、メイク室に入った。

メイクの最中、自分の目鼻を見つめた。悪くもないが、特別に美人と言い切れるほどでもない。当たり障りがない程度の容姿。シャツから出た鎖骨だけがくっきりと浮き上がっている。

さっきの男性アナウンサーとは何度も会っているのに、むこうが目を合わせたことすら一度もない。テレビ業界にはどこにいってもそういう男がいる。容姿を点数化したら八十点以上の女としか会話しない彼らは、そのことに気付かれないと思っているのか。あるいはそれさえも取るに足らないことかもしれない。生まれてから負けたことのない男たち。

白いスタジオで笑みを浮かべて喋っている間も、一花の自殺と、男たちとの確執と、心を閉ざした環菜の手紙が崩れたケーキのように渾然一体となって心の内にべったりと張り付いていた。

夜中に仕事部屋のドアが開いて、我聞さんが入ってきた。

「由紀、寝るなら寝室に移動したら？」

と声をかけられて、私は顔を上げた。寝てはいない、と冴えない声で答える。開いた本のページが折れ曲がっていたので、指でこすって直しながら

「むしろ変にテンションが下がらなくて、上手く寝られなくて」

と答えると、我聞さんはなにか思い出したように出ていった。

手にして戻って来たのはａｍａｚｏｎからの荷物だった。私はすぐに開封して、分厚い画集を取り出した。

「由紀、それはなに？」

私は、環菜さんのお父さんの画集、と答えた。

少女期を終えたばかりの女たちが描かれている。和服姿もあればクラシカルなメイド服に、背中を出した半裸姿もあった。

ふっくらした顔はおおらかな官能を備えて、大きく輝く瞳はフランス人形のような憂いを滲ませていた。私はなんとなくルノワールの絵画を思い出した。

「我聞さんは、この聖山さんって画家は知ってる？」

「聖山那雄人は聞いたことないな。もっとも僕は専門外だけど」

「どう？」

私はラグの上に座り直して訊いた。我聞さんは考えるように黙った。しばらくして
「正直、僕はあんまり好きじゃないかな」

と彼は言った。

「かぎりなくリアルに近い表現をしてるのに、リアルを肯定してない感じがするよ」

たしかに絵そのものは実際の人間と見紛うほどだが、真に「リアル」に写し出されているのはむしろ聖山那雄人の欲望のありどころではないかと感じていた。目線、肌の質感、雰囲気。現実と理想が二重写しになって、奇妙に一体化しすぎた絵を見つめる。

「無理はしないでほしいんだ」

我聞さんに言われて、私は笑って、無理ってなに、と訊き返した。

「テレビも本も、家のローンと収入のことを考えてるんだろうけど。うちの親に早く頭金返さなきゃとか、それは僕が考えることだよ。僕の作業部屋がなかったら、手頃な賃貸マンションで良かったわけだし」

私はなにも言わずにカップを手にして冷めたコーヒーを飲んだ。

「あと迦葉のことも。僕の弟だからはっきり言いづらいところもあるだろうけど、あい

つが難しいのは僕もよく知ってるから」

「そうね。難しいし、危うい人、だと思う」

と私は小さく頷いた。

「子供の頃に迦葉がいきなり、となりの家のガレージに上がって、屋根から飛び降りたことあったんだ。雪が積もってたから試したっていうんだけど、ガレージ自体は二メートル以上あって」

「危ない。男の子ってそういう無茶するよね」

私が眉をひそめると、僕はしなかったけどね、と我聞さんが笑って付け加えた。

「そういう無茶を馬鹿にしていそうに見えて、いきなり飛び降りてみせるんだ、迦葉は。あいつなりのサービス精神かもしれないけど、世界との関わり方までそういうところがあるから。本当は家庭的でおおらかな女性に出会って、安心できる場所を作ってくれたらいいんだけどね」

「そうね」

私は彼に、そろそろ寝るね、と告げた。

空のカップを台所に持っていく。手早く洗ってから、暗いカゴにことりと並べて置いた。大きな声で泣きたい、とふいに思った。赤ん坊のように泣いて滞った感情を発散してしまいたい。

だけど感情はそこまで高ぶることなく、眠気や疲れに押し戻されて奥底に沈んだ。泣くにも若さや体力が必要だと悟る。

折り上げた袖を戻しながら、寒い拘置所の一室で眠る環菜のことを考えた。


面会室の仕切りの穴が小さいせいか、環菜の声はその日もひどく聞き取りづらかった。

私は椅子を引いて、軽く前のめりになってから
「どうしてご両親からアナウンサーになることを反対されたの？」

と問いかけた。環菜は押し殺したような口調で答えた。

「分からないけど、人前に出るような仕事じゃなくて、教師とか研究者とか、そういう地道で知的な職業に就けって父からはずっと言われました」

女子アナになりたいと言っている娘に対して、教師や研究者というのはあまりに畑違いではないだろうか。若くて可愛いと、どうしてもタレントのような扱いを受けることがあるので心配する気持ちは分からなくもないが、父親の意見は半ば決めつけに近い印象を受けた。

「そういえば、先生は賀川さんの記事って読みました？」

私は、一応ね、と答えた。

「その彼とは、付き合ってたの？」

と訊いた瞬間、環菜は待っていたかのように強く否定した。

「無理やり押し切られたんです。私は最初から全然好きじゃなかったけど、別れたら死ぬとか言うから。あんな人と好きで付き合ったと思われるだけで、不名誉すぎて最悪です」

「そう。その関係はどれくらい続いたの?」

「大学入ってすぐからだから……二年、半くらい」

そんなに嫌っていたわりには長い、というのが私の率直な感想だった。

「別れるときには上手く離れられた?」

「なんかむこうが、やっぱり普通の恋愛がしたいとか言って。将来は結婚するし一生に一人の相手だとか言っておいて。それなのに今さら被害者ぶって暴露とか、本当にただのクズですよね」

という言い回しを聞いて、迦葉を思い出した。

「庵野先生は、賀川さんに話を聞きたがってるみたいだけど」

「はい。庵野先生だったら、賀川さんの話をそのまま信じたりしないだろうからいいって伝えました。モテなくて女々しいやつほどこういうことするんだって笑ってました」

環菜の表情があからさまに明るくなったので、少々不安な気持ちになった。弁護人しか頼れない状況では当然ではあるものの、北野先生の名前が一切出ないのが気にかかる。父性に溢れた弁護人なら、多少、環菜が精神的に依存していてもさほど心配しないのだが。

　私はさりげなく切り出した。

「私もよかったら同席して賀川さんの話を聞きたいんだけど、いや？」

　環菜は意外にも、いいですよ、と即答した。

「ただ、あの人って事実とか、他人が言ったことをけっこう捻じ曲げて話すところがあるから。なにを言い出すか分からないのが少し心配ですけど」

　こんなに環菜のほうから積極的に彼について語るとは思っていなかった。もしかしたら恋愛方面から探ることで環菜の本心を引き出せるかもしれない、と質問を重ねる。

「あなたたちはどうやって出会ったの？」

「大学一年のときのサークルのお花見会です。そのときは賀川さんは卒業してたけど、積極的に話しかけてきて。いい人だと思ったし、みんなと仲のいい先輩だから、連絡先を交換して。その後すぐにメールが届くようになって……私は何度も断ったんです。でも、たまたまそのときの彼氏がひどくて、ぶたれたりもしていて……賀川さんに相談したら助けてくれて。それで付き合うことになって」

　そこは、つけ込まれて、と言わずに、助けてくれて、と表現したところに環菜の複雑な感情が垣間見えた。

「頼んでもいないのに高い物くれたり、夜中に車で家まで来たり。だけど私のことなんて本当には理解しようとしなかった。勝手に外見だけで好きになって、付き合ったら、環菜は難しいとか嘘つきだとか、分かろうとせずに決めつけるだけでっ」

興奮して呼吸が荒くなっていく環菜に、私は尋ねた。

「だけど環菜さん自身が、前に自分のことを嘘つきだって言ったのを覚えてる？」

彼女は困ったように口ごもった。

「それは、本当にそうだから、仕方ないけど」

「たとえばどんな嘘をついたの？」

と私は時計を確認しながら訊いた。返事を待つのがもどかしい。相手に十分に考える時間を与えられないことも。

環菜は首を横に振り、具体的には今思い出せないけど、と濁した。

「でも、ずっとそう言われてきたから」

「誰に？」

環菜の表情がどんどん張り詰めていく。残り時間はほとんどなかった。

「次の手紙で、具体的なお願いをしても大丈夫？」

彼女は、はい、とかすかに緊張しながらも頷いた。

「初恋から事件の日までの恋愛について、なんでもいいから教えてほしいの。傷ついたことでも一番嬉しかったことでも、嫌だったことでも、思い出せることならなんでも」

次の瞬間、彼女がはっとしたように短くまばたきした。

「どうしたの？」

答えはなかった。どれだ、と私はとっさに考えた。今の言葉の中で、この子が反応したのは。

だけど面会終了とみなした看守が近付いてきて、あっという間に彼女を連れ去ってしまった。

拘置所の玄関へ向かっていると、受付に迦葉がいた。

弁護士バッジを衿に着けたスーツ姿で、右手には差し入れと思われる袋を手にしていた。リーズナブルな若い女性向けの衣類のブランド名が目に留まり、よく知っているものだ、と半ば感心した。

擦れ違いざまに、きちんと目を合わせて
「賀川洋一さんとの件、環菜さんにも了解をもらったから。よろしくお願いします」

と私は告げた。

迦葉は眉間を掻きながら、分かったよ、とあきらめたように答えた。

拘置所を出て、殺風景な駐車場を歩いていると、後ろから駆け寄ってくる足音がした。

振り向く間もなく、左腕を摑まれて声をあげそうになる。

強風のように視線を奪ったのは、正面に回り込んできた迦葉だった。

「ちょっと、面会は」

迦葉は摑んだ腕から手を離すと、早口に告げた。

「由紀との面会を終えた直後に、パニック起こして運ばれていった。なにがあった？」

迦葉は憮然として私を見下ろしていた。

「あんまり無茶なことされるとさすがに困るんですよ。こっちも裁判までそんなに余裕があるわけじゃないんですよね」

「見ていたようなことを言わないでもらえる？」

私は堪えかねて反論した。

風のない通りは行き交う車のエンジン音ばかりが響いて耳障りだった。迦葉の服から強い柔軟剤かなにかの香りがした。作り物めいた清潔感があまりに彼らしかった。

「面会時間は十五分足らずで、本人の話は穴だらけ。事実関係だって、そっちほどには把握できていない。そんな中でも、なにかあると言ったあなたの言葉を信じて探ってるのに、一方的にこちらが彼女を追いつめているように言われるのは心外です」

しばしの沈黙の後で
「悪かった。俺も、そちらの領域に踏み込みすぎた」

迦葉が急に引いたので、びっくりした。

私もすぐに冷静になって、こちらこそ大きな声を出してごめんなさい、と謝った。

「こっちも証人がいなくてさ、焦ってたんだよ。普通は親兄弟が一番いいんだけど、その親が味方になってくれないし、兄弟もいないし」

と彼はふいと本音を語り始めた。

「環菜さんのお母さんとは話せたの？」

「一度だけ病院でな。とにかく環菜は昔から父親と折り合いが悪かったって言うだけで、あとはなにも訊けずに追い返されたよ。その挙句に、母親だからこそ娘が人を殺したのならキチンと罪を償わせなきゃいけないって、検察側にまわる始末だ。一度も面会にも来てねえんじゃねえの。俺がシャツだのスカートだの差し入れしてるくらいだから」

その口調はいくぶんか投げやりだった。彼も苦労しているのだ。

「ほかの親戚は？」

「連絡取ってみたけど、母方はもう祖父母ともに死んでるし、ほかの親戚もほとんど交流なかったみたいだよ。父方の祖母ちゃんなんて、成人するまで育ててもらって環菜ちゃんは恩知らずにもほどがあるって泣き出すし」

恩、と私は小声で呟いた。その言いまわしは少し気にかかった。

迦葉はガードレールに腰掛けると、電子タバコを取り出した。

「まだ禁煙してなかったんだ」

と私が呟くと、なにかとストレスが多くてね、と彼は苦笑した。

匂いのない煙がちりぢりになり、私たちは今後の方向性を軽く打ち合わせてから、その場で別れた。

賀川洋一が本当に来るとは思っていなかったので、ホテルのティーラウンジの席から、彼が大きく片手を挙げたときには少し戸惑ってしまった。

彼は人懐こい笑みを浮かべて、礼儀正しく頭を下げた。茶色いチェックのシャツを着てチノパンを穿いている。撫で肩で、目尻の下がった顔は一見善良そうに見える。頬に少しニキビ跡が残る、地味な青年だった。

迦葉が名刺を渡すと、賀川洋一は私服にもかかわらず名刺入れを出して、自分の名刺を迦葉に差し出した。それから彼は受け取った迦葉の名刺をうやうやしく眺めた。

ウェイターがやって来ると

「なに飲みますか?」

と訊いたのは迦葉ではなく、賀川洋一だった。三人でコーヒーを注文して向き直る。

迦葉が口を開いた。

「環菜さんは、あなたを名誉毀損で訴える気はないと言っています。むしろ僕としても、賀川さんに事件の全貌をつかむために協力していただけたら助かります。環菜さんと付き合い始めたのは、彼女が大学一年のときで、去年の秋まで交際していたということで、いいでしょうか？」

「あ、はい。今では自分も環菜に悪いことをしたなあっていう思いもあって……それなのに記事には俺の発言が曲解されて書かれてて。大学の後輩にも責められるし。報道って本当に虚構《きょこう》でできてるんだって実感しました」

それなら記事の内容はまったくのでたらめだということだろうか。彼の背後の窓ガラスには新宿副都心の高層ビル群が映り込んでいる。

「賀川さん。悪いことっていうのは、なににについてですか？」

と迦葉が訊いた。

「俺が環菜をふったことです」

賀川洋一が真顔で返した。

「あ、そうだったんですか？」

「あれ、聞いてませんか？　俺にほかに好きな子ができて環菜と別れたって。環菜のことは本当に好きだったし、年下だし甘く見てきたけど、あいつの浮気だけは許せなかったんで……他の子に癒されたかったんですね、今思うと。だって女子で浮気癖があるとか考えられないじゃないですか」

「まあ、男でも女でも浮気癖は困りますよね」

とだけ私は言った。

「俺が浮気を責めたら、なぜか環菜に逆ギレされたこともあって。環菜はそういうところがありました。いっぺんキレたら手がつけられないっていうか、人が変わったみたいになるんですよ。本当に、俺は環菜の奴隷みたいでしたよ」

「だから週刊誌に喋ろうと思ったんですか？」

と迦葉は軽く前傾姿勢になりながら訊いた。

「や、べつに復讐とかじゃなくて、環菜のことを一番理解してるのは俺だと本心から思ったからです。週刊誌から電話があったときも、それ以外の報道とかがひどかったんで、つい」

「理解されているなら、環菜さんの家庭環境についてうかがってもいいですか？」

「家庭？　ああ、お父さんとはかなり仲悪かったみたいですね。でも思春期の娘と父親ってそんなもんじゃないですか。環菜はちょっと過剰っていうか……いや、女子はみんなそうかもしれないですけど、被害者になりたがるところがあるから。俺はずっと考えすぎだって言ってたんですけど」

彼がコーヒーカップにミルクを入れて匙をくるくる回す合間に、迦葉が続けて質問した。

「賀川さんは、環菜さんがお父さんを殺したと聞いて、ショックじゃなかったですか？」

賀川洋一は意外にもまっすぐな目をして、力強く頷いた。

「そんなの、もちろんショックでしたよ。泣きましたよ、俺。責任を感じて。結局、俺が環菜を幸せにしてやれなかったから、こんなことになったのかもしれないって……う、いや、ほんとにすみませんっ」

まさかと思ったが、賀川洋一は本当に声を詰まらせて涙ぐんだ。迦葉が宥《なだ》めてから、話を戻した。

「たとえば、環菜さんが父親から虐待されてるといった相談はなかったですか？」

彼は涙目のまま首を横に振った。

「虐待なんてないですって。普通に毎日家に帰ってたし。子供の頃は色々理不尽なこともあったみたいだけど、大学卒業したら大人になって親は関係なくなるんだから前に進めって俺は何度も言ったのに。環菜って、変に強情だから話聞かないでしょう？」

私は口を開いて
「環菜さんは、本当はあなたにもっと自分のことを理解してもらいたかったんじゃないでしょうか？」

と問い返した。

賀川洋一は、それができたら苦労しなかったです、と言い切った。

「俺は環菜にちゃんと向き合おうと努力しましたよ。前の男からのＤＶの相談受けたときだって、心配して、うちに避難させて」

そのとき、迦葉が慎重な口調で切り出した。

「そのことですが……ＤＶの相談の最中に賀川さんから無理やり肉体関係を強要された、と環菜さんが話してるんです。それは、事実ですか？」

賀川洋一は目を見開くと、はあっ、と驚いたように声を荒らげた。

「ちょっ、待ってくださいよ。そんなことするわけないじゃないですか⁉ マジでないです。勘弁してください。そのときのことははっきり覚えてますけど、自分から俺の部屋に来て、そういう流れになったときも、環菜は笑顔で。マジか……やっぱり環菜はちょっとおかしいですよ。じつはずっと虚言癖があると思ってたんです」

「虚言癖？」

と私は面食らって訊き返した。

「そうです。あいつの嘘は異常です。大学の先輩から環菜とやったことを聞かされたときは、頭に来て死にそうになりました。それでも別れ話のときには環菜が泣いて。しかもあいつよく腕とか切ったりするんで俺もなかなか別れる決断ができなくて……傍《はた》から見たら、最終的には俺が裏切ったように見えるかもしれないですけど、俺もずっとつらかったんです」

彼は次の質問を拒絶するように、押し黙った。私は口の中で、腕とか切る、と呟いた。

長袖だったので気付かなかったが、自傷癖もあったのか。

お礼を言い、会計を済ませるときに、一足先に男子トイレへと向かっていく賀川洋一の後ろ姿に、迦葉は呟いた。

「結局、賀川君は環菜ちゃんのなにを理解していたんだろうな」

帰りの地下鉄の車内で、迦葉が吊革に手を掛けながら、思い出したように言った。

「環菜ちゃんだけど、由紀に言いたいことがあるから、また手紙を送ったって」

手を上に挙げているからか、迦葉の手足が長いことをいつになく実感しながら

「分かった。ありがとう」

と私は頷いた。ガラス窓に映る、疲れた自分の顔。唇が乾燥していることに気付く。

ずり落ちそうな肩掛け鞄を引き上げながら、胸の奥に燻《くすぶ》った言葉を持て余していると、迦葉が言った。

「言いたいことがあるなら、どうぞ」

「環菜さんが、あの賀川さんに無理やり肉体関係を強要されたっていう話は本当なの？」

「ああ。俺はたしかに環菜ちゃんから、そう聞いたよ。だけど、あの反応だと賀川君も嘘はついてない気がしたよな。俺もちょっと混乱した。まあ、別れた男女の話なんて食

い違っててもおかしくないけどさ」

「とはいえ二人の主張が真逆だから、気になる話では」

と言いかけたところで目の前の人が立ち上がり、席が一人分だけ空いた。

迦葉は、座れば、という仕草をしたが、私は首を横に振った。正面に立たれて見下ろされるのはなんとなく心地悪い。

とはいえ、この前の拘置所の一件以来、迦葉と話すのがだいぶ楽になった。

「今後はなにかあれば、俺も可能な範囲で報告するよ」

と迦葉が言った。

「ありがとう。本来は同席させてもらえる立場じゃないのに」

「双方で探るほうが効率的だしな」

「それなんだけど、迦葉君」

と呼びかけると、彼は急に警戒したように黙った。脱ぎかけた殻をふたたび纏《まと》うように。その緊張感に満ちた眼差しを刺激しないように気をつけて、私は言った。

「良かったら環菜さんの女友達に話を聞けない？　まだ環菜さんには了承を得てないんだけど、参考になる話が聞けると思って」

「ああ、そうだな。その女友達には色々差し入れてもらってるみたいだし、俺も一度くらい話したいと思ってたから。確認しておく。じゃあ、俺はここで」

迦葉は軽く片手を挙げてから、電車を降りた。

扉が閉まる。ゆっくり走り出した車内から視線を向けると、ホームを歩いていた迦葉がいきなり振り返った。目が、合う。

私は上手く微笑むことができずにそらした。

地下鉄はぐいと茜色《あかねいろ》の空の待つ地上へと上がっていく。だんだん明るくなっていく窓の外を見つめながら考える。

環菜の過去をたどっていると、私たちの内包した時間もまた巻き戻される。

それでも決定的な言葉は死ぬまで口にできないのだ。私も迦葉も。

大学近くの川べりの道は秋深くなって、色付いた木々の葉がごっそりと地面に積み重なっていた。
がさり、と枯れ葉の鳴る音がして振り返る。ロングブーツのつま先がこちらを向いていた。
ベルトを締めたコート姿の女の子が立っていた。黒い革の肩掛けバッグは、彼女の年齢にしてはシックな好みだと感じた。瞳には意志の強そうな光が宿っている。臆することなく、はっきりとした口調で
「庵野先生と真壁先生ですよね。環菜がお世話になっています。臼井《うすい》香子です」

と名乗った。その間も、背後の木々の枝からは葉が散り落ちていた。

私と迦葉は頭を下げ、お礼を言った。彼女は、いいえ、と首を一度だけ強く振った。危うくて心もとない環菜とは対照的に、燃える花のような美女だった。

「どこか、近くの喫茶店にでも移動しましょうかね」

と迦葉が提案するのを断って
「歩きながらのほうが。大学の子たちに聞かれたい話じゃないですから」

と彼女は言った。

さすがに環菜と友達だったことを知られるのは嫌なのだろうと察した直後に
「今でも環菜とは親友だと思ってます。彼女のプライバシーをほかの子に晒《さら》したくないんです。お二人のことはとても信頼しているという手紙を、環菜からもらっていたので」

と香子は説明した。

「環菜さんとは、小学生のときからの友達だったんですよね」

「そうです。お互いの性格も家庭環境もよく知ってます。環菜が男の子たちと付き合い始めるまでは、私が一番そばにいたんです」

その言い回しには同性特有の複雑な愛情が感じられた。思春期の女子の親密さというのは、どちらかといえば疑似恋愛に近い。

ゆるやかな川の流れにのって鴨の親子が泳いできた。水面に反射する光はかすかに茜色をしている。ここ数日でめっきり日が沈むのが早くなった。

「もう、秋なんですね」

と彼女が呟いた。

「環菜が夏に逮捕されたときは、私は近所のスタバでゼミの課題をやっていて。あの日、すごい暑かったんですよね。六時過ぎても窓の外が明るくて、空が青くて」

「びっくりしたんじゃないですか、親友があんなことになって」

迦葉の質問に、香子は含んだような言い方で、最初はびっくりしましたけど、と前置きしてから続けた。

「私も正直、環菜の父親のことは嫌いでしたから」

「そこまで？」

と質問を重ねると、彼女は耳に髪を掛けながら答えた。

「はい。あの父親は個展なんかで海外へ行ってて普段は留守がちでしたけど、たまに帰国して日本の家にいるとき、私の前でも怒鳴《どな》り散らしてましたから。夏休みに宿題をしに環菜の家に行ったときなんて、環菜の部屋に冷房がないから居間で勉強してたら、俺の家で勝手なことするなって怒鳴り込んできて。信じられないです。環菜も父親が家にいるときは、怖いから部屋に鍵掛けて閉じこもってるって言ってました」

迦葉が、ずいぶんと暴君だったんですね、という感想を漏らした。

「はい。昔、環菜のお母さんが旅行に行ったときだって、環菜が家の鍵掛けて眠っちゃったら、父親が帰るなり大暴れしたから逃げ出したって電話がかかってきて。私の家に逃げてきていいかって頼まれたけど、私も塾があったから、結局、親戚のところに家出してたみたいでした」

「鍵？」

私は疑問に思って訊き直した。

「それはチェーンを掛けたってこと？」

「違いますよ」

と香子は即答した。

「環菜の家ってしょっちゅう父親が鍵を持たずに出かけるから、ドアは開けっぱなしにしておく決まりだったんです、たとえ夜に環菜が一人で留守番しているときでも。都会で女の子を留守番させてドアに鍵を掛けるな、なんて保護者としてどうかしてます。あとは環菜に絵のモデルをさせたり。何時間もおんなじポーズでいたから貧血起こすことも、しょっちゅうだったみたいで」

橋の下を赤や黄色の葉が流れていく。少し雲が厚くなってきたのか、影が深くなり始めていた。

迦葉は香子の正面に回り込むと

「絵のモデルって、なに？　お父さんの絵のモデルってことかな」

と訊いた。

彼女は不意を衝かれたように片眉を持ち上げると、いえ、と否定した。

「父親の絵は、環菜の顔だと作風と合わないからモデルはしないって言ってました。そうじゃなくて、たまに父親のアトリエで教え子の人たちに教えていて。そのデッサンのモデルを環菜がやってたんです。生徒さんを、子供でも大人でも描けるようにするためって。ただ、よその子供だと長時間拘束するのは色々問題があって難しいとかで。何度かそれで遊びの誘いを断られたから、覚えてます」

絵のモデル、と私は口の中で復唱した。教え子が男ばかりとはかぎらないが、その言葉の響きにどこか不穏なものを感じた。

「いっそ可愛く生まれないほうがよかったのかもしれない。環菜みたいに弱い子は」

と香子が呟いた。

「香子さん。たとえば絵のモデルをやっていて嫌な目に遭ったなんていう話は、環菜さんから聞いたことない？」

「ありますよ。通っていた美大生の一人が環菜に言い寄って、断るわけにいかなくて携帯番号教えたら、しつこくかかってくるようになったって。私が付き添って、マックで環菜が泣きながら断ってたのを覚えてます」

「そりゃあ、怖い話ですね。何歳の頃の話ですか？」

「中三だったかな。親には、おまえが気を持たせたんだから責任取って自分でなんとかしろって怒られたって落ち込んでました」

理不尽な親の話は聞き慣れているものの、その瞬間、初めて引っかかりを覚えた。

「気を持たせたって環菜さんが言われたの？」

「はい。たしかに環菜って愛想がいいっていうか、はっきりしないところはあったから」

「でも中学生の娘に、知り合いの男性が付きまとってたら、普通は相手を怒るものじゃない？　その台詞、親御さんのどちらが口にしたか、具体的に覚えてる？」

彼女ははっとした顔をした。初めて気付いたというふうに、小さく頷くと
「そこまでは。環菜ってそういうことがよくあったし、いつも自分のせいだって言ってたので」

「そういうこと？」

香子は欄干《らんかん》に手を添えて、遠くを見つめるような目をした。

「異性関係のトラブル、もろもろ。あの賀川さんだって、私、最初から反対したのに。どうしてあんなのと付き合ったんだろう」

「そのことだけど、賀川さんが彼女に肉体関係を強要したのが始まりっていう話は知ってる？」

私が訊くと、香子はなんだかぎょっとしたように、いえ、と首を振った。

「全然。環菜もあのひとに依存、ていうか、なんだかんだ言っても、好きで頼ってると思ってました。付き合い始めてからはいつもべったりだったし」

「ちなみにお父さんに暴力をふるわれたりしたっていう話は聞いたことない？」

と畳みかけると、香子は、それはないです、と答えた。

「怒鳴るとか、躾《しつけ》が厳しいのは知ってたけど、そこまでの話は一度も。ただ、ごめんなさい。じつは私も本当のことはなにも知らないのかもしれない」

私は首を傾げて、どういうこと、と静かに訊いた。

「環菜が本当の意味で私に心を開いてくれたことはないから。少なくとも私はずっとそう思ってました」

「でも環菜さんはあなたのことを、自分にはもったいないくらいに素敵な親友だと思ってるみたいだったけど」

「環菜が？」

香子が少し驚いたように訊き返した。

「環菜は、本当は誰のことも好きじゃないと思ってました」

「そんなふうに思いながら、長年、親友やれるもんですか？　僕は男だから、ちょっとピンとこないけど」

迦葉が探るような眼差しを向けた。香子は堂々と言い返した。

「ええ、男の人にはけっして分からないと思います。たとえ環菜が私を必要としていなくても、私が環菜を好きなかぎり、彼女を守る。初めて彼女から私に声をかけてきてくれたときに、自分自身に誓ったんです」

振り切るように言った香子のくっきりとした眉と、存在感のある唇の端が持ち上がる。

「初めて環菜さんと話したときのこと、覚えてる？」

と私は質問してみた。

「私、転校生だったんです。親の仕事の都合で少しだけニューヨークにいたこともあって、喋り方が生意気だって、まわりから嫌われていて。孤立して本ばかり読んでたら、ある日、何週間も学校を休んでた環菜が登校してきて、昼休みに突然、話しかけてくれたんです。顔を上げたら、環菜がちょっと照れたように笑って、自分もお父さんの都合でフランスに連れて行かれてたって。私のことを初めて、香子ちゃんって名前で呼んでくれたのは環菜でした。本や絵の話をしているうちにあっという間に仲良くなって。私が他の子に悪く言われていたら、いつも弱気な環菜が泣きながら怒ってくれたこともありました。そんなふうに、ずっと」

そう語る香子の瞳の奥には、強い親愛の火が灯っていた。迦葉は珍しく尊いものを眺めるような目をした。私も妙にしんみりして、深く頷いてから
「今日は本当にありがとう。またなにか気になったことがあれば、話を聞かせてもらっても大丈夫？」

と尋ねた。香子は、はい、と力強く答えた。

「環菜のこと、よろしくお願いします。私、図書館でレポートを書いてから帰るので、ここで失礼します」

彼女は礼儀正しく頭を下げてから、立ち去った。

残された私と迦葉は落ち葉の道を鳴らして歩いた。彼が、友達同士でもあんなに雰囲気が違うもんなんだな、と興味深そうに呟いた。

「あの香子ちゃんってさ」

「ん？」

「宝塚とか、好きそうだよね」

と言われて、なんとなく分かる、と同意したとき、鼻先に水滴が落ちて来た。

分厚い雲から大量の雨が降ってきて、今日にかぎってベージュ色のパンプスを履いてきたことを後悔すると同時に、迦葉が、あっち行くぞ、と声をかけてきた。地面のぬかるみを避けて、公園の隅の機関車の遊具に駆け寄る。

屋根のある運転席に入り込んでしゃがむと、迦葉もその場に座って、屋根の縁を片手で摑んだまま空を見上げた。

影が落ちた横顔と、呼吸が、急に生々しく感じられた。

迦葉がこちらを向いた。

皮肉めいた唇の歪《ゆが》みは消えて、端整といえる顔から感情が読み取れなくなる。喉がやけによく見えて、ネクタイを締めずにシャツのボタンを一つ外していたことに気付く。濡れた耳や首筋にうっすらと水滴が残っている。

「そんな目で見られてもね」

と彼が言った。

「風邪ひかないか、心配になっただけ」

と私は少し気まずくなって弁明した。

「それは、どうも」

私は色あせた運転席に背中を預けて、できるだけ柔らかく訊いた。

「いつも依頼人の友人にまで会いに行ったりするの？」

いや、と彼はすぐに否定した。

「そこまではめったにしないな」

「迦葉にも、色々思うところがあるのかなって考えてたの。この事件に対して」

「今回が特別ってことはないよ。いちいち加害者や被害者に入れ込んでたら、胃がいくつあっても持たないし」

「それでも、やっぱり迦葉なりの正義が強く動くときはあるでしょう。少なくとも私にはそう見えて」

「まあ、プロが言うなら、否定はしないよ」

私は膝を抱えて座り込んだまま雨を見つめた。湿った草木の匂いがどんどん立ち込めて、林の向こうは霞んでいく。

じょじょに遊具の中にまで降り込んできたので、足をずらした。暗がりで見る、パンプスに包まれた自分の足は迦葉よりもだいぶ小さい。

「この事件に思うところがあるのは、あなたのほうだと思ってたよ」

私は反射的に強く彼を見返した。どうして、と思わず呟いていた。

「なんとなく。過去に重なるものがあるのかもしれないって思ったんだよ。ただの勘だけどさ」

迦葉は外へ視線を投げたまま、言った。

「あの頃の由紀も、思えばバランス悪かったよな。本当はわりと気が強いくせに、あなたよりも全然優秀じゃなくて平凡な女子の前でさ、急に遠慮して引くから。そういうところ、他人事なのに俺まで」

と言いかけたところで、迦葉は我に返ったように黙った。

スマートフォンが鳴って、軽く心臓が跳ねた。名前を確認して、すぐに出る。

「もしもし。我聞さん」

由紀、と呼びかけた声には緊迫感があった。私は話を聞きながら、となりにいる迦葉を見た。

「うん。迦葉君なら、すぐ目の前にいる」

迦葉が目だけで、俺か、と訊き返した。私は頷いてスマートフォンを渡した。

「ああ、兄貴。うん。マジで……いや、べつに俺が行かなくてもいいっしょ。どうせ誰だか分かってないんだしさあ。やー。そうか。分かった。一時間くらいでそっち着くと思う」

迦葉は話し終えると、はい、と私にスマートフォンを戻した。いったん切って彼のほうを向く。

「危ないみたいだって、我聞さんが」

「そうみたいね」

迦葉は軽く苦笑した。まるでデートのダブルブッキングでもしてしまったみたいに。実の母親が死にそうだという連絡に対して。

「雨も弱くなったことだし、一足先に行くわ。万が一あのひとが死んだら、由紀にも連絡いくと思うけど」

長い足を放り出すようにして、外に出た迦葉の背中に私は呼びかけた。

「まだ、死ぬと決まったわけじゃ」

迦葉はこめかみを指さすと、ここに溜まった水を抜く手術ってけっこうやばいだろ、と返した。

彼は泥が撥《は》ねるのも気にせずに歩き出した。雨はやんだものの曇天《どんてん》のまま夜になっていく川沿いの道に、その後ろ姿が溶けるように消えていく。

私は機関車の遊具を飛び出した。暗闇を分けるようにして、小走り気味に後を追うと、迦葉が振り返った。

「由紀はもう帰るだろ？　兄貴も病院来るって言ってたから、正親を」

「うん。だから一応遅くなるようなら連絡してって我聞さんにさっき伝えた」

と告げると、迦葉は思い出したように
「そうだよな。夫婦だもんな」

と笑った。

歩いていると、ぐしゃぐしゃになった落ち葉がパンプスの先にまとわりつき、歯切れの悪い足音が響いた。

大通りに出ると、だいぶ広くなった視界に妙にほっとした。ヘッドライトの光が目を刺し、濡れた街灯が照らす世界はまだ少し滲んでいる。

信号が変わるのを待ちながら、私が
「お母さんと面会するのって、いつ以来なの?」

と尋ねると、迦葉は、いつだったっけなー、と呟いた。

「あ、去年の夏だ。すげえ暑くて、坂の上の病院まで行くの嫌になったんだった」

そんなに前、と私は呟いた。

「悪いと思ってるんだよ、俺も。伯母さんたちに任せっぱなしなのはさ。俺も一応金は出してるけど、それ以外はノータッチだから。伯母さんも優しいよな。俺のことを押しつけられても、実の子同然に育ててくれた上にさ。いくら実の妹だからって、見捨てないってすごいよ」

伯母さんたちというのは、我聞さんの両親のことだ。

お義父さんは定年まで有名企業の役員を務めていたこともあり、経済的には裕福だった。とはいえ、彼らほど落ち着いた愛情に溢れていて面倒見の良い人たちは珍しい。ちっとも妻らしくない私のことも大事にしてくれて、実の息子と変わりなく迦葉と接する彼らを見ていると、理想的な両親とはこういう人たちを言うのだろう、と考える。

「まあ、だからこそ、よけいに俺の母親は真逆を行っちゃったのかもしれないけどね。とはいえ自分を殺そうとした母親なんて、今さら俺にもどうすることもできないしさ」

数年前に一度だけ、私と我聞さんとで施設に面会に行った。

迦葉の母親はちょうど眠っていた。ひどく痩せて、認知症に近い症状も出ているために、ずっと施設にいるという話だった。仕事柄いろんな人間を見慣れているものの、ここまで人は壊れてしまえるものかと思ったら、虚しい気持ちになった。

私が黙っていたからか、迦葉が言った。

「この世界ってさ、どんな親でも死んだら子供は心が動くって信じてる人間が大多数だろ。それって本当に本当なのか、皮肉じゃなくて、ずっと俺の中にそんな疑問があったんだよ。あ、ここでタクシー拾うわ。途中まで乗って行くか？」

彼が素早く闇に向かって手を挙げたので、私は
「ここで大丈夫」

と答えた。

遠ざかるタクシーを見送ると、あたりはまた夜の静けさへと引き戻されていった。


面会室にやって来た環菜は、丸衿の白いブラウスを着ていた。そうしていると本当に制服のように見えた。

「そのシャツは、迦葉君が？」

と尋ねると、彼女は首を横に振った。

「庵野先生の差し入れてくれるシャツは全部、衿が尖ってるから。私は丸衿が好きだっ

て知ってる香子ちゃんが」

「彼女に会ったけど、素敵な友達ね。聡明だし、芯が強くて」

と誉めると、環菜は破顔一笑、今まで見たこともないほど嬉しそうな顔になって
「そうなんです。香子ちゃんは頭もいいし、かっこいいし。同年代の男の子たちにはあんまり理解されてないけど」

と語った。

「彼女が転校してきてすぐに仲良くなったって?」

「そうです。本を読む子なら仲良くなれるかなって思って」

黒いスカートに置かれた右手を見る。不自然にこぶしを握りしめていた。本当はこの子が緊張していることに気付く。

「そういえば、お父さんの絵画教室で絵のモデルをしていたのは何歳くらいの頃から?」

「え?」

環菜がなにを言われたか分からないというように訊き返した。

「環菜さんは時々、お父さんの教室の絵のモデルをしていたって。それで遊べなかったことがあったって香子さんが話してたから」

「えっと、小学生の高学年とか、それくらいだと思います」

「生徒さんはどんなひとたち？　若かった？　大学生くらいか、それとももっと上？」

「なんでそんなこと訊くんですか」

環菜が不快そうな声を出した。いつのまにか緊張が肩にまで広がっているのが見て取れた。

「そこにいた生徒さんに、変なことされたことはない？」

私が尋ねると、環菜は驚いたように、ないです、と答えた。

「本当に？　でも、あなたに言い寄ってた大学生がいたって」

「それは、私が誤解させることしたから。たしかに嫌な思い出だけど、ちゃんと断ったし」

「じゃあ質問を変えるね。絵のモデルをしていたとき、お母さんはどうしてたの？」

怪訝《けげん》な顔をする彼女に、私は重ねて訊いた。

「そのときの、あなたのお母さんの様子が詳しく知りたいの」

「たぶん……買い物とか。どこかにはいたと思いますけど。あ、違う。料理教室です。それで土曜日の午後は母がいないからって、デッサン会をやってたんです」

「なんでお母さんがいない間だったの？」

「それは、父が、集中できないからどこかに行ってろって」

私は、そう、と頷いた。少しでも沈黙すれば面会が打ち切られてしまうことを疎《うと》ましく感じつつ、さらに質問を重ねる。

「じゃあ、あなたは絵の生徒さんたちのことは好きだった？」

環菜は困惑したように首を横に振った。

「好き、ではないけど」

「じゃあ、もし彼らに対する印象を、あなたが一言で表すとしたら？」

彼女は言葉を飲み込みかけた。私は小声で、言って、と促した。

「気持ち悪い」

その言葉を口にした瞬間、環菜は目を見開き、赤く染まった涙袋を伝って涙が落ちた。

「え……どうして？」

私はすぐに訊き返した。

「環菜さん、どうしてって？」

「なんで、私、気持ち悪いって思ったの。え、全然分かんない。どうして」

「大丈夫。落ち着いて。なにを言っても大丈夫だから」

と私はできるだけ穏やかに呼びかけた。

「先生、私、ここに来てから、ずっと、ぐちゃぐちゃの怪物を刺す夢見るんです。何度も気持ち悪くて刺すんです。ずっとなにかに似てると思ってて、でも誰だか分からないんです。ねえ、先生、どうして私、こんなところにいるような人間になったんですか。

やっぱり私の頭がおかしいから」

「環菜さん。事件の日、なにがあったの？　たとえば、あなたの中のスイッチが入れ替わるような出来事がなかった？　些細《ささい》な言葉だったかもしれないし、状況だったのかもしれない。それが知りたいの」

「分かんないです。私、本当に昔から時々ぷつっと頭の中が切れたようになることがあって。賀川さんにもおまえのキレ方は異常だってずっと言われ続けてたし。母だって、環菜はどうかしてるって」

「なにか、それくらいに嫌なことが過去にあったんじゃない？　あなた、賀川さんの話では日常的にリストカットを」

その瞬間、環菜は目に見えるほど激しく混乱し始めた。拒絶するように泣きながら首を強く横に振った。

看守が見かねて面会を打ち切った。立ち上がった環菜が目を真っ赤にして振り向いた。

「私の、せいなんです……私が全部悪いんです」

私は病院の最上階からの眺めへと意識を向けた。

広大な駐車場から自家用車が出ていく。道を一本挟んだ先に広がる田園風景は退屈なくらいにのどかだった。

癒されるほどの自然があるわけでもなく、かといってチェーン店がまばらに点在するほかは畑と住宅ばかりの東京郊外は人通りも少なく、殺人事件、という単語からはほど遠く感じられた。

空は細長い雲が何層にも重なっている。もしかしたら夕方くらいから軽く降るかもしれない。

環菜の母親は居心地悪そうに窓の外を見ていたが、迦葉が温かいお茶の紙コップを運んでくると、若干警戒を解いたようにお礼の言葉を口にした。

年齢を忘れさせる、瞳の大きさと濃い睫に見惚《みと》れそうになる。やつれた頬は陶器のような白さを保っていた。亡くなった聖山那雄人が描いていた、少女期を終えたばかりの女たちと見事に印象が重なる。

「また押しかけてしまって本当に申し訳ありません。僕たちも最低限、必要なお話をうかがったら、失礼しますので。ほんの少しだけお付き合いください」

椅子に腰を下ろした迦葉がきっちり頭を下げた。

そこまで気遣われては環菜の母親も無下にできないのか、こちらこそ、と小声で返した。顔立ちはさほど環菜と似てはいないが、紺色のカーディガンを羽織った撫で肩を見て、二人が親子であることを実感する。

「具体的な裁判までの流れはご存じかと思いますので、僕からいくつか質問させてください」

迦葉は彼女をじっと見つめてから
「お気持ちは、変わりませんか？」

と検察側の証人になることへの決意を確かめようとした。

彼女はすぐに頷いた。

「家族は、崩壊しましたから。これからは一人一人がそれぞれの力で生きていくしかないんです。だから下手に私がかばうのは、今後の環菜のためにならないでしょう」

「環菜さんと旦那さんは、どのような関係でしたか？　これほどの事件が起きるほど、いがみ合っていたんでしょうか」

「たしかに、もともと仲は良くなかったです。だけどそれは環菜が高校生くらいの頃から、ふらふらするようになったせいもあって。付き合ってる男の子を隠れて家に寝泊まりさせたこともありました。いかにも不良みたいな茶髪の男の子を。それでうちの人が激怒して、大喧嘩になって、そのときはあの人も手が出たみたいですけど。それ以来、ほとんど口もきかなくなって」

「それ以外で、環菜さんに手をあげたことはなかった、と」

「ありません。あの人、暴力なんて馬鹿のすることだと言っていましたし。たしかに気まぐれなところはあって、たまに怒鳴ることはありましたけど。昔の男の人なんて、みんなそんなものでしょう」

迦葉は、そうですか、と相槌を打った。

車椅子に乗った老人が若い女性看護師に付き添われてやって来た。となりのテーブル席で待っていた親族らしき数人が、顔色がいいね、プリン持ってきたから、などと言い合った。術後だろうか。

老人は面倒臭そうなふりをして首を振りつつも笑顔を見せて、彼らと話し始めた。

環菜の母親はその家族のほうをちらりとも見ようとしなかった。

「そんなに就活のことで旦那さんは反対されていたんですか？」

と迦葉が質問を重ねた。

「ええ。アナウンサーなんてそんなに簡単になれるものでもないし、万が一内定をもらったら、それこそタレントみたいなことをするなんて冗談じゃないって。恋愛一つだって好き勝手に書かれたり、まわりからなにを言われたりするか分からないですし」

迦葉は不思議そうに首を傾げた。テーブルの上で組んだ指がすっとほどける。

「そんなに心配なことだったんでしょうか」

「はい？」

迦葉は柔らかい口調を保ちつつ質問を重ねた。

「なにか具体的に、まわりから言われたら嫌なことでもあったんですか？」

「いえ、べつに。ただ夫もそれなりに名前は知られていますし、芸術家としてのイメージがあるのに、娘がバラエティ番組なんかに出てアイドルみたいなことをしていたら、やっぱりちょっとって思ったんでしょう」

「絵だけで食べていくってすごいことですね」

「さすがに絵の仕事だけでは、そこまで余裕のある生活はできませんから。普段は美術学校の講師をしたり、弟子になりたいという若い人たちを集めて、個人的にデッサン会も」

「そういえば、環菜さんがモデルをつとめていたというお話をうかがったんですが」

環菜の母親は長い髪をかき上げながら言った。

「子供の頃の話ですよ。子供の絵画モデルを見つけるのは大変だったんです。環菜も、可愛く描いてもらえるならいいよー、なんて乗り気でしたし。だけどそのうちに、バイト代も出ないのに働きたくない、なんて生意気言うようになって、デッサン会の日にさぼって友達と遊びに行ってしまったりしたので、あの人のほうからやめさせたみたいです」

なんだろう、と心の中で違和感を覚える。このことに関して環菜と母親の温度差は。まるでまったく違う事柄について語っているようだ。

「お母さんのお話をうかがっていると、那雄人さんにも、環菜さんにも、そこまで大きな問題があったとは僕には思えないのですが……このままでは、亡くなってしまった那雄人さんだけじゃなく、環菜さんの未来まで失われてしまいます。彼女にはまだ十分に更生の余地がある。もちろんお母さんの立場が一番苦しいことは僕も重々承知ですが、お母さんがこちら側の証人として出廷することで、環菜さんに心正しく生きていくチャンスを少しでも与えてあげることはできませんか？」

環菜の母親は表情を変えなかった。

「仕方ないんです。私にも、どうにもできませんから。あとは環菜が自分の力で更生して、人生をやり直すことを願うことしかできません」

一見正論のようだが、自分はなにも面倒を見たくないと言っているようにも聞こえた。出所後に環菜と生きていくつもりはないのだろうか。

迦葉は、そうですか、と相槌を打つと、困ったように沈黙してから

「だけど、それってお母さんにとっても、あまりいい流れじゃないと思いませんか？」

と仕事抜きでの提案のように切り出した。

環菜の母親は、迦葉をちらっとうかがった。

「考えてみてください。まだ若い一人娘を突き放して、亡くなった那雄人さんの側につく……もちろんそこには事情がある。だけど世間には、お母さんの主張が正確に届くことはあまり期待できない。報道だって、裁判の一部始終を伝えるわけじゃない。ただ検察側についたという情報だけが流れる。そのときに、言い方はちょっと悪いですけど、母としての責任から逃げたように受け取られるかもしれません。分かります、誰だって

殺人事件を起こした我が子をかばうなんて抵抗があるもんです。お母さんだけじゃない。ただ、世間っていうのは偏見に満ちた場所です。ただでさえつらい目に遭っているのに、さらに理不尽な非難にさらされることを考えたら、ここは母と娘の絆をもう一度信じて、環菜さんの更生に力を貸すほうが、この先のお母さんの人生を考えても、前向きな選択じゃないでしょうか？」

環菜の母親は濁すように咳払いをした。美しいけれど静止画のようだった表情に、初めて揺らぎが浮き上がった。

一分間近い膠着《こうちゃく》状態の末、環菜の母親はとうとう考えること自体を投げ出すように言った。

「やっぱり、無理です。だって話すことがないもの。環菜をかばうにしたって、それほどの理由なんてないんだから」

二人が沈黙するのを待ってから、今度は私が

「少しお話をうかがってもいいでしょうか？」

と訊いてみた。

彼女は気乗りしない様子で

「さっき臨床心理士っておっしゃってましたけど、精神科医ではないっていうことですか？」

と訊き返した。攻撃的な口調には気付かないふりをして、私は答えた。

「はい、大学と大学院で臨床心理学を学びました。今のクリニックに勤めて、院長からカウンセリングのノウハウを学び、臨床心理士としては今年で九年目に」

「臨床心理士なんて資格、あってないようなものだって聞いたことありますけど。医学部を出た精神科の医者と違って、正直どこの誰とも知れないような人間になにが分かるっていうんですか」

「個々のスキルの差は、たしかに業界全体の問題としてあると思います。ただ、うちのクリニックの院長は精神科医としての臨床の経験も十分ありますから。そのあたりは信頼していただいて」

「いくら院長は立派でも、若いあなたに環菜をどうにかするなんてできるの？　今まで問題なく堅実に育ってたのに、就職で揉めたからって実の父親を殺すような子を治せるなんて本気で思ってるなら、あなた、子育てとか人間のことなんて一つも理解してないわよ」

「私の役目は、環菜さんを治すことではなく、彼女の過去を整理することなんです。ところで私もお母様にうかがいたいことがあります。環菜さんの腕の傷を見たことはありますか？」

「もちろん。それがなにか？」

と環菜の母親は平然と訊き返した。その返答を少し意外に感じつつも
「環菜さんに、そのことについて訊いたことはありますか？」

と重ねて尋ねた。

「ありますよ。鶏でしょう」

私はつかの間、言葉をなくした。

「学校に遊びに行ったときに鶏に襲われた傷でしょう。それがどうしたんですか」

「環菜さんが、そう言ったんですか？　いつ頃？」

「私がハワイに行っていたときだから、小学校を卒業した年です。あの子、そういうところがあって、昔から変な怪我をよくしてくるんです。妙にぼうっとしてるもんだから」

「ハワイには、ご旅行で？　そのときは環菜さんは、お父様と自宅で留守番だったんですか」

「私の幼なじみがむこうで式を挙げるっていうから、出席することになったんです。中学校は入学前だったので環菜を連れていこうか迷っていたら、お金もかかるから一人で行ってこいって夫が」

「それでハワイから帰ってきたら、鶏に襲われたと、環菜さんが」

くり返すのも馬鹿馬鹿しかったが、環菜の母親は、そうです、と真顔で相槌を打った。

「その後は、傷が増えたりしましたか？」

「分かりません。数えたわけじゃありませんから。それがなんだっていうんですか」

「私がお訊きしたいのは、環菜さんがなにか精神的に追い詰められていて、そのことにお母様も気付いていたんじゃないか、という点です」

てっきり激昂されると思った。

けれど環菜の母親は妙に淡々と答えた。

「追い詰められていたことなら、あったでしょうね。あの子、昔から脆《もろ》かったから。夫も気難しい人で、私もそれなりに苦労しましたし、それくらいは気付いてますよ。でも、そんなの最終的には本人がどうにかするしかないでしょう」

私のせいなんです――。

私が全部悪いんです――。

かすかに動悸が速くなる。

「だいたい家にいるのがそんなに嫌なら、全寮制の高校に行けばよかったんですよ。私もあんまりあの子と夫の折り合いが悪いから、海外に留学するか、私立の全寮制の女子高を薦めたんです。それなのに、知らない場所に行くのは嫌だって」

「それは、そうだと思いますよ。近くに仲のいい友達もいるのに、とくに行きたいわけでもない学校に進学して、家を出されるのは」

「だから無理に出そうとしたなんて言ってないでしょう？　それに帰りたかったら好き

に戻ってくればいいじゃない」

目の前の美しい中年女性は濡れたような瞳をしていた。紺色のカーディガンがまるで制服のように見えてくる。実際、十代の少女のように無責任な主張だった。

「それは、環菜さんの責任でしょうか？」

私はゆっくりと質問を投げかけた。

「はい？」

と彼女は驚いたような声を出した。

「子供の環菜さんに、自分でどうにかできる力はありません。本来は親に守られてしかるべき」

「だってあの子、私の言うことなんて一度も聞いたことないんですよっ。いつだって自分のことばかり。だったら本人の意思に任せるしかないでしょう」

「環菜さんはすべて自分が悪いんだって、私の前で涙を流していました」

「だから、そういう子なんです。デッサン会に来てた学生がバイク事故で亡くなったときも、散々可愛がってもらったのにお通夜で面倒臭そうな顔して、挙句、途中で具合悪いから先に帰るなんて。いつだって嫌なことは、お腹が痛い、頭が痛いって。そういうときだけ泣いて騒いで逃げてきたんだから。あの人を刺したときだって、そうです。私がせっかくあの子のために夕食の準備をしていたら、血だらけで帰ってきて……もう思い出したくもないです。父親を殺した直後だっていうのに謝りもしなければ、涙一つ見せなかった。結局、環菜は自分のことでしか泣けないんです」

彼女は椅子から勢い良く立ち上がった。廊下を戻っていく後ろ姿を、迦葉が付き添うようにして追う。私はその場に残った。

長い時間をかけて、迦葉が戻ってきた。

エレベーターで一階まで戻り、出入口脇に併設されたカフェテラスに立ち寄った。

ガラス張りの店内にいるのは病人ではなく、元気な見舞客ばかりだった。気が抜けてレジで飲み物を注文した。

紅茶にミルクを入れている間に、迦葉もホットコーヒーを片手に向かいの席に腰を下ろした。

「さっきはごめんね。環菜さんのお母さんとはなにを話してたの?」

「連れが失礼しました、僕はお母さんのことをそんなふうに思っていませんよってことを話したよ。まあ、一応、立場上な」

「ごめんなさい。ありがとう」

迦葉は、どういたしまして、と軽く笑った。どうやらそこまで気分を害してはいないようだ。

「小学校卒業の頃になにがあったんだろう」

と私は呟いた。迦葉は腕組みしつつ、ハワイで鶏はギャグみたいだったよな、とぼやいた。

「母親がいなかった間に、環菜さんはおそらく自傷を始めた。なにかきっかけがあったことは、たぶん、間違いないと思う」

「自傷ってさ、詳しくは知らないけど、気を引くためにやるもんなんだよな？」

私は、かならずしもそれだけではないんだけどね、と付け加えた。

「自傷行為には、緊張からの解放だったり、セロトニンの機能低下だったり、色々な作用や原因があるものだから。他にも怒りによる覚醒状態をやわらげたりね」

迦葉が、そんなこともあるのか、と感心したように言った。

「環菜さんの場合も精神的に限界に達したんだとは思うんだけど、そこまで決定的なことが起きたという人は誰もいないんだよね。とはいえ私の印象だと、先天的なものだとも思えないんだけど」

下唇に指を添えて考え込むと、迦葉も眉根を寄せた。

「環菜さんがまだ子供だった頃の、家の中の様子をもっと具体的に語れる人がいればいいんだけど。あとは事件当日のこととか。あ、面接を受けたテレビ局には」

「話は聞きに行ったよ。朝来たときに少しだけ寝不足っぽい雰囲気があったけど、別段、面接時に変わった様子はなかったみたいだけどな。普通にマイクとカメラテスト、それに面接があって……その途中で具合悪いからって。横になるように勧めたけど、それを振り切って帰っちゃったから、まわりも心配してたって話だったよ」

「そう」

迦葉が、私の足元の鞄へと視線を向けた。

「どっか行くの？　これから」

ああ、と相槌を打つ。いつの間にか店内にいるお客は私たちだけになっていた。

「明日の午前中に横浜で講演会があるの。私一人じゃなくて、複数でだけど。こっちからのほうが距離近いから、前入りして一泊しようと思って」

「マジで？　悪かったな、忙しいときにセッティングして」

「大丈夫。正親と我聞さんには今朝のうちに大量のおでん作っておいたし、たまには一人でホテルでのんびり休めるって、ちょっと嬉しいから」

がらんとした特徴のない店内の、白いカウンターや床に会話が反響する。

病院の中は時間の進み方が外と違うように感じられて、思考が滞りかけたとき
「なんていうか、えらいよね。お義姉さんも」

ひさしぶりに、お義姉さん、という呼び方をされたように感じた。

「仕事して、正親を育てて。俺にはできないよ」

「迦葉だって、いざ家庭を持ったら、やるようになるんじゃない？」

「家庭ねえ。未だにピンとこないよなあ。兄貴は、うん。本当に結婚向きだよ」

私は黙った。

我聞さんは十年前なんの迷いも疑いもなく、結婚しよう、と言った。凍える冬の夕方に、ヤカンから湯気の立つ喫茶店で。

あのとき窓越しに見た雪景色は曇っていたけれど、綺麗だった。永遠に時が止まった気がした。

「まあ、男女逆だったらよかったのかもしれないけどな」

迦葉が唐突に笑って茶化した。新雪に泥のついた靴で踏み込まれたような気分になり
「冗談でも、そういう言い方は気分良くないから、やめてね」

私がやんわり諭すと、迦葉はコーヒーカップを口から離した。

「兄貴が俺に言ったことがあるんだよ。昔」

誰かが入ってきた気配がして、いらっしゃいませ、という声が場違いに明るく聞こえた。

「由紀はもしかしたら男だったほうが幸せだったかもしれないって。もちろん冗談じゃなくてさ、真剣に。だから、あれで男だったらけっこうな亭主関白じゃないのって言ったら、さすがに兄貴も笑ってたけどさ」

私は上手く笑えずに、トレーを摑んで立ち上がった。

「無理しすぎるなよ」

ありがと、と彼に届くかは分からないくらいの声で答えて、私はカウンターにトレーを片付けた。

大通りを抜けようとしたら、港からの夜風にあおられた。身震いするほどの冷たさに、慌ててストールを取り出す。

まばらに星が浮かんだ夜空はまだかすかに青く、これだけ人の往来があるというのに、なんだか心もとなくなる。

ホテルは関内駅近くのシティホテルだった。

チェックインのときに、真壁、という名字を書く瞬間は未だに我聞さんの顔が浮かぶ。いったい我聞さんはどんなシチュエーションで迦葉にあんなことを言ったのだろう。考えているうちになぜか自分が一人暮らしをしていた頃の部屋の様子が浮かび上がってきた。

無印の薄茶色のカーテンに、黄緑色のチェック柄のカバーが掛かったベッド。アンティーク風の安いローテーブル。いかにも女子大生らしい部屋で初めて我聞さんと抱き合ったときのこと。

行為が終わった後に、彼が眼鏡を掛け、ベッド脇の壁を指でなぞった。

「壁のここ、穴が空いてる」

私はそっと首を傾げた。理由など説明できるわけもなく。

「お客様、お部屋は６０５号室になります」

とカードキーを出されて、私は受け取った。

細長い廊下を抜けてドアを開けると、薄暗い室内はとりたてて特徴もなく、清潔なベッドとデスクが並んでいるだけだった。

シャワーを浴びると、ようやく気が休まった。薄いガウンを羽織って、湯気のこもったユニットバスから出る。

ひさしぶりに無防備な姿で室内を歩きまわっていると、デスクの鏡に胸元のはだけた自分が映り込む。なんだか見知らぬ女の体のように感じた。

年齢を重ねるほど自分の体をまじまじと見る機会は減るものだが、それだけではなく、私はもともと明るいところで自分の体を見ることに強い抵抗がある。

あれは正親が生まれたばかりの頃だ。夜泣きする正親を寝かしつける間に汗だくになったので、夜中に一人でお風呂に入り、部屋で着替えていたときだった。我聞さんがばっとドアを開けた。

その瞬間、私は半ば反射的に叫んでいた。見ないで！　と。

その晩、私はベッドの中でもひどく動揺していた。宥めるように私を抱き寄せた我聞さんの腕にしがみついた。傷を塞ぐように求める私を、我聞さんはずっと出会った頃のように抱きしめていた。静かな夜だった。この人は私を傷つけない、と信じられた。明け方になってようやく眠りに落ちる間際に、私を見守る眼差しを受け止めながら。

あれ以来だ。我聞さんになら、明るいところで肌を見せても大丈夫になったのは。

環菜の母親とのやりとりを振り返る。ああいう自分本位な母親の話は、カウンセリングの相談者を通してよく耳にする。ことごとく責任を回避する言動には、かえって巨大な闇が潜んでいるように感じた。すべては環菜が勝手にやったこと。直接的にはそうなのだとしても、でも。

急激に眠気がやってきて、私は考えることを中断した。

ガウンのままベッドに横たわると、ひさしぶりに手足を伸ばせることが嬉しかった。どんなに愛はあっても自分だけのベッドはやっぱりいいものだな、と思いながら枕に頭を預けた。

講演会の参加者たちが会場を出ていくと、私は使った資料を素早くまとめた。
主催者側のスタッフがやってきて
「今日は本当にありがとうございました。もしよかったら、会場の片付けが終わってから、打ち上げでも」

と切り出したが、私は
「家族が待っていますので、残念ですけど、今日は失礼します」

と断った。白髪頭の男性たちはのんびりと、昼間から紹興酒もいいですなと談笑している。

エントランスを抜けて、自動ドアが開いた瞬間、オフィスビルや商業施設の谷間からおどろくほど青い空が見えた。

冷たい空気に心が洗われていくのを感じたとき、誰かの視線に気付いた。その顔を見てびっくりする。

「真壁先生、でしょうか。私、庵野先生の事務所で事務をしています。小山《こやま》ゆかりと申します」

紺色のすとんとしたコートを羽織り、長い髪を持ち上げるようにゴムで束ねただけの、化粧気はなくとも美しい顔立ちには覚えがあった。

「はい。一度、私が庵野先生を訪ねたときに、事務所でお会いしましたよね。あの、今日はいったい」

彼女は思いつめたように下を向いたまま
「庵野先生のことで、どうしてもお話ししたかったんです。お仕事の帰りに、本当にすみません。私にも、もう、自分が分からなくて……」

と今にも崩れそうな声で告げた。

港近くのカフェバーからは、海がよく見えた。強烈な西日が水平線に差して、巨大な白い客船を飲み込みかけていた。

小山ゆかりは気を取られたように、暮れていく海を見つめていた。

長い髪は手入れもされておらず、胸によって押し上げられた安いニットワンピースの編み込み模様がその邪気のなさを象徴しているようだった。

いったいなにがあったのだろう、と慎重に様子を見守っていると、彼女が泣き出しそうな表情のまま頭を下げた。

「こんなふうに押しかけてしまって、なんて言ったらいいか」

「いいえ。どうせ今日はこのまま帰るだけだったから」

疲れたのもあって頼んだシャンパングラスを持ち上げ、私は答えた。

彼女はノンアルコールのオレンジのカクテルに軽く口をつけてから、言った。

「真壁先生はお酒、得意なんですね」

「小山さんはまったく飲めない？」

「一杯くらいなら。庵野先生にバーに連れていってもらったときだけは飲みます」

バー、という単語が奇妙に新鮮に感じられた。私と迦葉が二人きりでバーに行くことはおそらく一生ないだろう。

「目の前に東京タワーの見えるバーとか、お洒落なワインのお店とか、庵野先生、いつも素敵なところに連れて行ってくれて。だけど、そのたびに、きっと過去に他の女性と来てたんだろうなって、つい考えてしまって」

「詮索《せんさく》するつもりはないんだけど、たしか近々ご結婚するって」

　私が切り出すと、彼女は言いづらいことを代わりに言ってもらえたという顔になって、はい、と頷いた。

「高校のときからの彼と結婚するつもりです。吹奏楽部で出会って、今まで一度も怒ったことがないくらいに穏やかな人で、趣味も合うし、共通の友人だってたくさんいて、迷ったことなんて、なかった。でも……きっとぜんぶ私の勘違いなんです。分かっているんです。ただ庵野先生、優しいから。私が傷つくようなこと、絶対に言わなくて、だからこんなことまでしてしまって……」

　声をふるわせる彼女の柔らかな頰や肩の曲線を見て、次の問いに迷ったものの
「どうして、私のところに？」

と尋ねてみた。

　彼女は顔を上げると、助けを求めるように言った。

「以前、庵野先生が、特定の彼女は長いこといないって話していて。だから一番長い付

き合いの女って兄貴の嫁かもしれないなあって言ってたことがあったんです。真壁先生とは大学の同期生だったっていう話も、そのときに。だから、もしかしたら真壁先生になら庵野先生のことを相談できるんじゃないかって思ったんです。本当に勝手なことを言ってすみません。良かったら、このことは庵野先生ご本人には」

「もちろん言わないし、仕事柄、秘密の相談には慣れてるから。ただ彼は昔から少し難しいところがあって……普通に付き合って穏やかに生活できるかはちょっと分からない、と個人的には思うけど」

小山ゆかりが沈黙してしまったので、私も黙った。安易に無責任なことは言えない。

小声で、子供、と呟くのが聞こえた。

まさか妊娠、と思った矢先に、彼女が切り出した。

「庵野先生の子供の頃の話って、本当なんですか？」

「それ、迦葉君があなたに話したの？」

私は訊き返した。

「はい。別れ話になったときに……昔、自分は餓死しかけたことがあるから、子供なんておそろしくて作りたくないし結婚への憧れもないって。それで私なにも言えなくなったんです。それなのに昨晩、珍しく彼のほうから連絡があって」

そこまで聞いて、ようやく話がつながった。

「もしかして、今日横浜で講演会があるっていうのは、昨日、迦葉君が話したの？」

昨日の環菜の母親との対話を思い出す。嫌な意味で揺さぶられたのは私だけじゃなかったのだ。

小山ゆかりは小さく頷いた。非常階段のエピソードで、私はてっきり迦葉がこの子との肉体関係を適当に楽しんでいるのだろうと思っていたが、もしかしたら彼は私が思っている以上に、この子に心を許しているのかもしれない。

「すみません。もう、庵野先生にお会いするのはやめたほうがいいですよね。携帯番号もかえて、ちゃんとけじめを」

ゆかりさん、と私は呼びかけた。彼女ははっとしたようにこちらを見た。その左手の薬指に指輪はまだ嵌められていなかった。

「自分のしたことに対する罪悪感は抜きにして、一度、冷静に考えてみたらどう？　たとえば迦葉君があなたを好きだとしたら」

「まさか、庵野先生が私のことを好きだなんて」

と否定しつつも、その頬や耳は赤く染まっていた。

「安定や安心をくれる今の彼を失ってまで、迦葉君と向き合っていきたいのか。一度、現実的に考えてみるのもいいんじゃない？　どちらを選ぶにしても、後から後悔しないように」

彼女は納得したように頷くと、たしかにそうですよね、といくぶんか落ち着きを取り戻して言った。

会計のときにどうしても彼女が払うと言ったので、素直に奢ってもらった。

地下鉄の改札口で別れることになり、階下から響いてくる轟音を聞きながら
「また、なにかあったら」

と笑顔で告げると、彼女は恐縮したように頭を下げた。

「すみません。最後に、もう一つだけ」

「ん？」

小山ゆかりは言いづらそうに唇を軽く合わせると
「やっぱりなんでもありません。すみません、ここで失礼します」

と腰が折れそうなほど深く頭を下げた。

帰っていく後ろ姿を見送りながら、迦葉が絡むと戸惑うのは自分のスタンスが未だに定まり切らないからだ、と悟った。


風の吹き抜ける敷地を歩きながら、あと何度この光景を目にするのだろうと考えた。

近代的な拘置所は、遠目だと美術館のように見えなくもない。

車のエンジン音も鳥の鳴く声も遠かった。静けさの中に佇むコンビニエンスストアだ

けが日常の延長だった。

面会の手続きを済ませて、差し入れを預けてから、奥のエレベーターへと乗り込む。

扉を開け、椅子につく。環菜が愛想笑いを浮かべている。軽く会釈して向き合う。

「先日、環菜さんのお母さんと会って話してきたの」

環菜は、そうですか、とだけ言った。唇には短い毛が一本張り付いていた。

彼女はすぐに気付いて恥ずかしそうに指で払うと、気を取り直すようにして訊いた。

「母は、なにか言ってましたか？」

私は少し考えてから、鶏とリストカットの傷の話題は、この場では伏せることにした。

環菜の母親の話が本当なら、彼女はそのことを隠したいのだ。たぶん今も。無理やりに聞き出して前回のように混乱させてしまえば面会が終わってしまう。

そのため具体的な話はあえて避けて質問した。

「あなたのお母さんは、あなたが幼い頃からずいぶん自己責任を強いていたように感じたけど」

あいかわらず母親の話題になると、環菜の表情は薄ぼんやりとして、何を問われているか分からないというふうになる。

「子供のあなたが男性から迫られたりしたときに、守るのが親の役目だと思ったことはない？」

「役目？」

と環菜は本気で困惑したように問い返した。守られるという発想など一度も抱いたことがないみたいに。

「分からないです」

「賀川洋一さんとのことを教えてもらってもいい？」

環菜は、なんのことですか、と訝しげに訊き返した。

「賀川洋一さんがあなたに無理やり肉体関係を強要したっていう話を聞いて」

強要、という言葉に環菜はかすかに怯《ひる》んだように見えた。でもそれは、と急に否定するように遮って
「客観的な事実とは違うから。私が、そういうふうに感じただけで。だからそのことは……庵野先生にも思わず勢いでそう言っちゃっただけで、おおごとにするつもりはなかったんです」

と弁解した。

「私もあなたの同意なく、元恋人に乱暴された、なんてもちろん本に書かない。ただ、あなたの過去を整理していく上で、あなたが感じてることそのものが重要だと考えてるから」

「でもやっぱり同意の上だったたって、私も思い直したから」

「あなたはどうしてそう思うの？」

環菜は眉根を強く寄せると、笑ったから、と呟いた。

「私、賀川さんの部屋で押し倒されたときに笑ってたんです。……だから」

「それは心からの笑顔？　あなたは彼のこと、セックスしてもいいくらいに好きだった？」

環菜はうつむいたまま強く首を横に振った。

「人として感謝はしてたけど……自分でもどうして笑ったのかよく分からないんです。昔からなんです。環菜は好きでもない男にも媚びるってまわりからも言われてた。だからきっと私、あのとき賀川さんに好かれたくて媚びたんだと」

「どうして、好きでもないのに好かれたいの？」

彼女は、え、と言葉を詰まらせて、続きを語ることができなくなってしまった。黒いズボンの上の白く瘦せた手首が一瞬、骨のように見えた。

「好きじゃなかったら、好かれなくてもいいと思わない？」

「だけど私のことすごく好きだって言って、心配して、たくさん優しくしてくれたし」

「その優しさは、あなたが求めたものだった？」

「求めて、はいないけど。でも車で迎えに来てくれたり、心配だからって電話かけてきて、一晩中話を聞いてくれて。それで彼の部屋に逃げ込んだから、するのは仕方ないかなって……」

「環菜さん、あなたは男性から肉体関係を迫られたときに、断ったことってある？」

環菜は言いづらそうに口ごもってから、ほとんど断ったことないです、と認めた。

「それはあなたが望んで？」

「望んだところもあるかもしれないし、私がそういう気持ちにさせたから、する責任があるって」

私はできるだけ責める口調にならないように気をつけつつも、それなら、と切り出した。

「賀川さんと付き合ってるときに、ほかの男性と寝たっていいよね。だってあなたにしてみたら同じことだものね。求めてきたから応じた。そこに区別なんてない」

「さすがに、そこまで言わないけど」

「環菜さん、あなたは本当は賀川さんのこと」

次の言葉を察したような沈黙が落ちた。

「怖かったんじゃない？」

「違います」

環菜が失望したように言ったので、私は、決めつけるようなことを言ってごめんなさいね、と言いかけた。だけど彼女が次に発した言葉は

「賀川さんだけじゃないです。私は男の人は、みんな、怖い。本当は触られるだけで嫌でした。でも、どうすることもできないから」

というものだった。

「どうして、どうすることもできないの？」

一言一言やり合うたびに腕時計の針が進む。あと八分しかなかった。

「だって、みんな、私が興奮して喜んでるって。結局それが事実なんだから」

「環菜さん。あなた、幼い頃に不快なものと性的なかかわりを持たされたことはなかった？　たとえ不快な体験でも、それが性的なイメージと結びついてしまったことで、反射的に反応してしまうことはあるから。たとえば、デッサン会で薄着になったりだとか」

「性的なことなんてされてないです。服装だって、普通の半袖のワンピースとか、白いシャツとかでした。あんまりゴテゴテしてると、デッサンの練習にならないから」

「ポーズはどんなふうに取ったりしていたの？　ごめんね。答えづらいかもしれないけど」

「ポーズはテーブルの上に腰掛けて、こんな感じで、ちょっと前のめりに」

と環菜は椅子の両端を摑むと、軽く上半身を倒した。たしかに、とりたてて特異なポーズではなかった。

「それで、どれくらいの時間を？」

「休憩挟んで、二時間とか」

「動いたらいけないの？」

「動きは……たまにはいいけど、体が重たくて、疲れると動くほうがきつかったから」

そう、と私は頷いた。

「すみません。だから、関係ないと思います。あと、全部が全部いやだったって言い切るのは、責任転嫁っていうか、やっぱりずるい気がする。私も関係を持つ気になったっていうことは、ちょっとは相手を好きだってことになります、よね」

「普通は相手のことを知って好きになって、信頼したからこそ、肉体関係を持つものだと思わない？」

彼女は、しんらい、と途方に暮れたように呟いた。

「私、信頼した相手なんて……あのときだけ」

あのときって、と質問しかけたのを遮るように、どうして私、と環菜が堪え切れなかったように言葉を吐き出した。

「香子ちゃんみたいになれなかったんだろう。弱いし、嘘つきだし、最初はよくても、最後は結局みんなから責められた。まっすぐに生きられるなんて、ずっと思ってませんでした。だって、嘘は」

「嘘は？」

「嘘はつくしかなかったのに」

私は、たとえばどういうときに嘘をついたの、とやんわり質問をした。

「これは言ったらいけないことだって、言われたとき」

「それは、誰に言われたの？」

環菜は当たり前のように答えた。

「父と、母です」

私は軽く目を閉じてから、彼女をまっすぐに見た。ようやく本題に入る。

「あなたは、なにを言ったらいけないって両親から言われてた？」

言われたわけじゃないです、と環菜はまた弱腰になって否定した。

「ただ、たとえば戸籍とか」

「え？」

と私はなにか聞き間違えたのかと思って、訊いた。

「なんでもないです。ただ、たまに戸籍を抜くって……気に入らなかったら」

「環菜さん。あなた、もしかして聖山那雄人さんとは血が繋がってないの？」

「一応、表向きには父の娘っていうことになってます。だけど本当は、違うんです、母が」

混乱し始めた環菜をはげますように、ここに怖い人は誰もいないから、と言い聞かせる。

「父と別れた後、ほかの男の人と同棲してたときに私ができて、だけど産むなって言われて……それを父が、母の子だったら絶対に綺麗だからもったいないって。だから恩が、恩が、あるんです。それなのに私が上手くできなくて、私が」

手の甲を掻きむしろうとする環菜の手首をそっと押さえて止めてあげられたら、と思った。私たちを遮るガラス一枚を疎ましく感じる。

環菜の祖母が泣きながら口にしたという、恩知らず、という言葉が蘇る。言葉には出さねど、身近な大人たちがそういう視線を環菜にずっと注いでいたのだ。

いい子ならば、引き受けて良かった。

だけど悪い子ならば、引き受けたことは失敗。

環菜はどんどん幼い子供のように揺らいで退行していく。相談者が目の前で苦しんでいるというのに、私にできることはこれだけ。わずかな言葉しかない。

「役に、立たないんです。私は。だから役に立たないと」

「それで、嫌なこともすべて飲み込んだ？」

環菜はうつむくと、首を振った。飲み込めなかった、と呟く。

「我慢できなかった。できなかったから」

「なにが、我慢できなかった？」

環菜は両手で顔を覆うと、ぶつぶつとなにか言った。ガラスに遮られて聞き取ることができなかった。お願いもう一度、と言いかけたとき、時間が来てしまった。

立ち去ろうとした環菜がまたなにか早口で呟いた。それだけははっきりと耳に届いた。

ぞくっとして足を止めかけたものの、看守から注意を受けて仕方なく面会室を出た。


私が顔を覗かせると、休憩室でお茶を飲んでいた環菜の母親はぎょっとしたように見えた。

私は深々と頭を下げた。そして部屋着姿でそっぽをむいた横顔に告げた。

「急に押しかけてしまって本当に申し訳ありません。環菜さんのことで一つ訊き忘れたことがありまして。それだけ確認させていただけたら、すぐに帰ります」

環菜の母親はうんざりした表情で、ああそうですか、と受け流すように言った。私は気にせずにテーブルを挟んで向かいの椅子の背を引いた。

「すみません。こちらに失礼します」

と言って、口火を切った。

「環菜さんが那雄人さんの本当の娘じゃないというのは事実でしょうか？」

環菜の母親の目尻が一瞬、痙攣《けいれん》したように見えた。

「そうですけど、関係ないでしょう」

と言い切った。

と」

「でも環菜さんは、那雄人さんの意に添わないことをすれば戸籍を抜くと言われていた、

「生まれたときから一緒にいるんですから、実の子同然ですよ」

「なにが、どう関係ないんでしょうか」

環菜の母親はあきれたように、はい？　と訊き返した。

「そんな脅すようなこと言うわけないでしょう。また環菜の被害妄想が始まった。あの子、虚言癖があるんじゃないですか。本当に、ちゃんとした精神科医に診てもらったほうがいいわね」

また虚言癖、と心の中で呟く。

「普段の対話の中では、そういった傾向は見られませんが。では、そのような事実は一切なかったということですか？」

「もちろんですよ。だいたい戸籍なんて簡単に抜けるものじゃないでしょう。たとえば、喧嘩したときにそういうことを一度だけ言ったとか、そういうことはあったとしても、もちろん本気じゃないですし。とにかく環菜は大げさなんです、昔から」

「大げさの延長で……父親を？」

「あなた、この前は弁護士の方と一緒だったから仕方なく応対したけど、いいかげんにしてもらえませんか。だいたいあの事件の日までは環菜とだって普通に生活してたんで

すよ。いきなりあんなことをして、自分が被害者みたいなことを言い出して。それまでは平和だったのに……あなたやまわりが環菜を刺激して、よけいにおかしくしてるんじゃないんですか⁉　裁判までそっとしておいてあげればいいじゃない。本人だって自分でちゃんと考えて悔い改めなかったら意味ないわよ」

「環菜さんはずっと自分を責めています。事件の日からじゃなく、それまでの人生でも。その罪悪感はどこから来たものなんでしょうか？」

「知らないわよ。ろくでもない男の子たちに引っかかってたから、そのせいじゃないんですか。賀川君だけはわりに良かったのに、環菜が怒らせるから、逃げられちゃって」

私は意外に感じて、賀川さんとは会ったことがあるんですか、と訊いた。

何度も会いましたよ、と環菜の母親は答えた。

「私たちが心配するといけないからっていつも環菜を家まで送ってくれたし、私が足を怪我したときに車で病院に連れてってくれたこともあったもの。たまにうちに招いて食事したりしましたよ。あの人も賀川君のことは珍しく気に入ってたから。いつだったか私の誕生日にケーキまで買ってきてくれたんですよ。そんな男の子、なかなかいないでしょう」

私は、そうですね、と相槌を打った。あの日、ホテルの高層階のティーラウンジで賀川洋一に抱いた疑問と、環菜の矛盾した言動の正体を、ようやく摑んだ。

「環菜さんはきっとご両親が気に入っていたから、賀川さんと別れなかったんですね」

環菜の母親はあきれたように笑って、なんですかそれ、と一蹴した。

「べつに私は環菜が誰と付き合おうと反対なんてしたことないのに。本当に変な子ね」

私はお礼を言って、席を立った。

環菜の母親は最後にすっと立ち上がると、艶のある髪を片手で押さえながら辻褄を合わせるようににっこり微笑んだ。

「環菜のために親身になってくださるのは、本当にありがたいんですよ。だけどあの子のことなら私が一番知ってますから」

「でも先ほど、事件の日まで環菜さんは普通にしていたと……それでも那雄人さんを刺した理由はお母様にも分からないんですよね？」

母親は、だから、と高い声を出した。

「虚言癖だって言ったんです。私が、さっき。本当のことを言えないなら、私が理解できなくたって仕方ないでしょう」

まるで勝ち誇るような言い方に、私はもうなにも言えなかった。

先日の面会で、環菜が退室する直前に漏らした言葉が脳裏を過《よぎ》る。

環菜はこう言ったのだ。

私が嘘をつくことで母は安心してました、と。

病院の一階から二階にかけてのエントランスは吹き抜けになっている。

二階の受付に面会のバッジを返しに行き、手すりから身を乗り出すと、一階のカフェテラスで食事を取る家族の姿がちらほらと見えた。私はその場で迦葉に電話をかけた。

「ごめん」

と謝ると、迦葉は感情をいったん殺すように黙った。車の行き交う音だけが響いた。それからようやく
「だから事前に相談しろって。俺だってまだ証人喚問の件、あきらめたわけじゃないんだから」

と言った。

「本当にごめん。だけどあきらめたほうがいいと思う。彼女は責任なんて一つも認めたくないみたい。あくまで自分は何も知らない悲劇の母親を通すつもりだって、今会って、確認したから」

迦葉は小さくため息をつくと、ふいに
「これからは俺たち、別行動にするか？」

と唐突に提案してきた。

「由紀の考えもあるとは思うけど、弁護側の関係者だと思われると、ちょっとやりづらいこともあってさ」

そうね、と私も認めた。

「ありがとう、よく今まで同行させてくれて」

「いや、正直、俺だけだったら思いつかない質問もたくさんあったから参考になったよ。じつは環菜ちゃんがさ、北野先生を怖がってたんだよ。大柄な男が怖いんだって。それで由紀のほうが打ち解けるのが早かった分、色々助かったところもあるし」

「そうだったの」

と私は呟いた。

「分かった。それなら、これからはばらばらで。迦葉の名前は一切出さない。ただ、裁判の前に一度は話しましょう」

「そうだな。なにか困ったことがあれば、いつでも連絡くれていいよ」

彼の口調が柔らかくなったところを見計らって、私は切り出した。

「そういえば、小山ゆかりさんが私のところに来たけど」

ああ、と無頓着に出した声が演技なのか素なのかは、判別がつかなかった。

「悪いね。かなり思い詰めてたみたいだったから。お義姉さんなら、馬鹿な男に引っかかってないで幸せになりなさいってびしっと諭してくれるかと思ってさ」

「結婚も迦葉のことも、冷静に考え直してみるようにすすめた」

迦葉は愕然《がくぜん》としたように黙った。

「あの子のこと、好きなんじゃない？」

「好き、ねえ。そういうのも、もはや懐かしい感情ですよ」

と彼が混ぜっ返したので、私は言った。

「お母さんのことを気にしてるのかもしれないけど、我聞さんのご両親だっているし、迦葉自身が幸せになることを考えたっていいと思う」

迦葉が
「今の言い方、兄貴に似てるよ」

と小さく笑った。それから、無理だろ、と言い切った。

「日本の法律は血縁関係が強すぎるよ。完全に縁は切れないし、よけいなものを他人に背負わせるつもりはないよ」

多少なりとも小山ゆかりのことを考えていなければ出ない台詞ではないかと思ったが、これ以上、私が口を挟むことでもなかった。思えば非常階段でのエピソードも、彼特有の露悪的な冗談だと誤解していた。だけど違ったのかもしれない。もしかしたら人知れずに終わっていく関係を、誰かに話したかっただけだったのかもしれない。

「分かった。じゃあ、しばらくは別行動ね。なにかあったら連絡させてもらう」

私は告げて電話を終えた。

疲れ切って帰宅すると、明かりもつけずにリビングのテレビの前で正親がゲームをし

ていた。奥行きのあるオーケストラのＢＧＭとハリウッド映画並みのＣＧ映像に感心しつつも
「明かりくらいつけなさいよ」

カーペットに落ちるテレビの光をとらえながら注意した。正親はあー、とか、んー、とか適当に受け流した。

揚げ物用の鍋を用意して、じゃがいもを洗って、素揚げしていった。キッチンペーパーの上は湯気の立つじゃがいもでいっぱいになった。

ガラスの器にレタスとトマトとじゃがいもを盛り、ツナとにんにくとオリーブオイルのドレッシングを用意しているときに扉が開いて、大きな鞄を肩に掛けた我聞さんが入ってきた。

「お、今夜はパスタかな」

「うん。じゃがいものサラダと、オイルサーディンパスタ」

私はしゃがみこんで流しの下を開け、寸胴の鍋を取り出した。

「分が悪いなあ」

とこぼしてしまうと、我聞さんが、ん、と訊き返した。

「聖山環菜さんの件。みんな父親を殺してしまうほどの理由は思い当たらないって証言してるから」

「うーん。でも理由がないってことはないと思うけどなあ。僕は専門じゃないから分からないけど、由紀の話を聞くかぎり、精神的に不安定なのはたしかだけど、今まで普通に暮らしてきたわけでしょう」

「なにをもって普通とするかは難しいところだけどね。私にはやっぱり環菜さんが就活に反対されただけで殺人を犯すようには見えないんだよね」

そういえば我聞さん、と私はオイルサーディンの缶を開けながら呼びかけた。

「我聞さんの知り合いで、環菜さんの父親が勤めていた美術学校の卒業生っていないかな？」

彼は戸棚から三人分のコップを取り出しながら
「卒業したのが十年前とかでいいなら、いると思うよ」

と言った。

「そのほうが都合がいい。良かったら、紹介してもらえないかな？　そこからたどっていって聖山那雄人の自宅のデッサン会に参加していた元生徒たちとコンタクトを取れないかと思って」

「僕は全然かまわないけど、それなら迦葉に探させたほうが早いんじゃない？」

居間でゲームをしていた正親が、お母さん腹減ったー、と叫んだ。

「だから今作ってるでしょうっ。私も迦葉君に頼むことは考えたんだけど、たぶん、それだと受けてもらえないんじゃないかと思って。弁護士相手だと、法廷で証言しなきゃいけないんじゃないかと思われて警戒されるでしょう。ましてや、もし良くないことが起きていたとしたら」

「そっか。それで直接、知り合いを当たりたいってことか。分かった。いいよ、今夜のうちにメールしておくよ」

「ありがとう！　正親、もうできるから。ゲーム消してお皿出しなさい」

「散々待たせておいて命令口調ー」

正親はぼやきながらもコントローラーを手放して、カーペットから立ち上がった。

大量に刻んだ万能ねぎと海苔を散らしたオイルサーディンパスタは、独身の頃から我聞さんとよく食べたメニューだった。

三人そろって食事を始めると、我聞さんがビールを飲みながら

「正親さ、急にまた背が伸びたんだよ。身体測定の結果見てびっくりしたよ」

と教えてくれた。私は、うそ、と訊き返した。

「そうだよ。俺、今、最後から二番目だから。だけど絢斗《けんと》だけは抜けないんだよな。あいつ足も速いし、テストもいいし、すごいんだよ。駅前の頭いいやつしか入れない塾に合格したんだって」

「へえ。絢斗君って道で会ったりすると、すごくきちんとした挨拶するもんね。もう塾

なんて年齢か。正親も受けてみれば？」

と私が提案すると、正親はそっけなく、ゲームする時間なくなるし、と返した。

「もう。ゲームなんてね、どんだけクリアしたって増えるのは無駄遣いした時間だけなんだからね」

「んなことないし。日本中に仲間が増えるし」

「あんた、ネット上の知り合いを仲間って呼ぶのはやめなさい」

私たちのやりとりを聞いていた我聞さんが大きな声で笑った。ため息をつきつつも、我が子が誰に怯えることもなく育っていることにほっとする。

片付けを終えると、我聞さんと正親は並んでゲームの攻略を始めた。

大きな後ろ姿と、縦にひょろりと伸び始めた細い背中を交互に眺めて、そのうちに身長だけなら正親は絢斗君を追い抜くかもしれないな、と思ったとき、家のインターホンが鳴った。

続けざまに二、三度押しなおしたところに妙に暴力的な気配を感じて、私は黙ったままモニターを覗き込んだ。

そこには大きなバスケットを抱えた母が立っていた。ぞっとして、私は気付かないふりをして背を向けた。だけどインターホンは鳴り続けた。正親が怪訝な顔をして、どしたの、と私を見た。

そのとき、ふたたびモニターのボタンを押して様子を確認した我聞さんが、私にむけて片手をあげた。僕が出る、とでもいうように。

しばらくすると、カメラ越しの暗がりに我聞さんが映り込んだ。

「もうじき由紀の誕生日でしょう！　フラワーアレンジメント教室でね、この花、作ったのよ。枯れちゃうから今日のうちに届けたいと思ったのに、あの子、電話に気付かないから」

モニター越しに母の声が響く。我聞さんは穏やかな声で
「まだ仕事から戻っていないんです。僕が渡しておきます。すごい。見事な仕上がりですね」

と言って、バスケットを受け取った。

「なに、また平日のこんな時間まで仕事してるの。男の人に家のことを押し付けて、本当に、ごめんなさいね。困ったことがあれば、あたしがいつだって手伝いに来るから連絡ください。ねえ」

我聞さんはあくまで柔らかい口調のまま、ありがとうございます、と受けてから
「急にいらっしゃると、おもてなしもできないので。僕のほうの番号に連絡をくださ い」

と続けた。

「そう？　でも悪いでしょう」
「由紀は今ちょっと大変な仕事を任されているので。しばらくは忙しいと思うんです」
「それならよけいに家の手伝いが必要じゃない？」
母が嬉しそうな声を出した。鳥肌が立った。だけど我聞さんは、お気持ちは嬉しいんですが、と笑って告げてから
「リビングにも作業中の仕事道具があったりして、じつは僕のほうが、お客さんが来ることにナーバスなんです。すみません」
と説明した。
ああそう、と母はさすがにあきらめたように呟くと
「分かったわ。よろしく伝えておいてくださいね。みんな、体に気をつけてね」
と頭を下げつつ、帰っていった。私はカメラを切った。
我聞さんが戻ってくると、その手に抱えたバスケットの百合は執着にも似た強い香を放っていた。
私は正親に、お風呂入れてきて、と頼んだ。そして正親がいなくなると、我聞さんが
「これ、どこかに飾る？」
と訊いたので、冗談のつもりで
「お焚《た》き上げしようか」

と返したら、その声が思いのほか強く響いてしまった。

「寂しいんだろうね」

と我聞さんが冷静に呟いた。

「それで今さら娘にかまってほしがるのが、あの人らしい。覚えてる？　正親を産んだ直後に私が容体悪くして点滴つけられたまま高熱出して動けずにいたとき、病室でからあげ弁当食べてたこと。我聞さんにも買ってきた、なんて嬉しそうに言ってて。あの人には他人を本当の意味で労《いた》わったり、相手の気持ちを尊重するっていうことができないの。いつも、自分の気持ちばっかり」

私はテーブルを拭きながら言った。我聞さんは、うん、と頷いた。

「由紀とお義母さんを見ていると、娘と母親が逆転しているみたいだって思うよ。そしてそれは由紀が背負うべきものじゃないのも、分かるから」

私は小声で、さっきはありがとう、とお礼を言った。そこで話が終わるかと思ったけれど、我聞さんは続けて言った。

「由紀は昔から、負うべきものじゃないものを、負いすぎてる」

どういう意味、と訊き返したかったけれど、なぜか言えなかった。

私は片付けたテーブルの上に百合のバスケットを置いてから、またすぐに下ろした。なにもなくなったテーブルの上に、拭い切れぬ娘としての罪悪感だけが残った。

「　真壁由紀先生

先週くらいからずっと調子が悪いです。

今朝もご飯が食べられなくて、手紙を書いている今も、頭が変になりそうです。

真壁先生に訊かれたことについて、ずっと考えていました。だけど結局どうすればよかったのかは分からなくて、私のほうが過去の男の子たちに質問したいくらいです。

あなたたちはなにがしたかったのって。

毎日のように連絡してきて、誉めて、体の関係になって。

それなのに、ある瞬間から飽きて、理由なんて語ってくれなくて、いい子だし可愛いし大好きだって言いながら、だんだん電話やメールをしてくる回数が減って、それでもセックスのときには避妊したくないってダダこねられて。そこまでしたって、最後にはたとえ私が死ぬって言っても、皆、いなくなった。

父親を殺さなかったとして、この先、私が前向きに生きて、健やかな未来を迎えられたと思いますか？

助けてください、とは言いません。

助けなくていいです。私のこと。

もう助けないで。
聖山　環菜　」

お昼休みに近くの洋食屋で手紙を読み終えた私は、環菜の精神状態が悪いので気をつけてほしい、と迦葉にメールした。

食後のコーヒーを飲みながら、若い女性とサラリーマンが半々くらいの店内を眺める。談笑する表情は明るく、漏れ聞こえてくる会話の内容は平和なものだった。

逸脱することのない日常。誰もがきっと向こう側になんて行くわけないと思っている。

我聞さんから電話がかかってきて、急な撮影でも入ったのかと思ったら
「由紀から頼まれてた美術学校の件だけど、友達のデザイナーの恩師がまだ勤めてるっていうから、話を聞かせてもらえるように頼んでおいたよ」

と言われて、ふっと視界が開けた気がした。

「ありがとう！　でも大丈夫だった？」

「うん、そいつには貸しがあるからね」

貸し、と私は訊き返した。

「うん。昔、そいつが僕の写真を本の表紙に使ったことがあったんだよ。仕上がり見た

ら、散々トリミングされた挙句にタイトルでほとんど被写体が隠れちゃって。さすがに文句言ったら、今度絶対に我聞の無理も聞くからって言われてたんだ」

「そうなんだ。なら良かった。良くは、ないのかな」

「はは。だから由紀は心配しなくていいよ。連絡が来たら、また教える」

電話を切って、すぐに辻さんに電話をかけた。ありがたいです、と彼も喜んでいた。

その晩のうちに、美術学校の柳澤《やなぎさわ》先生から直接メールが届いた。

彼曰く、正直に取材目的を告げて学校に申請したらまず通らないので、あくまで美術学校の見学ということにしてほしい、とのことだった。親切に感謝しつつ、さっそく辻さんにその旨を伝えた。

翌朝、クリニックにまた環菜からの手紙が届いていた。

連続は珍しいと思いながら、白い封を切った。

「　真壁由紀先生
先日、手紙を出した後ですぐに後悔しました。でも出してしまった手紙を取り戻すことはできないから、またすぐに手紙を書きます。
助けてほしくないなんて嘘です。

だから、自分が思い出せるかぎりのことはお話ししたいです。それでも、やっぱり虐待されたわけでもないし、私の頭が変なのかもしれない。そこは真壁先生がプロとして冷静に判断してください。

父はどちらかといえば私に無関心でした。一年間の三分の一は外国でした。だから一緒に生活した時間は思いのほか短かったのかもしれない、と最近では思います。

一つ言えるのは、父は私の望むことや願うことはぜんぶ否定し続けていたということです。友達関係や進学先、恋愛関係も。

就活前に原稿読みの練習をしているときは楽しかったです。忘れたい出来事が、目の前の言葉にかき消されていくみたいで。外見ばかり誉められたり、他人の期待にかならず応えてしまう自分の性格も、この仕事なら初めて良い方向に活かせるのではないかと思っていた。自立して、あの家を出ることもできる。あのときの私には希望があった。それなのに。

真壁先生は、母が私に自己責任を強いてたと言っていましたね。だけど仕方ないんです。母はむしろかわいそうです。母はずっと父に気を遣って遠慮していました。

たとえご飯を炊いた直後でも、父が蕎麦だといえばすぐにお湯を沸かして、昼間はゆっくり寝たいから出ていけといえば、無理にでも予定を入れるような母です。父に逆らえるわけがないんです。

なぜなら母は父のことが大好きだったんだから。私のことよりも。

そんな父に言いたいことも言えずに耐えてきた母が、私を好きにさせてくれていたことは、むしろ寛大なことだと今になって気付きました。

だから母を責めないでください。私を苦しめていたのは、父なのだから。

聖山　環菜　」

午前十一時の二子玉川の駅前は子連れの母親でにぎわっていた。充実した商業施設と、川沿いの緑地の対比が印象的だった。

美術学校の前に到着すると、紺のピーコートにオレンジ色のマフラーを巻いた辻さんが一足先に中の受付へと向かった。

出迎えてくれた柳澤先生は高齢のわりにすらっとして姿勢が良かった。若草色のウールのジャケットを羽織り、おおらかな笑みを浮かべている。品の良い佇まいに、内心、好感を抱いた。

「では行きましょう。三階の美術室でしたら、今、授業もなくて空いてますから。豆を挽いてコーヒーでも淹れましょう」

恐縮しつつお礼を言って、三階まで上がった。

教室に入ると、思わず、懐かしい、という声が漏れそうになった。

絵の具の飛び散った、傷だらけの大きな木の机。乾きかけの絵がおさまったスチール製のラック。デッサン用の小物がずらりと積み重なった棚。息を吸うと、自分の通った高校の美術室も同じように油絵の具の匂いがしていたことを思い出した。

柳澤先生は机の隅でぎこぎことコーヒーミルを回し、電熱器の上では小さなヤカンが湯気を吐き始めた。

大きめのマグカップにコーヒーが注がれ、生徒になったような気分で椅子に座って口をつける。挽きたての豆の香ばしさが広がった。

「柳澤先生は毎日、授業を持ってらっしゃるんですか?」

辻さんが尋ねると、彼は、そうです、と頷いた。

「私は眠るために家に帰るだけで、あとは授業やって、放課後も指導して、自分の作品もなにもここで仕上げてしまいますね。そのほうが、生徒も勉強になるだろうし」

そうですか、と私は相槌を打った。

「聖山君なんかは、毎日来ていたわけじゃないんですよ。生徒に人気はあったんですけどね。もう五十過ぎてたとはいえ、いい男だったし、作品のファンの子なんかもいましたしね」

彼が世間話の延長のように語り始めたので、私は話に集中した。

「事件の日も、柳澤先生は学校にいらしたんですか？」

「いや、あの日は夏休みで、出勤していたのは特別講義がある教師だけだったので、私はいなかったんですよ。夜に同僚から電話がかかってきてね。腰を抜かすかと思いました」

「環菜さんは以前にもこちらに？」

と私は質問を重ねた。

「一、二度だけ物を届けに来たそうですが、私は会ったことがなかったです。彼も家族の話をすることはほとんどなかったですし。だから私もニュースで見て、あんなに綺麗なお嬢さんがいたことにびっくりしてね。私だったら、ほら、自慢したくて机に写真でも飾るだろうに。そう思うと、家族仲はそんなに良くなかったのかな、とも今となっては思いますけどね」

あの、と私は切り出した。

「今回は本当に無理なお願いを聞いていただいて、とても感謝しています」

柳澤先生の筋張った手がカップを置いた。

「じつはね、来年の春からこの校舎じゃなくなるんですよ。移転して、学校名も少し変わるんです。だから、まあ、お話ししてもいいだろうと思ってね」

「あ、そうだったんですか」

と辻さんが呟くと、柳澤先生は神妙な面持ちでこぼした。

「ええ。しかし正直、複雑な気持ちですよ。私自身、あのお嬢さんと同世代の子たちと毎日向き合って、一番は創作の指導といっても、心の交流なんかもあるわけですから。そんな年齢の子が、自分と同じ職場に勤めていた人間を刺したなんていうことを想像すると、どちらに対しても心が痛くて。聖山君は気難しそうに見えて、意外と陽気なところもあったんですよ。だからけっして悪い人間じゃなかったんですけどね。まあ、不器用だったのかな。彼にとって、人っていうのは、観察対象であって、心を通わせるものじゃなかったのかもしれないね。だからあんなに精巧な絵が描けたんでしょうね」

「観察対象であって、心を通わせるものじゃない……ですか」

辻さんはカップの中を覗き込みながら呟いた。私は訊いた。

「柳澤先生はこちらに勤めて何年になりますか？」

「勤続二十五年です。ダントツの古株ですよ」

「それでしたら聖山先生が自宅の離れでデッサンの指導をしていたことは、ご存じですか？」

彼は頬に片手を添えると、ああ、とのんびりした声をあげた。

「なんか、言ってたねえ。でもうちの生徒はいなかったんじゃないかな。それなら学校で指導すればいいから」

「あの、そうですか。僕らはてっきりこちらの生徒さんかと」

「いや、それは違ったはず。ちょっと待って、卒業生で、とくに聖山君が目をかけていた子がなにか知っているかもしれない。連絡してみましょう」

そう説明すると、柳澤先生はジャケットの胸ポケットからスマートフォンを引き出して、電話をかけた。

あまり会話を聞かないように目をそらすと、うっすら残った黒板の文字が目に入った。飛び散った床の白墨。環菜からの手紙が頭を過る。私を苦しめていたのは父なのだから、という一文が。

五か月前の夏の午後、この校内のトイレに大量の血が散って流れたのだ。あの気弱そうな環菜が包丁を手にして。

「ちょっと、いいですかね」

柳澤先生に言われて、辻さんが慌てたように電話を代わっていた。

「新文化社でノンフィクションの編集をしております。辻と申します」

と彼は電話に向かって挨拶をした。

「はい、はい。そうですか、え、フェイスブックで？　それはいつ頃の……あ、今も連絡がつく？　ちなみにお住まいは、はいっ、そうなんですね」

私は柳澤先生に、お手洗いを借りられないか、と尋ねた。彼は頷いて椅子から立ち上がった。

ドアを開くと、まっすぐに延びた廊下の突き当りを指さした。

「事件があったお手洗いはあそこですか？」

と私は訊いた。

柳澤先生は軽く言いよどんでから
「いえ、二階の奥のトイレです。今は使えなくなってますけどね」

と説明してくれた。私はお礼を言って廊下を歩きだした。

柳澤先生が教室に戻ると、すぐに階段を下りた。

二階の廊下をお手洗いに向かって歩く。蔦《つた》で窓が遮られて薄暗かった。

奥の女子トイレには、使用禁止、の張り紙がされていた。無視して扉を押すと、中はしんとしていっそう暗かった。不自然なまでに清掃が行き届いたまま時が止まっている。白いタイル張りの床に、くすんだ銀色の蛇口。掃除用具などは片付けられたのか、一切置かれていなかった。

扉の閉じた個室をじっと見つめる。環菜は父親を女子トイレに呼び出して刺したという。

環菜やまわりの話を聞いていると、そんなことができるような仲じゃないように感じられる。父親は環菜の誘いになんの疑問も抱かなかったのだろうか。

三階の教室に戻ると、電話はまだ続いていた。

「そうなんです。突然のお願いで大変恐縮なのですが、ご紹介いただくことは……分かりました。では今日の夕方五時に銀座の画廊にうかがいます。はい。よろしくお願いいたします」

辻さんは電話を終えると、私のほうに向き直った。

「真壁先生。今、島津《しまづ》さんにお話をうかがったら、フェイスブックでつながっている画家さんが昔、聖山那雄人さんのデッサン会に参加していたらしいです。ただ今は東京にはいないそうなので、もしお話をうかがえることになったら、僕ちょっと行ってきます」

「あ、それならぜひ私も一緒に」

と切り出すと、辻さんは一瞬だけ笑顔でぜひ、と言いかけてから
「あのう」

と遠慮がちに切り出した。

「なんですか？」

彼は額を搔きながら、じつは、と言った。

「その画家さん、なんでも今は富山県の山奥で工房をかまえて、活動されているそうなんです」

「富山県？」

我聞さんが軽くずれた眼鏡を押し上げながら
「じゃあ、由紀も富山の山の中の工房まで行くってこと？」

と訊いたので、うん、と私は若干迷いつつも頷いた。

「富山でも山のほうとなると、けっこう距離があるかもな」

「だよね。日帰りでなんとか戻って来られるといいんだけど」

「ちょっと難しいかもな。東京からだと、新幹線で行って、そこから在来線か車とかなのかな。雪の時期だと、移動手段も選んだほうが良いかもしれない」

雪、と呟きながら、リビングの壁に掛かったカレンダーを見る。もうじき今年が終わる。なんて濃い年だったのだろう、と不思議な気持ちになった。来年の二月からは環菜の公判が始まる。じつは時間がないことに気付く。

じっと我聞さんの横顔を見つめる。ん、と返される。

「ていうか、行っても大丈夫？　一応、男性と二人だけど」

私が尋ねると、我聞さんは当然のように、もちろん、と頷いた。

「むしろ一人のほうがちょっと心配したかもしれないけど。由紀の話を聞いてるかぎり、いい人みたいだし。由紀の仕事が大丈夫なら、たまにはのんびり観光して帰ってくるといいよ」

「ありがとうね」

私はふと居間の固定電話を見て、言った。

「迦葉君のお母さんの手術、上手くいってよかった。びっくりはしたけど」

そうだな、と我聞さんは神妙な面持ちで頷いた。

「生きている間に意識を取り戻して、迦葉と和解してくれたら、とも思うけど」

「迦葉君がそれを望まなくても？」

と冷蔵庫を開けながら尋ねてみる。我聞さんは夕飯の支度を始めながら
「人なんていくらだって変わるよ。たとえ今は形だけの和解でも、年を取ってから、それを受け入れてよかったと思える日が来るかもしれない」

そっと提言した。

そうね、とだけ私は答えた。


取材の朝は、東京もずいぶんと冷え込んでいた。

ふるえながらセーターを着込んで、部屋のストーブをつける。窓の外はまだ闇に沈んでいた。

身支度を済ませて、手荷物の中を確認してから、ダウンジャケットを着た。

音のない玄関でショートブーツに足を押し込んで、ドアを開ける。ふりむきざまに誰もいない廊下に向かって、行ってきます、と小声で言い残した。

東京駅の駅弁売り場にいたときに背後から、おはようございます、と声をかけられて、少し動揺した。

「あ、牛タン弁当ですか。意外と真壁先生、朝からがっつりなんですね」

と辻さんに明るい顔で言われて、見ていただけです、と言えずに購入する羽目になった。

新幹線の車内でお弁当を取り出す。紐を引っ張ると蒸気が噴き出したのでびっくりした。今はこんなふうに温められるのかと感心していたら、となりに座っている辻さんに
「真壁先生、ご相談なんですけど、原稿のやりとりはいつくらいからになりそうですか？」

と訊かれたので
「できれば環菜さんの事情がある程度、把握できてからが望ましいですね。全体の構成も難しいので」

と説明してから、ちょっと笑って訊いてみた。

「本当は早いほうがいいんですよね？」

辻さんはサンドウィッチをつまむ手を止めると、言った。

「そう、ですね。できれば判決が出てすぐぐらいには。でもギリギリまでなんとか待てると思います」

「ありがとうございます。たくさんお願いを聞いていただいて」

「いやいや！　僕自身、聖山環菜さんに関しては、ちょっと思うところがありまして」

私は、彼の顔を見た。視界の隅を、新幹線の窓越しに風景が流れていく。

「親の責任って、どこまでなんでしょうね。とくに子供が成人していたら」

私は、どこまでというと、と訊き返した。

「精神的な不安定さって年齢を重ねても残るっていうか、それは家庭環境が大きいものですよね。大人なんだから親は関係ないって、どこまで言い切れて、どこまで社会が認めて考慮すべきものなのかなって」

「そんなふうに考えるきっかけが、なにかあったんですか？」

と私は尋ねた。

辻さんは、じつは数年前に高校のときの彼女が自殺したんです、と切り出した。

こういう職業だとプライベートでも深刻な打ち明け話をされることは多々あるが、それでもびっくりした。

「そうだったんですか」

「はい。でも正直そういうことがいつか起きるかもしれないって、心のどこかで思ってたところがあるんです。彼女は聖山さんと違って地味な子だったんですけど、どこか似たような危うさがあって。バイト先で店長に胸を触られたとか、元彼に蹴られた痣《あざ》とか見せられて、しかもそれがひどいことだっていう自覚がないんですよね。普通の会話の流れで、ついでみたいに言うんですよ。だからよけいに目が離せなくなったっていうか、守れるのは僕だけみたいな気分になりましたね、あのときは。拒食症っぽいところもあったので、毎日学校帰りには一緒にマックに寄って、食べたくないって言うんで、僕がポテトを直接口に入れてあげたりとか。こんな話、どっちもおかしいと思われるかもしれないですけど」

いいえ、と私は首を振った。辻さんがどれほど彼女を大事に思っていて、当時どんなに心配だったかが伝わってきた。

「結局、受験で忙しくなったときに喧嘩して別れちゃったんですよ。卒業した後に、彼女の女友達から、あの子はしょっちゅう両親から殴られてたって聞かされて、びっくりして。今から思えば、無意識にでも僕の気を引く話をしてたのに、本当に打ち明けるべきことは言わなかったっていうのがショックで。だから彼女が結婚して子供も生まれたって聞いたときには、これでようやく幸せになれたんだなって思ったんですけど、二歳の子供と旦那さんを残して死んじゃったんですよね。今でもわだかまってます」

私は無言のまま頷いた。

「だから僕はきっと知りたいんだと思います。家庭に問題があった女の子がなにを考えて、どんな想いで生きてるのかを」

「子供を残して死ぬなんて、本当に生きているのがつらかったんでしょうね」

辻さんは、たぶん、と滲む声で頷いた。それから気持ちを切り替えるように訊いた。

「真壁先生のお宅は旦那さんと仲が良さそうですよね。喧嘩することとかありますか？」

私は、ないですね、と答えた。

「夫が本当に温厚な人なので。私はわりと男性と衝突することもあるんですけど」

牛タン弁当の湯気はおさまっていて、両手を添えると容器が温まっていた。

「ご結婚されて、どれくらいですか？」

と辻さんがまた質問した。

「もう、十年経ちました」

「十年かあ。て、すみません。結婚もまだなので、想像がつかなくて。そういう相手って出会ったときからピンとくるものなんですか？」

狭いギャラリーの階段のコンクリートの感じを今も覚えている。パンプスの踵が強くぶつかる音も。

ギャラリーはもともと町工場だったところを居抜きで使っていたために、壁の塗装は剝がれかけて、天井を伝う配管もそのままだったことさえも。

十四年前の平日の夕方に、大学生だった私はギャラリーを一人で訪れた。

入るなり、がらんとした空間に展示された写真の光に目を奪われた。

片腕がなかったり、足を引きずっていたり、体に生々しい傷跡を残しながらも、ふざけて変な顔をしたり、ゴミの山のてっぺんで拾ったゴミを宝物のように高く掲げて笑っている子供たち。遠い国で生きる少年少女たちの呼吸が聞こえてくるようだった。この子たちは撮影する写真家に心を開いている、と強く感じた。

そのとき、階段を上がってくる足音がした。私はそっと振り返った。

太い黒縁眼鏡を掛けた長身の男性が驚いたように、私を見ていた。息を吸うと同時にタイトな黒いワンピースに押さえ込まれた自分の胸が窮屈に上下した。

「こんにちは」

と私が先に言った。

彼は我に返ったように、こんにちは、と挨拶を返した。私は前髪と同じ長さにそろえたばかりの髪を耳に掛けた。

彼は遠慮がちに近付いてきた。

「誰かのご紹介ですか。僕、ご挨拶するのは初めてですよね?」

私は少しだけ迷ってから、答えた。

「さっき偶然通りかかったんです。入口に貼られた写真を見て、気になったので」

わ、そうなんですか。彼は嬉しそうな声を出すと
「ありがとうございます。そういう方は珍しいので。僕、真壁我聞といいます。写真はもともとご興味あったんですか？」

と質問を重ねた。開かれた距離感には人柄の良さが滲んでいたが、馴れ馴れしすぎたり、いやらしい感じはなかった。

私は少しリラックスして、あまり詳しくはないです、と首を横に振った。

「そうですか。それなのに気に留めてくれたなんて嬉しいです。ゆっくり見ていってください」

私はぎこちなく笑って頷いた。

すべての写真を見終えてから入口近くに戻った私は、来客がないかと振り返っていた我聞さんに
「写真、素敵でした」

と伝えた。彼は笑って、またぜひいらしてください、と言った。

私が強い視線を送り続けていると、彼は短くまばたきして
「なにか質問でもあれば」

と訊きかけた。私は口火を切っていた。

「私、大学で心理学を勉強しているんです。良かったら、海外で出会った子供たちのお

話を詳しく聞かせていただけませんか？」

あのときのことを我聞さんは今でも語る。びっくりした、と。とにかくびっくりした。

「誰もいないと思ってたギャラリーの真ん中に、一人で女の子が立ってたから。黒いワンピース越しの細いシルエットとか、短い髪から覗いた強い目とか。どんな写真よりも鮮明に覚えてるよ。一目惚れだったんだ」

私たちはその晩のうちに、ギャラリーの近くの小さなレストランで食事をした。

初対面で年上の男の人といきなり会話できるか不安だったけど、単身で海外をしょっちゅう旅している我聞さんはとても人馴れしていて、ごく自然にサラダやラザニアを取り分けてくれたり、女子大生の他愛ない話でも熱心に聞いてくれた。そのため沈黙が苦痛になることはまったくなかった。

楽しくて飲みなれないサングリアをお代わりしたら、だいぶ酔っぱらって、最後は、我聞さん、由紀さん、と親しみを込めて呼ぶくらいに距離が近くなっていた。

別れ際、地下鉄の入口で振り返ると、私は笑って
「楽しかったです。さようなら」

と告げた。

我聞さんはびっくりして酔いから醒めたような目をして、迷いのない足取りで駆け寄ってきた。

「待って、由紀さん、僕はまたあなたに会いたいです。連絡先を訊いてもいいですか？」

英語の直訳みたいにストレートな申し出だった。

こちらから一回だけ携帯電話を鳴らして切ると、彼は丁寧に確認しながら私の名前と番号を登録していた。

我聞さんは柔らかい笑顔で言った。

「今日は本当に楽しかった。良かったら今度は美術展でも。さっき映画も好きだって言ってたから、観たいものがあれば教えてください。僕から誘います」

「はい」

「ありがとう。帰り、気をつけて。本当は送っていきたいけど」

大丈夫です、と手を振ってから、私は背を向けて地下鉄の階段を下りた。どんどん気持ちが深くなっていくようだった。

なんてまっすぐな人だろう、と心の中で呟く。あんなに純粋にまっすぐ、また会いたい、なんて言われたのは初めてだった。

あの人なら私を傷つけないかもしれない。そう思ったら、なぜか頰を涙が一筋流れた。

眠りが深くなってきた頃に、真壁先生、と声をかけられて顔を上げた。

窓の外は見知らぬ雪景色の地方都市だった。いそいでダウンを羽織って降りる支度をした。

バッグを肩に掛けながら、降り立ったホームを眺める。改札へと向かうコート姿の乗客もさほど多くなかった。寒いというよりもひたすら空気が冷たかった。吐く息が真っ白だ。

「今年初めての雪ですね」

もこもこしたダウンを着た辻さんは先方から送られてきたメールをスマートフォンで確認して、乗り換えはこっちですよ、と誘導してくれた。

特急列車の中はひどく暖かかった。座っていると背中に汗をかいてきたので、ダウンを脱いでしまった。窓の外はもう行けども行けども雪ばかりだ。

「これからお会いする南羽《なんば》さんとは電話でもお話ししたんですけど、もともと美大で油絵を専攻していたものの、途中で絵はやめて、今は地元に戻って数人の仲間と工房をかまえているそうです。陶芸とか染色とか、地元の素材を生かした物づくりをしているというお話でした」

私は頷いた。そういう人たちは我聞さんの友達にも何人かいる。

「で、ですね。デッサン会についても訊いたんですが、参加していたといっても二回ほどなので、それほど参考になる話ができるかはちょっと分かりませんよ、と。なので先方は電話で十分じゃないかと言ってたんですけど、ぜひお会いして過去の作品も拝見したい、とお伝えしておいたので。突っ込んだことは、流れを見て、さりげなくお願いできたらと思います」

「本当になにからなにまで、ありがとうございます」

と私はお礼を言った。

「こちらこそ依頼した身で、色々と煩《わずら》わせてしまって申し訳ないです。どうしても庵野先生のほうが事情にお詳しいし、親しい仲のほうがやりやすいかと思って、邪魔しないようにしていたんですけど。ようやく僕も参加できて嬉しいですっ」

辻さんは力強く言った。私は笑って、弟がいたらこんな感じだったのかな、と少し思った。

窓の外を見て息を吐くと、曇っていた空がいっそう霞んだ。徒労かもしれない、とふと思う。

同僚の柳澤先生さえも知っていたデッサン会で公然と変なことが起きていたなんて、よく考えれば非現実的だ。探るとすれば、一人一人の生徒たちの動向か。二回だけ参加していた彼がどれほどの事情を知っているのか。

あと数か月で裁判という現状を考えると、少しだけ不安になった。父親に苦しめられていた、というわりにはなに一つ具体的な例を口に出せない環菜が、もし本当にただ身勝手なだけの娘だとしたら。

曇天の町から山の中へと進むうちに、雪は深くなっていった。


昔ながらの城下町の面影をとどめた駅前にも、雪は降り続いていた。黒い屋根瓦の大部分は白く塗り替えられている。

タクシーに乗り込んで住所を告げると、車は閑散とした通りを走り抜けた。

今は作物のない田園だけが延々と続くあぜ道を走っていく。フロントガラス越しに雪が煙のように立ち上って視界が悪かった。メーターだけが淡々と上がっていく。

白い木立の向こうに、洒落た古民家が建っていた。タクシーは黒い門の前で止まると、ここだと思いますよ、と家を指さした。

インターホンを押す間もなく、扉ががらりと懐かしい音をたてて開いた。

出てきたのは、柄物のシャツに黒いカーディガンを羽織った青年だった。青年、とまだ呼べるほどにゆるい黒髪や明るい瞳の感じが若かった。

「はじめまして、南羽です。こんなに遠くまで、わざわざいらしていただいて、本当にありがとうございます」

彼は明るい声で言うと、何度も頭を下げた。

室内は吹き抜けのようになっていた。天井の太い梁《はり》がいかにも雪の多い地方の造りだと感じさせた。

居間をかねた板の間には、今時珍しい囲炉裏が切ってあった。ペルシャ風のブルーの絨毯が敷かれ、壁際の飾り棚の中には石膏像や陶器の器が並んでいる。窓辺では石油ストーブが燃えていた。

座布団を出してもらったので、囲炉裏を囲むようにして座った。

南羽さんは奥の台所からお茶を急須ごと運んでくると、私と辻さんの前に湯呑を並べた。

「古い家なので、ちょっと寒いですよね」

「いえ、とても素敵です」

と私は答えた。年月を経た木の色に合わせた和洋折衷のインテリアは、調和が取れている。

「ここは今、地元の陶芸家さんと三人でシェアしていて。僕はお皿や湯呑のデザインだったり絵付けを担当してるんです」

「そうなんですか。もともとお友達だったんですか？」

辻さんが湯呑で手を温めながら、質問した。

「いえ。ここは、その陶芸家さんのお祖父さんの自宅だったんですけど。亡くなった後に誰も使う人がいなかったので、フェイスブックで同居人を募集していて。それで、僕が紹介してもらって。もう三年になるかな。アーティスト連中って、海外からふらっと来た知り合いを気軽に泊めてあげたりとか、その辺がわりとラフなんですよ」

そういえば我聞さんも結婚前は、たまに外国帰りの写真家を自宅に招いていたことを思い出した。

囲炉裏で薪の燃える音が響き、赤い光に目が少しぼんやりとしてきた。

私は
「今は、絵は描いてらっしゃらないんですか？」

と訊いてみた。

彼は、いや、と軽く言いよどむと
「描いてますよ。ただ、うーん、自分の実力が分かっちゃったというか。大きなキャンバスにわーっと描くような絵は向いてなかったですね。お皿とか湯呑とか、そんな小さなもののほうがいいみたいです」

と説明しながら立ち上がり、飾り棚のガラス扉を開けて、数点ほど取り出した。

並べられたお皿には、蔦や薄い花弁が幾重にもなった絵柄が描き込まれていた。

「綺麗ですね」

と私は言った。彼は照れたように、まだまだ全然ですよ、と首を横に振った。

「焼き上がりを見るまで分からないのは、面白いですけどね。窯焚《かまた》きも手伝ったりしてるんですけど、数日間ずっと交代で徹夜とか、僕はまだ素人なので慣れなくて大変ですね。今年の秋には、地元のギャラリーで初めて個展をやらせてもらったりして、少しずつは上達してると思うんですけど」

「美大に通われていた頃は、どんな絵を描かれていたんですか？」

辻さんはごく自然に、肝心な部分に触れる質問をした。

「風景画が多かったです。人物は、そんなに描かなかったかな。真逆のやつもいましたけどね。僕はもともと抽象画が好きで」

「どっちかって、自分で選べるんですか？　両方習うわけじゃなく」

南羽さんは苦笑して、課題なんかはやっぱり両方あって正直苦戦しました、と答えた。

「だから人物画は習いに行ったりもしましたよ。デッサン会に参加したり」

という言葉が出たので、私は湯呑をそっと膝の前に置いた。

「ご友人の島津さんから、南羽さんが聖山那雄人さんのデッサン会に参加していたとうかがったんですが」

彼はまばたきすると、そうです、と頷いた。

「あの、でも僕は二回ほど参加しただけなので。お二人はたしか、聖山先生の事件の本を作るかなにかされているんですよね。そこまで参考になる話ができるかどうか」

その二回の様子についてお話ししていただくだけで十分参考になります、と私は言った。

「たとえば聖山那雄人さん独自の指導内容や、それ以外でも記憶に残っていることがあれば、ぜひ聞かせていただけませんか？」

彼はしばし眉根を寄せて沈黙してから
「もし、自分がちゃんと対象物を見ているつもりでいるなら、今この瞬間からその十倍見ろ、と言われたのは印象に残っています。大抵の生徒は、これくらい見れば十分だろう、という基準が甘いって。そうやって世界を見てるから、あんなに精密な絵が描けるんだなってすごく納得した記憶があります」

と答えた。

辻さんが、十倍は大変ですね、と素朴な感想を漏らした。

「参加していた生徒の男女比なんかは覚えていらっしゃいますか？」

と私は質問を続けた。

「男です、全員、男でした」

と彼は言い、たしか聖山先生って個人的に指導するのは男だけっていう方針でしたから、と付け加えた。

「女性が相手だとなにかと気を遣うから面倒だって言ってましたね」

南羽さんが喋りながら鉄製の急須の蓋を開けて、また戻した。重たい鉄の擦れる音が

一瞬した。倒した膝をふたたび起こして
「お茶入れますね」

と立ち上がったので、私はその背中に呼びかけた。

「そのときのデッサン会の絵が、残ってたりはしませんか？」

「あ、絵ですか。えっと、あったかなあ」

彼は首を傾げ、本気で考え込む様子を見せた。

「結局、僕は最後まで絵を仕上げたわけじゃないので、キャンバスに油絵の具で描いた作品は残ってないんです。ただ当時のスケッチブックだったら、創作のヒントになるかとも思って持ってきたかな……すいません、十数冊以上あるので、探す時間をいただいても大丈夫ですか？」

私と辻さんは頷いた。

彼は二階へと続く階段を駆け上がっていった。

辻さんと目が合うと、どうでしょうねえ、という顔をされたので、私も表情を険しくしてしまった。デッサン会に対して先入観を抱きすぎていたかもしれないという反省が濃くなっていく。

足音がゆっくりと下りてきて、現れた南羽さんの手にはベージュ色の大きなスケッチブックが握られていた。

南羽さんはうっすら表紙についた埃《ほこり》を手で払いながら、ありました、と告げた。

「本当にお見せできるようなものじゃないので、恥ずかしいですけど。学生の頃なので、勘弁してください」

自分の未熟さを純粋に恥じる口調からも、私たちが疑っているような事実などなかったことは半ば確実だった。

それでも一応はスケッチブックを受け取った辻さんが、では拝見しますね、と言いながら開いた。

「や、十分にお上手ですよ」

そう言いながら数ページ捲《めく》った手が止まった。

「これ、は」

辻さんが突然、奇妙な動揺を見せた。

どうかしましたか、と南羽さんが不思議そうに訊き返した。私も横からその手元を覗き込む。

そこには環菜らしき少女が、体のラインがうっすら分かる程度のワンピースを着て寄りかかる姿が描かれていた。

ただし彼女が寄りかかっていたのは、椅子の背もたれでもなければ壁でもなく、裸の男性の背中だった。

二人は背中合わせに座り、お互いを背もたれにしていたのだ。

面会時の環菜の台詞がよみがえる。思えば、少しだけ妙な表現だと感じた部分があったのだ。無意識のうちに拾っていた違和感が自分をここまで連れて来たことに気付く。

環菜はたしかに言っていた。

――体が重たくて、疲れる。

絵の中で薄ぼんやりと宙を仰ぐ環菜の目は、拘置所のガラス越しに見たものとまったく同じだった。

ようやく辻さんが平静を取り戻したように
「あの、この男性は全裸ですよね。下着なんかは……」

と遠慮がちに尋ねると
「ヌードモデルは普通、隠さないですから。でも構図的に、そのモデルの子の視界には入らないように考慮されてましたよ。おかげで体の細部まで比較できて、パーツの大きさの違いなんかも非常に勉強になりました」

と答えた南羽さんの口調は先ほどと変わらなかった。さっきまで好青年だと思っていた彼の輪郭までもが急激に歪んでいく。

「あの、こういったことはよくあるんでしょうか。僕は疎いので、ちょっと不思議だな……、という感想を持ったんですが」

遠回しに非難されていることに気付いたのか、彼は驚いたように反論した。

「いや、だって、この子は、そのへんの子供じゃなくて、聖山先生の娘さんですよ。当時は皆、芸術ってそういうものだっていう考えでした。とくに聖山先生くらいの画家になれば」

「環菜さんも、そう信じていたのかもしれないですね。こういうものだって」

と私が呟くと、彼は困惑したようにスケッチブックを受け取って、閉じた。

「すみません、ご協力いただいたのに、気分を害するようなことを言ってしまって」

と辻さんが丁寧に頭を下げた。私も謝ってから、南羽さんをまっすぐに見た。

「もしよかったら、そのスケッチブックをお借りできないでしょうか？　裁判の証拠として提出できるか、担当の弁護士を通じて掛け合ってみたいんです」

裁判という言葉を耳にした彼は、急に怯えたように口ごもった。

「長期的にデッサン会に参加していた方たちに頼むことは、おそらく難しいと思うんです。なので南羽さんが当時を知る第三者として、事件の解明に協力してくださったら」

南羽さんが意外なほどきっぱりと、それは申し訳ないけどできません、と断ったので、私は内心少し驚いた。

「聖山先生が殺されたニュースにはびっくりしました。あの子が犯人だっていうのも衝撃でした。僕は正直、先生の奥様が可哀想で。たった二回でしたけど、会の終わりに帰ってくると、お茶と手料理でもてなしてくれて。僕の話も色々聞いてくれて、綺麗で優しい人で。それなのに旦那さんを亡くして娘さんは殺人犯になってしまうなんて、本当に気の毒だと思います。だから、さらに色々掘り起こして騒ぎを大きくするようなことはしたくないんです……」

私は反射的に深く息を吸った。頭の中で聞いた話の絵がつながっていく。

娘が裸の男性のそばにずっと座っているところを、普段の十倍集中して観察する若い男たちに優しく手料理をふるまう母親――。

これほどグロテスクなことがあるだろうか。

気まずい沈黙が続いてしまったため、辻さんが打ち切るようにスマートフォンを取り出した。

「そろそろ失礼します。いまタクシーを呼びます」

それに気付いた南羽さんがまた感じの良い口調に戻って

「あの、出てすぐ右に曲がったところにバス停がありますから。それで駅まで戻れますよ」

と教えてくれた。感謝して、二人で素早く帰り支度をした。

玄関で靴を履いているときに、彼が重たい口を開いてこぼした。

「僕のデッサンなんて役に立たないと思います」

私は顔を向けて、そっと告げた。

「あなたがあのとき描いた少女を救うことになるかもしれない、重要な証拠です」

黙ってしまった彼に連絡先を手渡して、私たちは最後の会釈をしてから、吹雪く外へと出た。

ぽつんとひとけのない道のバス停に立っていると、芯まで冷えてきた。湯気のように大量の息を吐いていると、バスがやって来た。

乗り込んでから、しばらくして来た道と逆方向に走り出したことに気付いた。

雪で視界が悪くてパッと見には同じ道に見えていたが、いつの間にか山を上がっているようだった。となりの席の辻さんが、すみません、と焦ったように謝った。彼もまた先ほどのデッサンに気を取られていたのだろう。

私は首を振って、曇った窓ガラス越しに雪の山道を見ながら言った。

「観光地に向かっているみたいですね。そこで降りてみましょうか。きっと戻る車もあるでしょうし」

咳が出かけたので、バッグを開いてのど飴を取り出す。バスの中は乾燥していて、無性に喉が渇いたことに気付く。

蜂蜜味の飴を舐め終えた頃に、バスが終点に到着した。

バスを降りた私は細く息を吐きながら、目の前の雪景色に放心した。

山間の集落には、数百年の時が止まったような合掌造りの住居があった。除雪された道の両脇に点々と立ち並んでいた。

遠くの雪山は雲に紛れてどこまでも霞み、凍るような寒さだけが現実だった。

ごくわずかな観光客たちが、食事処や資料館に入っていくところが見えた。

「こんなところがあったんですね。全然知らなかったです」

と辻さんがダウンに両手を突っ込んだまま呟いた。私もです、と答える。

スケッチブックの中の環菜がいっぺんに遠ざかり、私たちは静けさの中に佇んでいた。

辻さんが

「村の方にバスかタクシーがないか訊いてみますね」

と白い息を吐きながら言い、雪道を駆けていった。

私はなんとなくぶらりと歩き出した。

どこまでも雪の壁に隔てられた道を進んでいくうちに、すべてが白くかき消され、我聞さんも正親も迦葉もこの世にいない気がしてきた。

幼い環菜のうつろな表情だけが瞼に焼き付いていた。

さっきのバスが駅まで戻るそうですっ、と辻さんに声をかけられて我に返った。

帰りの車内では沈黙が続いた。雪の中を歩いた疲労と眠気とわずかな不快感が混ざり合って、猛烈なだるさを招いていた。

そのとき、辻さんが遠慮がちに口を開いた。

「真壁先生、ちょっと、おうかがいしたいことがあるんですが」

はい、と私は顔を上げて視線を向けた。

彼は表情を強張らせたまま、どれくらいなんでしょうか、と呟いた。

「先ほど南羽さんが話していたデッサン会の状況、たしかに倫理的ではないですし、僕は十分に問題だと思ったんですけど、ただ」

「ただ？」

「どれくらいの、ことなんでしょうか。男性モデルとの接触は背中だけで、裸体が彼女から見えないように配慮されていて、性的なポーズを取らされたり触られているということもなく、厳密に言えば見られているだけ……それは、どれくらいの心の傷になるんでしょうか。果たしてさっき見たものは、世間ではどの程度、重要なこととして受け止められるのかが僕には判断がつきかねました」

とっさに返答しようと思ったものの、思考は澱《おり》が溜まったように濁っていた。

私はリセットするように目を閉じて、少し眠ります、夜に話しましょう、と彼に告げた。

富山の街まで戻ると、雪になっていた。暗い通りにはまばらに店が立ち並び、電飾が滲んでいる。寒さはいっそう厳しくなっていた。

看板に明かりの灯った小料理屋に入ると、ようやくカウンターで一息ついた。

「お疲れさまでした」

辻さんがおしぼりで手を拭きながら、ほっとしたように言った。

私も同じ言葉を返して、運ばれてきたビールを口にする。喉が渇いていたのでずいぶん美味しかった。

すぐには環菜の話には触れず、合掌造りの感想などを言い合いながら肴《さかな》をつまんでいたときに電話がかかってきた。見ると知らない番号だった。

辻さんに断ってから、耳に当てる。聞こえてきた声に不意を衝かれた。

「急にお電話してしまってすみません……小山ゆかりです」

私は席を立ちながら、真壁です、と答えた。店の奥のトイレの前まで移動して、壁に寄りかかりながら尋ねた。

「急にどうしたの？」

「庵野先生が、いなくなったんです」

私は数秒ほど宙を仰いだ。それから、いなくなったって、と訊き返した。彼女は涙声で言った。

「本当にすみません。私、まわりは今の彼と共通の友達ばかりで、婚約してるのに浮気してるなんて知られたら、それこそ友達にも絶交されるかもしれなくて。だけど自分だけで抱えて、庵野先生になにかあったら」

遠慮と罪悪感で混乱しかけた彼女を、大丈夫だから、と宥める。お膳を運ぶ仲居さんたちに軽く頭を下げ、声を潜めて言った。

「私も二人のことは気になってたから。安心して続けて」

彼女は弱々しく、すみません、とまた謝った。

「それで迦葉君は?」

「私からの連絡には一切。私は退職してしまったので、状況も分からなくて事務所に電話したら、休むっていう連絡があったきりだって言われて。もしかしたら本当に体調が悪いだけかもしれないんですけど、庵野先生、仕事には熱心な方だから、そんなふうに休むこと自体珍しくて、急に不安になってしまって」

「そんなふうに不安になるのは、なにか思いあたることでもあるの?」

ゆかりはしばらく沈黙してから、じつは、と切り出した。

「一昨日の晩に彼が来ていたときに、庵野先生から電話があって。私、出られなかったんです。そのときにふとベランダの向こうを見たら、見間違いかもしれないけど、庵野先生に似た男の人が帰っていくところが……」

ああ、と私は思わず声を出した。

「それは、たしかに心配ね。私からも連絡してみるから」

「すみません、あんまりおおごとにしたら庵野先生は嫌かもしれないので迷ったんです」

「まあ、たぶん人と話したい気分じゃないから、連絡を絶ってるだけだとは思うけど」

私はやんわりと、あんまり思いつめないようにね、と諭した。

「はい。じつは庵野先生と会うようになってから、あまり眠れていなくて……庵野先生のこと、よろしくお願いします」

なにか分かったら連絡すると念を押して、電話を終えた。

一応、迦葉にメールをしてから席に戻ると、辻さんは熱燗を杯につごうとしていたところだった。

私の姿を見ると、あっすみません、と彼は恐縮したように言った。

「僕、ほとんど飲めないんですけど、今日はなんだか飲みたい気分で」

「私にも一杯ください。そういえば一緒に飲むのって初めてですね」

「そうですよね。なんか不思議なご縁ですね。あ、お電話は大丈夫でしたか？」

私は頷いてから、少し場を和ませようと思い
「じつは迦葉君と付き合ってる女の子がいるんですけど、なかなか苦労しているみたいで。相談を受けてました」

と話してみたところ、辻さんも乗ってきた。

「マジですか⁉　やっぱり庵野先生ってモテるんですね」

「そう、ただ彼女にはべつの婚約者がいるみたいで。いきなり迦葉君と連絡が取れなくなったから、そのことに動揺して、私のところに連絡してきたんです」

辻さんは首を傾げてから、それなら仕方ないんじゃないですか、と訊いた。

「その女性が結婚するなら、庵野先生としては静かに身を引こうと思うわけで」

「身を引くっていうよりは、最初から、手に入れるつもりはなかったと思いますけどね。迦葉君のことだから」

店内はストーブががんがん焚かれているとはいえ、時折、お客が扉を開けると冷たい空気が流れ込んでくる。外はまだ雪が降っているのだろうか。

辻さんが言いづらそうに
「あの、ですね。じつは僕ちょっと思っていたことがあって」

と口を開いた。

「真壁先生は、もしかしたら、あの、庵野先生と色々……事情があったのかな、と。邪推だったらすみません。二人の距離が時々ものすごく近く感じるときがあって」

私は思わず苦笑した。辻さんが戸惑ったようにこちらをうかがった。

「庵野先生が女性にモテるのは分かるんですけど、誰かをすごく好きになったり執着することってなさそうだなって。だからよけいに真壁先生とは特別に仲が良さそうに見えたのかもしれないです。しかし、その女性は勝手じゃないですかね。自分で庵野先生を傷つけておいて」

「彼女が自分を好きになるように仕向けたのは、迦葉君自身ですよ。きっと」

少し酔い始めた頭で十数年前を振り返る。初めて迦葉と出会った日のことを。

私はふと、さっきの話、と呟いた。

「視線の話をされていましたよね。環菜さんのデッサンのことで。それはどれくらいの傷になるのかと」

辻さんはっとしたように
「ああ、そうでした。ぜひうかがっておきたくて」

と言った。

「本人が性的な視線を日常的に感じていたとしたら、それがトラウマになることはあります。ただ証明は困難です。たとえば普通のカウンセリングなら、たしかに感じたという相談者の言葉だけで十分なんです。それを肯定してあげて、共感して、一つずつ整理することによって、今後、生きていく上での混乱や不幸をできるだけ避けるほうへ導いていくものですから。だけど、裁判で証明となると……難しいでしょうね」

「そもそも、性的な視線を受けたっていう認識自体が勘違いという可能性もありますよね」

「勘違いもなにも、幼い女の子には性的な視線を受けているという自覚はたぶんありませんから。ただ、なんともいえず不快で気持ちが悪くて、身の危険を感じて安心できない。つねに緊張を覚えてしまう。そういう感覚が、成長して実際に性を経験することで、初めて名前を持つんです。あのときの視線は、そういう意味だったのかと」

言い終えると、かすかに指先に痺《しび》れを覚えた。

「すごく、真に迫ったお話ですね。やっぱり実際にそういう女性によく接するからでしょうね」

「幼い頃、私の父はよく海外出張でアジアに行っていました。それこそ環菜さんの父親みたいに。まとめて一か月とか、二か月とか」

「はい」

「そこで未成年の女の子を買っていたんです。児童買春です」

辻さんは弾かれたように短くまばたきした。

「さっきの視線の話は、私の実体験です。今でも記憶に残っています。子供の頃、父が帰ると同時に部屋に逃げ込んだことを。自分でもどうしてだか分からないけれど、朝が来るまでずっと頭まで布団をかぶってやり過ごしていました。お風呂なんかも、小学校の高学年くらいからは脱衣所で服を脱ぐときには電気を消していました。一度だけ父がドアを開けたことがあって、そのときは全裸ではなくて下着姿でしたけど、謝るわけでもなく、驚くわけでもなく、闇に紛れた私を見て、電気くらいつけなさい、と言い残して、またドアを閉めたんです」

「それは……純粋に気まずかったとかでは、ないんですよね」

遠慮がちに質問をしてきた辻さんに対して、注意深く言葉を返す。

「違いますね。今思い出しても」

闇の中、感じていた。さらした肌のぜんぶで。

廊下の逆光で陰った父の表情、眼差しを。

電気くらい、と言い出すまでのわずかな、それでも奇妙に長すぎる数秒間の沈黙を。

「ちなみに児童買春のことを、真壁先生はいつ知ったんですか？」

と慎重に質問を重ねた辻さんに、私は答えた。

「私がそれを知ったのは成人式の朝でした。その一年後に大学の構内で、私は迦葉君に声をかけられたんです。辻さんの読みは半分正解で、半分外れです。たしかに私と迦葉君には誰にも言っていない事情があります。でも、それはむしろ恋愛じゃなかったために起きたことです。今も後悔しています。あんなふうにお互いに深入りしすぎたことを」

窓のない店内からは分からない。

外はまだ雪が降り続いているのだろうか。

どうして私は幼い頃、あれほどまでに母に責められたのか。大人になるまでずっと謎だった。

努力するほど、取り繕うほど、彼女の要求はエスカレートしていった。

花柄のミニスカートをねだればはしたないと叱られ、あんなものを欲しがるなんて男好きだと失笑された。大好きな少女小説はませていていやらしいという理由で処分され、空いた本棚には世界名作全集が並んだ。

母は、これからは女らしさなんて役に立たないからとにかく知力と体力だ、と私に諭し続けた。塾に英会話だけでも負担だったというのに、空手を習うように差し向けられたときにはさすがに嫌だと訴えたが、翌日には入会の申し込み書が食卓の上にあった。

小学校の高学年くらいから、奇妙な夢を頻繁に見るようになった。鱗がぼろぼろに剝げた巨大な蛇が追いかけてくる夢だ。

あるときは教室の壁を突き破り、またあるときは駅の線路をすごい勢いでうねりながら迫ってくる。なんとか逃げようとしては搦《から》めとられたところで朝になる。

一度だけ保健室で相談をしてみたことがあった。まだ若い保健の先生は困惑したように、そうねえ、と呟いてから

「逃げるのをやめて、一度立ち向かってみたら？」

とアドバイスしてきた。

私は一応頷いたものの、あの言いようのないおぞましさに立ち向かうなど不可能だということが伝わらなかったことに失望して、他人に理解してもらうことをあきらめた。大手電機メーカーの研究所にいた父が、海外出張の合間に少女を買っていたことを知ったのは、二十歳を迎えた翌年のことだった。

成人式の朝は大雪が降っていて、駅前の美容院から着物姿で会場に向かうことができなかったために、母が車で美容院の前まで迎えに来た。

渋滞した環状八号線をのろのろ運転していたとき、唐突に母が父のことを切り出した。もうあんたも子供じゃないから話しておく、と。

どうして母があのタイミングでそんな話をしたのか分からない。おかげで私には成人式も深夜まで参加したはずの同窓会の記憶もろくにない。

唯一覚えているのは、翌朝、大して好きでもなかった元同級生とラブホテルにいたことくらいだ。

チェックアウトの午前十時ぎりぎりまで私たちは激しいセックスをして、最後にはお互いに腰が痛くなったほどだった。

元同級生はだらしない笑みを浮かべて

「あの頭良かった由紀ちゃんがこんなエロいと思わなかった。すっげえ得した気分」

と言ってお金を払い終えると、足早にホテル街から立ち去っていった。

家に帰った私は床に突っ伏して号泣した。ようやく涙が止まると、すぐに荷物をまとめて、母が外から戻る前に家を出た。

友人やその場しのぎの恋人の家を転々とし、大学を一年休学してバイトに明け暮れた。クリニックに勤め始めた頃、院長にその話をしたことがある。

「よほど性的なことなんて大したことじゃないって思いたかったのね」

と院長は言った。ようやく理解されたことに安堵した。

父の暗部は、まだ二十歳の私には到底受け止めきれるものではなく、そのショックを上書きしたり和らげたり軽んじるためだけに手ごろな交際を重ねた。そして最後は似たように傷つき、疲労感だけが残った。

それでも大学四年目の春、私はようやく一人暮らしを始めて、大学に三年生として復帰した。

迦葉に出会ったのは、桜とサークル勧誘のビラが舞う大学の構内だった。

その朝、ひさしぶりに大学に来た私は半ば浦島太郎のような気分で正門をくぐり、ぼんやりと中庭から校舎を眺めていた。

その所在ない様子を見て新入生と勘違いした学生たちがサークルのビラを手渡してきた。困惑しつつも断らずにお礼を言っていたとき、トランプの札でもひっくり返すように左肩を摑まれた。

驚いて振り返った私を、一人の男が見下ろしていた。タイトなシャツとジーンズに包まれた手足は長かった。

「悪い。てっきり新入生かと思ったら、なんか違うっぽいね」

と先回りして言われたので
「……三年だから」

と私は答えた。

「うそ、同期じゃん。なんでそんな不安そうな顔してんの、あなた」

彼が、あなた、という呼称を使ったのが意外で、ようやくきちんと顔を見た。

大きさが左右で異なる目には、愛嬌と疑心が分かれて同居していた。親しみを込めながら同時に見下されているようでもあった。細く通った鼻筋がその容姿を端整に収めてはいるものの、前髪を目の上ぎりぎりまで伸ばしているせいか表情が読めない。

「私、そんなに不安そうな顔してた？」

と訊き返すと同時に、彼が右手を伸ばした。

直前で引っ込めた指に触れなかった髪が、風に吹かれて乱れた。遮られた視界の向こうで、迦葉はなにかを見透かすような目で
「とりあえず髪切ったら？　伸びすぎ。あと飯食いに行こ」

と脈絡なく言った。たしかに節約のために前回美容院に行ったのは四か月前だったこ

とを思い出す。動揺しながらも反論した。

「そんなこと、赤の他人のあなたに関係ない」

「はいはい。じゃあ、自己紹介タイム。法学部三年、庵野迦葉です」

「かしょう？」

「ああ。珍しいだろ。名字で呼ばれたくないから、そっちで呼んでね」

いきなり名前で呼ぶことなど普通だったら絶対にしない。けれど瞬時に察してしまったのだ。名字で呼ばれたくないから、という一言と、その言い方で、彼もまた親をあきらめるしかなかったのだと。

傍から見れば思い込みのようだが、鏡に向かって自分の顔を見るようなものだ。今も私は相談者の顔を見た瞬間に、似たようなトラウマがある相手は見分けがつく。だからこそ故意に誘導しすぎないように注意はするものの、見立てを外したことはほとんどない。

早口でまくしたてる彼は徹底した軽さを装いながらも、人を遠ざける緊張感を内包しているように見えた。変な男だと思う半面、痛烈な親しみを感じた。

危うさを覚えながらも彼に惹きつけられた私は、分かった、と渋々答えた。

「じゃあ、迦葉って呼ぶけど、でも髪は」

「あ、明日の三時とか空いてる？　駅前のでかい美容室前集合ね。ちなみに名前は？

下のだけでいいよ」

ゆき、と呟くと、迦葉はさっそく携帯電話に入力しながら、どういう字、と当たり前のように訊いた。

「理由の由に、糸へんの紀。ねえ、いつもこんなふうに声かけてるの？」

「や、そうでもないけど。だって由紀、浮いてるんだもん。どうせ友達いないだろ」

なんて失礼な男だと思いながらも反論できなかった。悔し紛れにとっさに

「じゃあ、迦葉は友達いるわけ？」

と訊き返したら、たくさんいるよ、と彼はしれっと答えた。

「とくに誰も信用してないけど」

感じなど一つも良くなかった。それでも私は迦葉との約束を反故《ほご》にすることができなかった。

それはきっと、裕福な家庭の学生が笑顔でひしめく構内で、迦葉と私だけが孤独の只中にいたからだと思う。

翌日の午後三時、ガラス張りの美容室前に現れた迦葉は、渋っている私の手を引いて店内へと足を踏み入れた。

案内されたソファーに腰掛けて待っていると、やって来た若い女性美容師がちょっと

戸惑ったように、えっと、と私たちの顔を見比べた。

「切るのは彼女のほうです」

迦葉が素早く私を指さすと、開いていた雑誌のページを見せながら女性美容師に早口で告げた。

「こんな感じで。前髪は短くしなくていいんで流して、大人な雰囲気にしてください」

「ちょっと、それ、無理。ボブなんてしたことないから。似合わないと思う」

「今だって適当な髪してんのに、似合わないもなにもないだろ。黙って美人風にしてこいよ。終わるまでとなりのドトールにいるから」

びじんふう、と私が憮然として呟くと、女性美容師が笑いをこらえながら、こちらへどうぞ、と誘導した。私は仕方なくソファーから離れた。

美容室から出る頃には、駅前の通りは日が暮れていた。西日の影になった通行人たちをぼんやり眺める。春先の風はまだ冷たくて首筋がすうすうした。

ドトールの窓ガラスを叩くと、中で参考書を読んでいた迦葉が顔を上げた。となりの椅子に置いた鞄が開きっぱなしで、判例集や参考書でぱんぱんになっているのを意外に感じた。

迦葉は店から出てくると、お、と声をあげて
「似合うよ」

と真顔で誉めた。

二人で雑踏を抜けると、猥雑な裏通りにあるホルモン焼き屋に連れていかれた。

ビールジョッキ片手に涼しい顔の迦葉を見て、どうして昨日会ったばかりの男子と肉を食べているのだろう、と思いながらも、煙にまみれて箸を動かした。こんなふうにお腹いっぱいになるまで物を食べるのはひさしぶりだった。

迦葉が聞き上手だったこともあり、気付けば一年休学していたことや自活して一人暮らしだという話をしていた。彼は感心したように、えらいね、と誉めた。

食事の途中で、迦葉は近くの席の酔っぱらったおじさんたち相手に
「すみません。僕、手品の練習してるんですよ。見てもらえません？」

と切り出した。

おじさんたちは大声で、しょぼかったら容赦しねえぞ、とからかった。迦葉はにんまり笑うと、となりのお客のいないテーブルを指さして
「テーブルの上の物、ぜんぶ消しますよ」

と宣言した。

「馬鹿言うなよー。メニューまであんぞ」

とおじさんたちが笑う中、迦葉はさっとテーブルに手をかざした。次の瞬間には、手の陰に隠れていた割り箸が消えていた。おじさんたちが軽く声をあげると、彼は突然が

ばっと両手を広げてテーブルに上半身だけ突っ伏した。

ゆっくりと起き上がった迦葉の黒いシャツにもジーンズにもなにも付いていなかった。にもかかわらず先ほどまでつまようじやメニューの置かれていたテーブルにはなにも残っていなかった。

その場は拍手喝采になり、喜んだおじさんたちからビールや肉を奢られ、おひねりまでもらった迦葉は、どうもどうも、と調子よく頭を下げてすべて食べ切った。

二人でホルモン焼き屋を出ると、私はあきれて言った。

「庵野君って、今までどうやって生きてきたの？」

「名字禁止」

と迦葉は煙草を取り出して火をつけた。夜でもめまいがするほど明るい繁華街に、煙草を吸う迦葉は不思議と似合っていた。

「お、あそこ行こう」

煙草を吸い終えた彼が誘ったのは、雑居ビルの中の外国人パブだった。

「へ？」

と面食らっている間に、迦葉はぐんぐん汚いビルの奥へと突き進んでいった。暗い廊下の突き当りの扉を開けると、中にいた化粧の濃い女たちが驚いたように笑って
「なにヨー！　ずいぶん若い子たち来たじゃない」

と手を叩いて出迎えた。

迦葉は、おひさしぶりですー、とうそぶくと
「俺たち、二人で四千円しかないんですけど。どうしても社会勉強したくて。いい？」

と派手な外国人らしき女性に手を合わせた。

「仕方ないわネー！　出世払いよ」

彼女は大声で言い放つと、隅っこの席を用意してくれた。

恐縮する私をよそに、迦葉はテーブルに頬杖をつくと、慣れた顔で水割りを作ってもらいながら訊いた。

「おねえさん、どこから来たの？」

彼女はグラスの中身をぐるぐるとかき混ぜながら、フィリピンよ、と答えた。

「でもネー、日本に来て最初に付き合った男がカイショウナシで、大変だったよ」

「マジで？　逃げられちゃった？」

「そんなワケないデショ！　こんなにイイ女から逃げるかって。あたしのほうからポイしたのよ」

「あー、そりゃあ惜しいことしたね。その田中さんも」

「田中じゃないヨ！　元カレは黒沼だヨ！　おにいさん若いのにイイカゲンだネー」

啞然《あぜん》とする私をよそに二人はげらげら笑った。

彼女が、おにいさんも可愛い彼女にポイされないようにね、と私を見て言ったら、迦葉がいきなり
「あー。この子はね、俺の妹だから。ポイされたのはね、俺たちのほう。親にね」

と笑えない冗談を言ったので、私は動揺してグラスを持ち上げる手が止まった。

彼女は火のついた煙草をくわえると、ぱんぱんと迦葉の肩を叩いて
「生きててよかったネ。お酒飲めるし、愛しあえるんだからネ」

と微笑んだ。

女性たちがほかの席に着いてしまうと、私は迦葉に囁いた。

「いつも、こんなところに出入りしてるの？」

「まさか。金ねえもん。バイト先のそばのカラオケスナックは行くことあるけど。手品やってタダで飲ませてもらって」

と迦葉は水割りのグラス片手に説明した。

「正直、迦葉の年齢でこういう店に出入りするのって、早くない？」

「内面だけ早く年取ったような人間はいるだろ。俺には由紀だってそう見えるよ」

表情を消すと、グラスの中の氷が溶けて音をたてた。迦葉はカラオケを歌うホステスにむかって手拍子を打ちながら
「深刻なことでも受け流してくれて、なんでも笑ってくれて。そういう場所にいたくな

るんだよ、時々。俺、育ち悪いからさ」

と言った。

「なんで親に捨てられたなんて言ったの？」

「実家近いのに一人暮らしなんて、事情があるからに決まってるだろ。女子大生の娘なんて、普通は親が心配して家から出したがらないのにさ」

なにも答えられずに水を飲んだ。だいぶ酔っぱらっていた。泣きたいようでいて、笑ってしまいたいようでもあった。胸が締め付けられて妙に切なかった。

パブを飛び出して走ったけれど、私たちは終電を逃した。

暗いホームで力尽きて自販機でお茶を買い、ベンチに座って飲んでいると
「おい。これ」

と迦葉がウォークマンのイヤホンの片方を差し出した。

おすすめの曲でも聴かせてくれるのかと思って耳に押し込むと
「そして女は別れ際に、私に言ったのです。夢のとおりに殺されなくてよかったな、と。そしてすーっと廊下から消えていったのでした」

などという声がして、びっくりしてイヤホンを引っこ抜いた。

「怖い！　なんでこんなの聴いてんのよ」

「あはは。なんだよ。由紀、意外と怖がりだな」

笑った迦葉は両手を広げてベンチに寄りかかった。

暗い線路が闇の彼方に延びていた。私たちの声以外には、外したイヤホンから淡々と心霊話が聞こえてくるだけだった。

それから二人で毎週のように授業が終わると場違いな店に出入りして、奢られたり遊んだりした。そして恋人同士かと訊かれたら
「俺たち兄妹なんで」

という嘘をつくのがお決まりのパターンになった。

それは今から思えば定まり切らない関係を維持するための手段だった。ごくわずかな期間、性別に関係なく必要とし合える相手に出会えた幸福が二人を包んでいた。

大学が夏休みを迎えると、まわりは海水浴やゼミの合宿で盛り上がっていた。バイトで忙しい私と迦葉にはどちらも無縁の世界だった。その頃には、迦葉が八歳のときに実の母親の元を離れて、その姉夫婦に預けられたことも知っていた。

バイト帰りに落ち合った居酒屋で、伯父夫婦とその息子に可愛がられた話をするときの彼は例外的に表情が柔らかく、私は笑って聞きながらも、どこか嫉妬していた。彼が肉親の愛情を知っていることに。

迦葉が一度だけ語った、実の母親からの強烈な虐待を差し引いても、支えてくれる大人が誰もいない自分よりはまだ恵まれているように思えた。

その晩は、少し悪い酔い方をして店を出た。駅前のガード下の暗がりを通ると、高い足音が低い天井に反響していた。

「星が見たくなった」

迦葉はコンクリートの暗い天井に向かって言った。

デパートの遊園地は閑散としていて、閉館十分前だった。迦葉はかまわず歩いていって、動物の形の遊具をすり抜け、人工芝に仰向けに寝転がった。

私もつられて、となりに寝た。

「そういえば、うちの兄貴がこの前、写真の賞取ったんだよ。すごくね」

嬉しそうな彼の横顔を見て
「おめでとう。すごいね。たしかまだ二十代でしょう」

と私は返した。

都会の夏にしては、指でくっきりと星座をなぞれるくらいに綺麗な夜空が広がっていた。息を吸うと気が遠くなった。

「二十代のうちに海外行って、写真撮って賞取るって昔から言ってたんだよ。秋にギャラリーで写真展やるとか言ってたっけ。由紀も見に行けば。たぶん兄貴、由紀のことタイプだからさ」

とおだてられたので、私は苦笑して、そうなの、と適当に返した。

「そう、のんびりとか天真爛漫とかピンとこないんだって。細くて頭良くて陰のある感じっていうの、兄貴が好きなの。昔、見せてもらった映画の女が理想って言っててさ。すごいぴったりした黒のワンピース着て、とにかく痩せてて、あ、名前思い出した」

と彼は映画のタイトルを口にした。

私は一応頷いたけど、面識もないお兄さんの好みよりも、迦葉が私の印象について語ることに興味があった。

「真壁我聞で調べたら出てくるだろうから。すっげえいいよ。兄貴の写真」

私は相槌を忘れて、迦葉の言葉を聞いていた。彼がそこまで手放しで誰かを誉めたことはなかったから。

「お兄さんのこと好きなんだね」

とだけようやく言った。

「俺が法学部入ったのも、兄貴に言われたからだしね」

と迦葉が答えたので、さらに驚いた。そんな話は初耳だった。

「まだ兄貴が実家にいた頃さー、よくオセロとか将棋とか二人でやったんだよ。ところが兄貴がめちゃめちゃ弱くてさ。それなのに毎回誘ってくんの。こいついいやつだけど馬鹿だなー、と思いながら、コテンパンに倒してたら、キレるどころか喜んで」

声が珍しく明るくて、彼にとって一番幸福な思い出なのだと感じた。

「迦葉は頭いいから、医者か弁護士になればいいって。単純だろ。だから俺がつい、人助け興味ねーって言ったらさ。だからいいんだ！　ていきなり力説されて」

「どうして？」

「人助けしたいやつはたいてい同情できる人間しか助けたがらない。助けたくない人間まで助けなきゃいけないのが医者と弁護士だ。だから迦葉くらい引いてる人間のほうが向いてるって。正直、兄貴のことはアホだと思ってたから、俺びっくりしちゃってさ。こいつには敵《かな》わないかもしれないってそのとき思ったんだよ。でも敵わないのが嬉しかったんだよな。変かもしれないけど」

どうしてだろう。あのときの迦葉を思い出すと、なぜか今でも胸が詰まる。

街を徘徊するには肌寒く感じられるようになった初秋に、どろどろに酔って終電を逃した迦葉は初めて私のアパートにやって来た。

忍び足で階段を上がり、迦葉が狭い台所と小さな寝室を見回して
「なんか今さらな感じして緊張するな」

と困ったように笑ったとき、私はコンロにヤカンを載せるところだった。今さら、という表現は彼の照れ隠しだったのかもしれない。だけどなぜか違う意味を伴って聞こえた。

ヤカンの口から湯気が噴き出す音を聞きながら壁にもたれて、迦葉のキスを受け止め

たときも違和感は消えなかった。それでもお互いに異性と二人きりならセックスするという選択肢しか持っていなかった。

コンロの火を消して、寝室のベッドまで移動した。

胸や腿に触れる彼の手つきが多少荒かったのは問題じゃない。暗がりでTシャツを脱いだときの肩やすらっとした腕には色気があった。こちらを見下ろす眼差しにも。

にもかかわらず私の体は反応しなかった。どんなに好きじゃない男と寝たときよりも。指が前後すると痛みだけが強くて、すぐに抜いてもらうしかなかった。上手くいかないのは迦葉も同様だった。触るまでもなく重なった感触で分かった。

小さな電球に照らされた迦葉の顔はさすがに気まずそうだった。

「なんか、飲み過ぎたかもね。二人とも」

私は、そうだね、とだけ答えて布団をかぶった。眠ってしまおうと思った。

だけど迦葉が服を着ながら、茶化すように

「余裕で二ケタ超えるくらい経験積んでも、こういうことってあるんだなー」

と呟いた瞬間、心臓が刺されたように痛んだ。

「そんなにいたんだ。多そう、とは思ってたけど」

と私は感情を殺して言った。

「そうそう。だけど一度もなかったけどね。今日みたいなのは」

それが決定打になった。私は布団で胸を隠して起き上がった。

こちらを見た迦葉に、私は言った。

「それってただのセックス依存でしょう。母親に愛されなかったから」

迦葉が近付いてきたので、私はとっさに身を竦めた。

布団に隠れる間もなく肩を押さえつけられて、馬乗りになった迦葉は私の首に右手をかけた。

闇の中で、その瞳は怖いくらいに透き通っていた。裸の胸には目もくれずに、私の目をえぐるように見下ろしていた。

そのことにまた傷つき、攻撃的な気持ちが頭をもたげた。私はゆっくりと目を細め、薄く唇を開けた。絞めれば。

迦葉は手を離すと、右手で壁を殴った。

体を強張らせた私に背を向けると、彼は布団に潜り込んだ。彼の背中が広いことに気付くと今さら欲情が芽吹きかけたけど、逃避のような眠気に引っ張られて私は気絶するように目を閉じた。

明け方五時頃に、迦葉が玄関で靴を履いている物音で目覚めた。

薄目を開けて、迦葉、と呼びかけた。帰るの。返事はなかった。

昨日はごめん、言いすぎた。

それでも迦葉は黙ったまま外へと出ていった。

廊下の手すりの向こうに仄《ほの》暗い空が見えて、すぐに遮られた。


週明けの大学の構内はどこもかしこも味気なく映った。迦葉が離れて、私はひとりぼっちになってしまったことを悟った。

大講義室での授業に出るため廊下を歩きながら、その授業を迦葉も取っていたのを思い出した。いかに自然に話しかけるかを考えていると、静かな廊下にひときわ大きな笑い声が響いた。振り返り、目を見張った。

茶髪の女子と迦葉が楽しそうに喋りながらやって来た。内側にくるんと綺麗に巻かれた艶やかなセミロング、真っ白なポロシャツにバーバリーのプリーツスカート。肉付きの良い体つきに大きな瞳。

迦葉と目が合った。

挨拶しかけた私の口を塞ぐように、迦葉が目をそらした。そして茶髪の女子の耳に唇を寄せて、なにか囁いた。彼女は困ったように目を伏せて笑った。迦葉も含み笑いして、私の脇を素通りしていった。

かっと全身が羞恥心で火照ったようになり、足が竦んだ。自分のことを言われたという確証はない。だけど、あの二人の表情。

大講義室の片隅で、授業が終わるまでふるえが止まらなかった。

それから迦葉は頻繁に目立つ女子と行動を共にするようになった。美人女子大生という記号化されたような子ばかりだった。大学内で見かけるたびに辱《はずかし》めにあっているような気持ちに支配されて、私はひたすらゼミの課題に打ち込んだ。

音のない図書室で資料を捲っていると、ページの擦れる音の合間に、迦葉の気配が滑り込んできた。

夜の街のネオン。星が散らばった青い夜空。無防備な笑顔。

戻りたい、と悔しいけれど何度も考えた。どうして男と女になろうとしてしまったのか。そもそも私はそんなにひどいことをしたのか。先に引っ掻くようなことを言ったのは迦葉なのに。そんな反論を胸の内に並べながらも、本当は分かっていた。

迦葉が口にした言葉は、男子のちょっとした見栄からくる軽口に過ぎなかった。だけど私には自覚があった。自分の言葉で彼が深く傷つくことが。

幼い頃から傷つけられてきた迦葉が、それに気付かないはずはなかった。

食堂でカレーを食べていた私の正面に、迦葉が味噌ラーメンの載ったトレーを置いたときにはようやく仲直りできるのだと思った。

顔を上げると、迦葉に駆け寄ってきたのはあいかわらず記号化された女の子だった。

綺麗なロングヘアに一瞬だけ見惚れた私を無視して、迦葉は、よ、と彼女にむかって笑うと
「なに、行ってきた？」

と意味深な言葉を口にした。

私はうつむいてカレーを食べ始めた。辛さがようやく感じ取れるだけで、味などほとんど分からなくなっていた。

「うん。すごいねー。プロの写真家なんて。報道写真っていうから、見るのが少し怖かったんだけど、色が綺麗でほっとした」

思わず耳を疑った。ほとんど息もできずに二人の会話に聞き耳を立てた。

「だろ。ところで飯食わねえの」

「昼休みの間に先生探さないといけないから。今日までに提出の課題があって。また土曜日にね」

「ん、お疲れ」

迦葉は片手を挙げてから、箸を手にした。

彼女が去っていってしまうと、食堂内の喧騒に取り残されて、私たちのテーブルだけがひどく浮いていた。

コップを置いて視線を上げると、やっと迦葉とまともに目が合った。

「ひさしぶり。由紀、なんか痩せた？」

という挨拶に、どっと体中の力が抜けた。そうかも、と私は冷静を装って相槌を打ったが、気持ちが急《せ》いてバランスを保つことができずに
「なんか、さっき写真って話してたけど」

思わず先走って口にした。

迦葉は途端に、ああ、と素っ気なく答えると
「前に話した、うちの兄貴の写真展。話したら行きたいって言うからさ」

とどこか距離を置くような口調で説明した。

「ふうん。そうなんだ。もう、やってるんだね。どこで？」

「浅草橋。ああ、これチラシやるよ。つーか、ああ」

迦葉が鞄からチラシを引っ張り出して置くと、独り言のようになにか呟いた。なに、と私はやんわり訊き返した。胃のあたりが強張って吐きそうな緊張の中、迦葉が頬杖をついて白けたような口調で言った。

「自分だけだと思ってた？　俺が家族のこと話すの。なんか微妙な顔してたもんね」

言葉をなくした私に、じゃあね、と迦葉は告げてトレーを片手に立ち上がった。離れていく彼を目で追うこともできずに、気付いたら涙が流れていた。テーブルのビニールクロスに涙が溜まっていく。通り過ぎる学生たちが遠巻きにちらちらと見た。

部屋に数日間閉じこもり、布団にくるまって眠り続けた。ろくに食べなかったので最後にはあばらが浮くほど痩せた。

夜明けにシャワーを浴びようと寝間着を脱いだとき、暗い鏡に映った体が切なかった。ひんやりとした床に横たわり、その硬い感触だけを近しく感じながら目をつむった。希望が、支えが欲しかった。

どうしても出席しなきゃいけない授業があったので、着替えを済ませて大学用のバッグを開けたら、一枚のチラシが出てきた。明るい光に溢れた写真展のチラシ。摑んだまま、しばらく身動きが取れなかった。

どうして我聞さんの個展に行こうと思ったのか、今も上手く説明できない。迦葉が知らないことを一つでも作って出し抜きたかったのか。それとも共通の味方が欲しかったのか。単にやけっぱちか。分からない。

ただ、誰かに胸を張って話せるほど綺麗な動機じゃなかったことだけは、たしかだ。

個展で出会った翌日に我聞さんから連絡が来て、一週間後に上野公園でデートした。葉が色づき始めた園内は人が多く、清々しいほどの秋晴れの空が広がっていた。我聞さんはごく自然に私に歩調を合わせてくれた。

ベンチでホットコーヒーを飲んでいたら、冷たい風が吹いた。我聞さんが当たり前のように巻いていたマフラーを外して、よかったら使って、と差し出した。

私はお礼を言って、受け取った。目がギュッと詰まった茶色いマフラーは温かかった。彼が楽しそうにさっき見た美術展の感想を語るのを聞きながら、自分が本気で彼に好意を寄せ始めていることに気付いた。

我聞さんは二日置きくらいに規則正しくメールをくれた。そしてデートに誘ってきて、夕飯を終えて軽く酔うと、最寄りの駅まで送ってくれた。

会うたびに信頼できる人だと実感しながらも、まだどこかで彼を疑っていた。もしかしたら我聞さんはすべてを知っていて、迦葉と一緒に私をさらに傷つけようとしているのかもしれない。そんな妄想が止まらなくなるくらいに、誰のことも信じられなくなっていた。

それでも彼からの誘いがあると、迷いながらも化粧をして、なけなしのバイト代で購入したワンピースを着てヒールを履いて出かけていった。

打ち明けるチャンスは一度だけあった。二人で安いワインバルで串揚げを食べて笑っていたら、ふとした拍子に大学名を訊かれて、とっさにごまかせずに答えた。

「え？　由紀ちゃんの大学ってあそこか。僕の弟も通ってるよ。名字は違うんだけど。庵野迦葉って、法学部だから接点ないか」

私は息をのんだ。いくつかの選択肢が頭の中を過ったものの、結局は

「知ってる、かも。授業で一緒だったかもしれない。我聞さんと名字が違うから、全然気付かなかった」

と無難な嘘をついた。

「そっか。あいつ、いつも女の子と一緒にいるでしょう。話とかしたことある？」

「何度かは……あ、でも自分のお兄さんがいつの間にか同期生と会ってるって、むこうにしてみたら微妙かもしれないね」

「ああ、そうだね。もちろん本人には言わないけど、ごめん、ちょっとびっくりして面白かったから」

笑う我聞さんにどうして本当のことなど言えただろう。

その晩はワインを飲みすぎて、駅で涼しい顔をして別れた直後に、トイレに駆け込んで吐いた。

何度目かのデートの帰りに、我聞さんが思い出したように言った。

「今度、見逃してた映画が単館で再上映するから見に行こうと思ってるんだけど、由紀ちゃん、興味あるかな？」

「なんて映画？」

と私は吊革を握りしめて訊き返した。

「『17歳のカルテ』っていう映画なんだけど。心理学を勉強してるなら興味あるかと思って」

大学の近くの映画館の前でポスターを見たことがあった。自殺未遂した少女の回復の物語だったはずだ。

「興味は、あります。我聞さんはああいう映画も見るんですね」

彼は、ニューヨークにいる友達の写真家の女の子がすごく良かったって言ってたから、と説明した。私は相槌を打ちながら、この人はきっと男女問わず友達が多いだろうな、と思った。少しだけ取り残された気持ちになった。

当日は池袋の映画館前で待ち合わせをした。白いニットに千鳥格子柄のスカートと黒いコートとブーツという格好で壁に寄りかかって待っていると、雑踏から背の高い男の人が飛び出してきて
「お待たせ。ごめん。由紀ちゃん。待ったよな」

と白い息を吐きながら訊いた。

私は頷きかけて、びっくりした。彼がトレードマークの眼鏡を掛けていなかったからだ。

「眼鏡はどうしたんですか?」

「朝から雨予報だったから、予備のコンタクトに。ちょっと落ち着かないけど」

私は想像よりも彫りの深い瞼や鼻筋を驚きながら見た。それでも優しい目元の印象だ

けは変わらず、チケットカウンターで二枚購入する横顔に、ふと
「我聞さんって瞳の色が薄い？」

と尋ねたら、我聞さんはお釣りを受け取りながら照れくさそうに笑って、そうかもしれない、と言った。

ポップコーンとジンジャーエールのカップを手にして後ろのほうの席に並んで座ると、間もなく映画が始まった。

若い女の子向けの映画だった。ひりひりした思春期の緊張感と孤独が絶えずスクリーンに映し出される。傷つけられてきた少女たちは友情をはぐくみ、衝突し、攻撃し、大人になっていく。だけど長く生きられない子もいる。

映像は淡く綺麗だったが、叫び声の一つ一つが剝き出しすぎた。傷だらけの少女たちの肉体に、ちょっと前までがりがりだった自分の体が重なる。

じょじょにふるえが止まらなくなり、顔を伏せた。そのことに気付いた我聞さんが心配そうに小声で、大丈夫、と訊いた。素早く大丈夫だと告げて席を立った。

明るいロビーに出ると、すぐ後ろから足音が追いかけてきたので、私は振り返った。

「ごめんなさい。映画、それに席も」

我聞さんの大きな手が私の額に触れた。びっくりして動揺がおさまった。

彼は保護者が子供の熱を測るようにじっと見下ろすと、手を離して、私の背中をそっ

と支えた。

「とりあえず映画館を出よう。どこかで休んでお茶してもいいし、もう帰りたいなら送っていくから」

帰りの電車の中で、我聞さんはとなりに座った。大きな体の安心感をすぐそばに感じていた。気持ちは重かったが、規則的な横揺れを感じているうちにだいぶ落ち着いてきた。

駅に着いてから、昔ながらの商店街を我聞さんと並んで歩いた。

茜色に染まった住宅地を歩いていくと、数台並んだ自販機と特徴のないアパートが見えた。

階段の下には自転車が止まっていて、いくつかの郵便受けからビラがはみ出している。いつもならどこか寂しい夕方の風景なのに、今日は温かく感じるのが不思議だった。

私は、ここ、と住んでいるアパートを指さした。

「ああ。商店街からも近くて便利だね」

「その代わり、駅からはちょっと離れてるけど。家賃が安いわりに部屋は綺麗にリフォームしてあるし。大家さんが地主だから、お金に困ってないみたいで」

「そっか。見てみたいな」

と我聞さんは言ってから、我に返ったように、変なこと言い出してごめん、と笑った。

私は慌てて脳をフル回転させてから、見られてはまずいほど散らかってないことを確

認して
「もしよかったら、お茶でも飲んで行きますか？」

と提案した。

我聞さんは驚いたように、大丈夫、と訊き返した。

もちろん、と答えて階段を上がりかけたら、我聞さんが慌てたように、由紀ちゃん、と呼んだ。

足を止めると、彼は早口で告げた。

「ちょっと待って。もちろん、なにもしないけど、家に上がり込むんだったら、その前にきちんとしておきたくて」

「は、い」

私は茫然としたまま相槌を打った。

「最初見たときから素敵な人だと思ってた。僕と付き合ってください」

視界がぼやけて、夢の中にいるような気がした。上手く喋ることができずに、かろうじて頷くと
「よかった。断られるかと思った」

と我聞さんが息を吐いて大きく笑った。いろんな感情がこみ上げてきて、私は目を伏せたまま彼と手をつないで階段を上がった。

我聞さんが部屋の真ん中に座り込むと、長身の男性特有の存在感が増して、にわかに緊張した。それを隠すために冷蔵庫を開けて

「お腹空いてるなら、なにか作るけど」

と私は訊いた。

「ほんとうに。嬉しいけど、具合は大丈夫？」

「うん。簡単な物しかできないけど」

と私は言いながら、冷凍の豚バラ肉とキャベツと人参とうどん玉を調理台に出して、彼にはコーラとグラスを渡した。

フライパンで焼きうどんを作った。具が少なかったので、鰹節をたっぷりかけて大皿に盛る。

他人に手料理を食べさせるなんて初めてで気が気じゃなかったけれど、我聞さんは旺盛な食欲で箸を動かして言った。

「この焼きうどん、味がしっかりついてて美味いな。醤油だけ？」

私は首を横に振って、麺つゆ使ってる、と答えた。

お皿が空になると、サラダ味のプリッツを齧りながらコーラを飲んだ。

我聞さんがすっかりリラックスして足を崩していたので、黙って見つめていると

「どうしたの？」

と頬杖をつきながら不思議そうに訊いた。

「部屋に、普通に男の人がいるのが、なんだか見慣れてなくて」

と答えてから、私はそっと我聞さんに近付いた。

となりに寄り添うと、彼が笑って、ん、と訊き返した。思わず上目遣いに見ると
「まだ本調子じゃないだろうから、これを飲んだら帰るよ。ゆっくり寝て」

と言われてしまい、私は急激に不安な気持ちになった。一人で取り残された途端、暗い波に飲み込まれてしまう気がして
「帰らないで」

とっさに引き留めると、我聞さんは驚いたように、え、と言った。

「でも邪魔じゃないかな？」

強く首を横に振った私を、我聞さんは黙ったまま見つめていた。

「由紀ちゃん」

なに、と私は訊き返した。

「今日具合が悪くなった理由、もしかしたら由紀ちゃん自身に心当たりがあるのかもしれない、と思って」

一瞬、腕に鳥肌が立った。どうして、と言いかけた私に、彼は言葉を慎重に選びながら言った。

「じつは、僕の弟も少し繊細というか、複雑なところがあって。似ている気がしたんだ。それで。ごめん、変なことを言い出して」

彼が言い終わるよりも先に、私は我聞さんに抱きついていた。彼は無言で私の背を摩《さす》った。

我聞さん、と呼びかける。

「本当に好きになった男の人と手をつないだの、初めてだった」

我聞さんがなぜか困ったように笑う気配がして、私はとっさに、変なこと言ってごめんなさい、と謝った。逃げるように腕を離したら、反対に肩を抱き寄せられた。迷いなく顔を上げると、穏やかな人柄に似合わず熱のこもったキスを受けた。私はうっすら唇を開けて応えた。

唇が離れて、目が合うと、私は
「脱がせて」

と頼んだ。

「由紀ちゃん、それはさすがにまだ早いから。体調も」

お願い、と何度も訴えかけると、我聞さんはしばらく黙ったまま私を見つめた。

「じゃあ、一つだけ訊くけど」

と言った。

「なに？」

「僕は遊びとかじゃなくて真剣に付き合っていきたいけど、それでもいい？」

私は思わず噴き出して、なんでそんなこと断るの、とようやく笑って訊き返した。

「ごめん。海外に行くと、ドライに割り切ってるような子とも出会うから」

と彼が苦笑したので、ようやく向こうで出会って恋に落ちることもあるのだと察した。急に彼が大人に感じられて、それまでは心のどこかで迦葉の兄として見ていたのが、初めて一人の男性として向き合えたように思えた。

我聞さんは立ち上がって
「ちょっと、コンビニ行ってくるよ」

と告げてテーブルに置いていた財布を摑んで、玄関から出ていった。

アパートの階段を下りる音が響くと、そういえば成人式にホテルに行った元同級生も迦葉も避妊など気にかける素振りすらなかったことに気付いた。顔も思い出せない元恋人たちも。

我聞さんはすぐに戻ってきた。靴を脱ぎながら、片手に持ったコンビニの袋が揺れていた。

気まずくなるかと心配していたけれど、我聞さんにそのまま優しく抱きしめられると、体の力が素直に抜けた。彼が右手を伸ばして部屋の明かりを消した。

それは生まれて初めての感覚だった。

ちゃんと大事にされて愛されていることの安心感が全身を包み込むと、半ば心地よい眠りの中にいるようだった。感覚はのびやかで、どこに触れられても幸福感だけがあった。

朦朧《もうろう》としかけた私の頭を、裸の我聞さんが無言で抱え込んだ。目をつむって深々とした侵入を受け入れながら、実感した。どこもつらくない。心から信頼できる。

終わってからもしばらくは、彼の乱れた呼吸だけが耳元で響いていた。

その体を強く抱きしめて天井を仰いでいると、突如、現実が押し寄せてきた。

他愛ない言葉を交わしてから、我聞さんが遠慮がちに貸してほしいと言ってバスルームに消えると、私は素早く布団に潜り込んだ。全身が激しくふるえて勢い良く涙が溢れた。すべてを知られたら、と考える。嫌われる。去っていってしまう。

我聞さんが濡れた体にタオルを巻きつけて戻ってくるまでには、なんとか涙を止めた。抱きしめられて、彼の厚い胸に頬を寄せると、また涙が滲みかけた。

「体調、大丈夫？」

私はかろうじて、大丈夫、と返した。

おやすみなさい、と言い合って目を閉じると、その体温の高さに安心と罪悪感が胸を浸し、骨までばらばらになりそうだった。

付き合い始めて二か月が過ぎた晩秋の夜に、我聞さんがいつものように私の部屋でくつろぎながら言った。

「今度、迦葉に僕が使ってたダウンジャケットをあげることになったから、大学まで行くよ」

にわかに警戒しつつも、そう、と答えた。

我聞さんが、提案なんだけど、とこちらを向いて言った。

「そろそろ迦葉に紹介したいな、と思ってて。びっくりさせてみたいんだよ。あいつ、いつも涼しい顔してるから」

抗《あらが》うことなどできなかった。

私は泣きだしそうになるのを堪えながら、楽しみ、と彼にむかって笑った。


我聞さんが大学に来る日の昼休み、食堂に入った私はいそいで迦葉の姿を探した。

彼は窓辺のテーブルで頬杖をついていた。空の平皿にはカレーのルーがところどころこびりついていて、私は彼の食べ方があまり綺麗じゃないことに初めて気付いた。

テーブルを挟んで真向かいに立つと、彼は、ああ、となにげない声を出した。

「ひさしぶり。今から昼飯?」

「そう。午後から休講になったから」

と私は答えた。

「ふうん。あ、これから俺、兄貴が来るんだよ。ダウンくれるっていうから。まあ、また今度、気が向けば飲みにでも行こうな」

目も合わせずに喋っていた迦葉は、ふと訝しげに私を見た。すかさず口を開く。

「迦葉。考えたんだけど」

と私は慎重に告げた。

「私たち、なにもなかったことにしたいの。春に出会って夜中まで遊んだことも、いろんな話をしたことも、ぜんぶ。お願いします」

攻撃的な気配が滲んだのは一瞬だった。たぶん私が深く頭を下げたからだ。抱えたものの重みで額が地面についてしまいそうになりながら。

波立った空気も行き交う学生たちも遠ざかり、沈黙だけが支配していた。

顔を上げると、迦葉は幾分か気まずそうに
「あそ。あなたがそうしたいなら、いいんじゃないの。もともと付き合ってたわけでもないしね」

とスプーンを指先で弄《いじ》りながら返した。

以前なら傷ついたであろう言葉を、私は静かに受け止めた。そして心から告げた。

「ありがとう」

迦葉はすぐに興味をなくしたように
「話はそれだけ？　そろそろ兄貴が」

と言いかけて、視線を私の肩の向こうへと移した。私も振り返る。

食堂に入ってきた我聞さんはこちらにむけて軽く片手を挙げた。迦葉が、おー、と珍しく明るい声を出して答えた。

彼はまっすぐにこちらにやって来た。そして迦葉ではなく、私の顔を見て
「もう言った？　まだだったかな」

と問いかけた。私は首を横に振った。

迦葉の顔からゆっくりと表情が消えた。左右で大きさの異なる目が色を失っていく。

我聞さんがテーブルに大きな紙袋をどさっと置いた。

「これ約束のノースフェイスのダウン。そして、こちらにいるのが僕の彼女の由紀さん。迦葉と同じ大学だっていうからびっくりさせようって黙ってたんだよ。あ、珍しく驚いてるだろ」

子供のようにからかう我聞さんに、迦葉はかろうじて愛想笑いを浮かべると、びっくりした、とおうむ返しに言った。そして私へと視線を戻した。

あのときの迦葉の目が今でも忘れられない。冗談で兄妹だと言い合っていたことを、そのときの彼は果たして思い出しただろうか。

それでも私は迦葉がすべてをぶちまけることはないと知っていた。星を見ながら楽しそうに我聞さんのことを語っていた彼が、大好きな兄を傷つけることを言うはずなどないと。

そして私たちはふたたび対話する機会を永遠に失ったはずだった。環菜の事件が起きるまでは。

二十八日にクリニックで仕事納めをしたら、気が抜けたのか高熱が出た。

昼過ぎに目覚めたら、汗びっしょりで、ひどく喉が渇いていた。

リビングに行くと、テーブルでパソコンを開いていた我聞さんが顔を上げて、おはよう、と言った。

「どう、調子は」

「熱は下がってないけど、少しだけ楽になったかも。正親は？」

「友達の家に遊びに行ったよ。なにか食べるものでも作るよ。座って」

彼は立ち上がると、冷蔵庫からうどんやら鶏肉やらを取り出した。

座って待っていると、小さな土鍋が運ばれてきた。蓋を開けると、卵を落とした煮込みうどんが湯気を立てていた。

「うー、本当にありがとう」

私はかすれた声でお礼を言って、箸を手にした。甘いつゆが食欲を刺激して、半分ほど食べることができた。

そういえば、と私はコーヒーを飲んでいる我聞さんに言った。

「我聞さんと一度だけ会ったことのある、職場の里紗ちゃん、覚えてる?」

「ああ、明るい感じの子だったよね」

「そう。あの子、結婚するんだって。それでね、彼女が結婚式の写真を我聞さんに頼めないかって。なんでも式場のカメラマンに頼むと高くなる上に、見本の写真もいまいちだったとかで。結婚式は五月の予定らしいんだけど、どうかな」

「ああ、いいよ。今から日程が分かっていれば、いくらでも調整できるし」

と彼は答えた。黒縁の眼鏡越しの、優しい目をじっと見つめる。

彼はコーヒーカップを持つ手を止めて
「どうしたの?」

と柔らかく訊いた。

「五月には、もうぜんぶ終わってるんだなって思って」

「例の事件のこと?」

うん、と短く頷く。

テーブルの上に、食べ残したうどんの土鍋。リビングの床に、さざなみのように揺れる日差し。平和すぎて、自分がどちら側の人間なのか、分からなくなる。

「ひさしぶりに思い入れが強くなっちゃって。よくないね。臨床心理士になったばかりの頃は、それこそ、しょっちゅう相談者の心に引っ張られて混ざっちゃってたけど」

我聞さんは軽く間を置くと、いや、と否定した。

「それでも、ここまでずっと相手が由紀の心の中にいることは、初めてじゃないかな」

私は小さく、そうかな、と返した。

また具合が悪くなってきたので、寝室に戻った。

夕方に目覚めると、となりから寝息が聞こえた。見ると我聞さんが枕を抱えて熟睡していた。

風邪うつっちゃうでしょう、とあきれて呟きながらも、穏やかな寝顔を見つめてから、私はまた布団に潜り込んだ。


三が日が終わると、日常が戻ってきた。

スーパーマーケットの入口の門松も取り除かれて、通勤する人々が朝から駅に溢れた。

仕事を終えて、自宅で三人そろって水炊きを囲んでいたときに電話が鳴った。

私は一足先に、ごちそうさま、と席を立った。

「もしもし。はい、辻さん、どうされたんですか？」

私の問いかけに、辻さんは恐縮したように、夜分にすみません、と断ってから

「じつは南羽さんから届いたメールを見ていただきたくて……よければ、僕、今からそちらの駅までうかがいますので、ちょっと打ち合わせできないでしょうか？」

小一時間後、後片付けを終えた私はダウンコートを着て、自転車を漕いで暗い街道沿いを走っていた。

息を吐きながら、交差点の向こうに浮かぶファミレスの明かりを見つめた。

店内に入り、奥のテーブルにいた辻さんに

「お待たせしました」

と声をかけて、向かいの席に座る。辻さんは珍しく紺色のスーツ姿だった。

「お仕事帰りですか？」

「あ、はい。こんな時間に呼び出してしまってすみません。メールでもよかったんですけど、僕、明日、朝から出張で。できるだけ早くご相談したくて」

辻さんは言いながら鞄を開いた。クリアファイルからプリントされた紙を取り出す。

「南羽さんも、たぶんあれから色々悩まれたんだと思います」

そこには次のようなことが書かれていた。

「　辻憲《けん》太《た》様

先日は、遠くまではるばるありがとうございました。

僕自身はすっかり富山の人間になったつもりでいましたが、ひさしぶりに東京の風を感じて、刺激的な時間が懐かしくもありました。

聖山先生の事件のことをずっと考えていたのですが、やっぱり僕の中途半端なデッサンを証拠として提出するのは、危ういことではないでしょうか。

世間からよけいな誤解を受けて傷つくのは、聖山先生の名前だけじゃなく、それに関わった全員と、ほかならぬ娘さんじゃないかと僕なりに判断しました。

デッサン会で、聖山先生の娘さんが裸の男と一緒にモデルをしていることを、みんなが普通に受け止めていたのには少し理由があります。

デッサン会に五十嵐《いがらし》という学生がいました。大柄で、下ネタばかり言う、空気の読めない美大生でした。ただ画力に関しては聖山先生がべた誉めだったので、誰もおおっぴらに無視できない、というのが僕の受けた印象でした。

二回目のデッサン会を終えた日です。

僕がトイレを借りようと廊下に出たら、五十嵐が聖山先生の娘さんに大声でなにか言って笑っていました。

僕がトイレから出ると、娘さんはいなくて、五十嵐だけが携帯を手にしていました。

そして僕に「番号、ゲットした」と自慢げに言ったんです。

僕はびっくりして、たぶん「最近の中学生って携帯持ってるんだ」とか、そんなことを返しました。

それから「五十嵐って、あの子のこと、狙ってるの？」とも訊きました。冗談だけど
「中学生なんてロリコンじゃん」とも言った気がします。

だけど五十嵐はむしろテンションを高くして、言い返したのです。

「中学生だから、可愛くてエロいとかレアなんじゃん。ずっと押してて、やっといけそうなんだよ」

僕は正直、引いていました。危ない予感がしたので
「変な妄想すんなよ」

と彼に注意しました。それに五十嵐が反論してきたんです。

「だって本人が言ってたんだよ」とか、「元彼とすることとしたって」などと。

僕が覚えている会話はそこまでです。

聖山先生の奥さんの料理を食べている間も、五十嵐は娘さんのとなりに座っていました。二人は楽しげに喋っていました。

五十嵐の話をすべて真に受けたわけではないですが、多少は早熟というか、大人びた面があったからデッサン会にも抵抗がなかったのかな、とは後で少し考えて納得したこ

とです。

辻さんと真壁先生にデッサン会の話をし終えた晩に、急にそのことを思い出しました。当時の空気を正確に伝えるためにも、お伝えしたほうがいいんじゃないかと思ってメールをしました。

よけいなことを書いていたら、すみません。

お土産のお菓子、美味しかったです。

またいつか富山にいらしてください。

南羽　澄人《すみと》」

私が読み終わるまで、辻さんはコーヒーに口を付けずに黙っていた。

顔を上げると、彼が困惑したように
「メールを読んで、この先の取材をどうするか僕だけでは判断に迷ったので、真壁先生の意見をうかがいたいと思って、ご連絡しました」

と本音を口にした。

「デッサン会が教育に悪い環境だったことはたしかですね」

私は答えた。辻さんはほっとしたように、ですよね、と頷いた。

「それから、これでデッサン会の美大生が環菜さんに迫っていた、という話の整合性も取れましたね」

「あ、たしか聖山さんのお友達が証言していたことですよね」

「はい。あとは」

私は紙に視線を落としたまま、元彼、と呟いた。環菜からそれらしい話を聞いたことはない。

彼女は以前、べつに好きで付き合った相手はいなかった、と言い切っていたが、一方で気にかかった台詞があった。

私、信頼した相手なんて……あのときだけ。

印象的だったので、はっきりと記憶している。その元彼が「あのとき」とはかぎらないが、年齢を考えれば、少なくとも最初の交際相手だった可能性はある。

店内はパソコンで作業をする一人客がちらほらといるだけで、静かだった。辻さんが音をたてずにコーヒーを飲んだ。

「あまり時間もないし、環菜さんに直接訊いてみます」

と私は言った。辻さんは、お願いします、と頭を下げてから、呟いた。

「だけどさっきの話が本当なら……僕は、ちょっと思ったことがあるんですけど」

なんですか、と私は訊き返した。

「南羽さんには、たしかに変な気持ちはなかったと思います。でも、ほかの学生たちはどうだったんでしょうか……参加していた全員がどこまで無自覚で、どこまで自覚的だったのか、どういう空間だったのか。僕には、ますます想像がつかなくなってきました。そこにいたときの環菜さんの気持ちも」

「私たちが今からタイムスリップして、デッサン会に参加することはできないですものね。ただ、今も目に見えるものが一つしっかりと残ってますよ」

「それはなんですか？」

辻さんが不意を衝かれたように訊き返した。

「自傷行為の傷跡です。始めたきっかけは、まだ分かっていません。それでも時期を考えると、継続的に自傷を行っていた原因の一つには、このデッサン会のストレスも含まれると私は思います」

それぞれの断片的な物語を、頭の中で一本に編み直す。考える。整理する。まとめる。

残りの謎と問題はなんだろう。

環菜は小学生の頃から、デッサン会にモデルとして参加していた。

そして小学校を卒業したときに母親がハワイ旅行で留守にした際、最初の自傷行為に及んだ。

中学生のときには、言い寄ってきた五十嵐に、元彼がいて肉体関係もあったことを語っている。

環菜と五十嵐がどこまでの仲だったのかは定かではないが、香子の話では、環菜は五十嵐を嫌がっていたという。そこまで信頼関係があったとは考えにくい。

そして、環菜は次第にモデルの役目をさぼるようになり、父親からやめるように告げられた。

思春期以降は不安定な恋愛関係を繰り返しながらも、大学に進学し、女子アナを目指していた。全国の才色兼備の女子大生の中から選ばれて、二次試験まで進んだのだから、本人もそれなりに手ごたえを感じていたはずだ。

そうすると、やっぱり分からないのは父親を殺す動機なのだ。ストレスのかかりすぎていた思春期前後なら、まだ説明がつく。しかし、なぜ今だったのだろう。

いくら父親が就活に反対していたとしても、事前に辞退させるまでには至っていない。現に当日、環菜は面接会場に現れている。

にもかかわらず自ら試験を放棄して、購入した包丁を持って、ほとんど馴染みのない父の職場を訪ねた。しかも犯行当時の動機を本人が説明できず、まるで突然、人格が入れ替わったかのように——そこまで考えて、私は愕然とした。

「辻さん。ちょっと失礼します」

と断ってからスマートフォンで番号を探す。二十一時五分という時刻を確認しつつ、まだ大丈夫だろう、と踏んで電話をかけた。

迦葉はすぐにでた。背後の騒々しさから、どこかの店にいるようだと察した。

「どうした。今ひさびさに北野先生とサシ飲み中なんだよ」

「迦葉君。ちょっと、確認したいことがあるんだけど」

と切り出した。辻さんがうかがうように私の顔を見つめている。

「環菜さんは、そもそもちゃんと殺意があったことを認めてる?」

「ああ、認めてるよ。父親と二人きりになれるようにトイレに呼び出して、刺しましたって」

と迦葉は答えた。

「それは本当に環菜さんがトイレに誘導したのかな。あの子、父親にそんなことを頼めるような間柄だった?」

「それはたしかに不自然だけどさ、検察側の供述調書にもはっきりとそう書かれてるし、俺も事件直後に本人に会って、そこは聞いてるし」

そのとき、迦葉が気付いたように訊いた。

「今さ、由紀、外にいんの?」

「うん。辻さんと打ち合わせしてるけど。どうして?」

しばらく考え込むように黙ってから

「こっち、来る？　大事な話みたいだし」

「場所は？」

「新宿三丁目」

と言われて、移動時間を計算する。今すぐ店を出て駅前に自転車を置いて電車に乗れば、小一時間くらい話したとしても終電で帰れないことはない。私はちらっと向かいの辻さんを見た。

「分かった、行く。お店の名前はメールして」

了解、という一言で切れた。

私はカップの紅茶を飲み干すと、辻さんに事情を説明した。彼は残念そうに、明日出張じゃなければご一緒したかったんですけど、と言った。

「今日は南羽さんからのメール、ありがとうございました。重要な手掛かりになりそうです」

「それならよかったです。こちらこそ、引き続きよろしくお願いします」

と辻さんは頭を下げた。

夜遅くに都心へと向かう地下鉄の電車内はがらがらで、不自然な明るさが浮き立っていた。両どなりに誰もいない席に腰掛け、我聞さんにメールを打つ。

『分かった。僕らは先に寝るから。迦葉によろしく。』

という返信が来て、私は短く息をつきながら顔を上げた。向かいの席には手鏡を覗き込む若い女性がいた。化粧に熱中している。斜め向かいには眠り込んだサラリーマン。私まで睡魔に襲われかけたあたりで、新宿三丁目に到着した。

階段を上がると、夜の街の喧騒に軽くめまいがした。フラットシューズで足を踏み出した途端、自分が近所へ行く格好で出てきたことに気付く。

がらりと店の戸を開けて暖簾をくぐると、そこは昔ながらの居酒屋だった。奥のお座敷から迦葉がひょいと顔を出して片手を挙げた。

靴を脱いでお座敷に上がる。迦葉が物珍しそうにこちらを見た。

私も彼の顔を見返して、びっくりした。

「そこまで髪伸ばしてんの見るの、ひさびさ。大学のとき以来じゃね」

「そうかもね。北野先生もおひさしぶりです」

ネクタイを緩めて徳利を手にした北野先生に挨拶をすると、彼は笑顔で、お会いできてよかったです、と言った。

私はふたたび迦葉へと視線を戻した。

「迦葉君こそ、その顔どうしたのよ？」

迦葉はテーブルに頬杖をついたまま苦笑した。その左目の下にはくっきりと青い痣が浮かび上がっている。

「なんていうか、痴情のもつれ？」

「まさか、あの子に殴られたの？」

とっさに小山ゆかりの顔が浮かんだものの、迦葉は、違うよ、と一蹴した。

「ゆかりとは無事に別れました。お義姉さんにはご迷惑かけました」

やっぱり、と心の中でため息をついた。別れを切り出したのは、おそらく迦葉からではなく、ゆかりからだろう。迦葉がふったなら、傷ついたゆかりから電話くらいあってもおかしくない。

「あなたのことは愛しているけど、となりで支えられるほど私は強くなくてごめんなさい、と。まあ、支えてくれる男がいるんだったら、そっちのほうが幸せだよな。俺はそんな約束できないからさ」

などと迦葉は本音なんだか負け惜しみなんだか分からない台詞を口にした。

「え、じゃあ痴情のもつれって、もうべつの女の子と？」

「だから俺じゃなくて、環菜ちゃん絡みだよ。賀川君とまだ連絡取ってるとは思わなかったよ」

「えっ？」

「なんでも環菜ちゃんから送られてきた手紙で、やっぱりあの子を理解できるのは俺しかいないと確信した賀川君は、俺が弁護人っていう立場を利用して環菜ちゃんを精神的に支配しようとしていると思い込み、事務所の前で張ってたと。それで、ばったり会って、なんも知らずに適当に喋ってたら、いきなり、こんなだよ。まったく、明日からの打ち合わせどうしろっていうんだよ。この顔で信用してくださいなんて言えるかって」

「それは、お気の毒でした」

とはいえ応対したのが北野先生だったら同じ目には遭わなかったのではないかと思いつつも、災難には違いないので、私は言った。

「その代わり、これは戦利品」

迦葉が鞄から見慣れた封筒を取り出した。細くなめらかな宛名の文字。拘置所から私に届く筆跡と同じだった。

「それって環菜さんが賀川君に送った手紙？　まさか迦葉君、脅して」

「なわけないだろ。弁護士殴っておいて、さすがに理由なしっていうわけではありませんよね、て穏便に言っただけだよ。喧嘩慣れしてないやつって、自分から手を出したことに後から動揺するからさ。弱腰になったところで丁重に協力を頼んだんだよ」

「なるほど」

と私は言って、封筒から手紙を出した。

「　洋ちゃんへ

ひさしぶりです。元気にしてますか？

洋ちゃんはすぐに体調を崩すから、寒い季節はとくに心配です。

手紙、読みました。週刊誌のことが誤解だったことは理解しました。でも、私はどちらにしても仕方ないと思っていました。だって私が洋ちゃんを傷つけたことはたしかだから。

それでも洋ちゃんが誤解だと説明してくれたことは、すごく嬉しかった。

私は今まで誤解を受けても、反論することで言い訳だと思われるのが怖かった。黙って受け入れるしかないと思っていた。

だから初めて知りました。誤解だと訴えてくれる情熱や気持ちは、相手にとって嬉しいということを。

洋ちゃんも私に対して一つ、大きな誤解があります。

今さら言っても仕方ないと思っていた。

だけど手紙をもらって、私も言うべきだったんだって気付いた。それが真の誠意なんだって。

だから、勇気を出して書きます。

庵野先生から、私が洋ちゃんに無理やりされたって言ってたことを聞かされたと思うけど、あれは誤解です。

記事が出たときに、庵野先生から「付き合ってた大学のＯＢ」とだけ言われたので、私はてっきり違う人のことだと思ったんです。

だから私は
「付き合ってたって言っても、最初のときが無理やりだったから」

と打ち明けたんです。洋ちゃんが週刊誌のインタビューに応えるなんて思わなかったから。

誰のことか分かったよね。

洋ちゃんが去年の秋に、浮気しただろって私にすごく怒った、館林《たてばやし》先輩のことだったんです。

あのときの私はショックで本当のことなんて言える状態じゃなかったし、館林先輩の家飲みで眠ってしまった自分が悪いと思ったから、訂正はしなかった。

なにより、あんな惨めなことは誰にも知られたくなかった。

それが私の解きたかった誤解です。

庵野先生経由じゃなくて、ちゃんと自分の言葉で。

庵野先生はいい弁護人だと思うけど、正直、私は時々、あの人のことが怖いです。自分が思ってもないことを言っているように受け取られそうで。

でも国選弁護人は変えることができないし、そんなことを言って怒らせたら、裁判で不利になってしまうから、言えない。

私と洋ちゃんだけの秘密にしてください。

最後まで読んでくれてありがとう。

体に気をつけてね。仕事の付き合いで飲みすぎないようにね。


いつかまた触れる距離で会いたいね。

聖山　環菜　」

迦葉が銀杏の殻を皿に置いてから
「どう解釈すればいいと思う?」

と訊いた。

「この手紙のことは、環菜さんには?」

「言ったよ。ちゃんと、穏やかに、優しく。不満があるなら、こちらも精一杯対処するから、なんでも言ってほしいってこともな」

「そうしたら、なんだって?」

彼はそっぽを向くと、その話はべつにいいけどさ、とこぼした。どうやらなにか語りたくないことを言われたらしい。

「うーん。一見、理屈というか筋は通ってるけど。たしかに賀川君とのことは、私に対しても歯切れが悪かったから。ただ、なんとなく、これも賀川君に許されたくて書いているような感じがするけど」

また肉体関係を強要されたと主張していることが気にかかる。知られたくなかった、と本人は訴えているが、むしろ私には、必要以上に彼女が強要されたと言いたがっているように感じられた。

たしかに賀川洋一のときも、館林という大学ＯＢのときも、環菜はほとんど自分の意思とは無関係に肉体関係を持ったのだろう。

ただ、「知られたくなかった」ほどの相手の名前を取り違えて弁護士に伝え、その後も訂正しないというのは、さすがに不自然ではないだろうか。

「そのＯＢは、由紀、一応そっちで当たってみるか？」

「や……たぶん、それは大丈夫。それよりも探したい人が現れたの」

二人が同時にこちらを見たので、私は美術学校から今日までの流れを説明した。

「デッサン会って、そんな状況だったんですか？　それは軽い虐待じゃないですか」

北野先生が眉根を寄せた。私は頷いて、同意見です、と告げた。

「由紀。その元彼っていうのは、当時の環菜ちゃんの状況をリアルタイムで聞いてる可能性高いよな？」

「うん。そう思う」

迦葉は口元に手を当てて、ちなみにどうするつもりでいる、と訊いた。

「なんとか探して、話を聞きに行こうと思ってる。ただ、まずは環菜さんに話してからにするつもり。だから迦葉君はこの件は彼女に伏せておいてほしいの。私たちの間で先に情報が共有されてるって知ったら、いい気はしないと思うから。理由は分からないけど、今、彼女は迦葉君に対して、少しまっすぐじゃない感情を抱いているみたいだから」

迦葉は目の下に指を当てると、分かった、と言った。

「その代わり、できるだけ急いでもらえたら嬉しいよ。本当にもうあんまり時間がないんだ。未だにこんなに調べたりしてんのも、本当に例外っていう感じだからさ」

分かった、と私は答えた。

それから
「そういえば環菜さんの殺意の件だけど」

と切り出したら、二人が手を止めた。

「もし仮に、今から環菜さん自身が殺意を否定したらどうなる？」

もし仮に、と迦葉が口を開いた。

「殺すつもりがなかったとして、今から裁判で主張を変えれば、こちらは圧倒的に不利になるよ」

「北野先生も同意見ですか？」

私が北野先生を見ると、彼は多少赤らんだ顔で、はい、と頷いた。

「最初の供述と百八十度、主張を変えれば、かえって刑期が延びる可能性はあります。ただ、それでも被告人がそう主張するなら、殺意はなかったという方向で戦いますよ」

私は、でも不利になるんですよね、と重ねて訊いた。

「僕らは試合をしているわけじゃない。たしかに被告人に有利な判決が出るように最大限がんばります。けれどなによりも真実を探し出すのが仕事ですから。その中で、被告人と被害者と遺族たちに折り合いをつけ、できるだけ納得できる形を導き出せれば、とも思っています」

「逆に質問するけど、どうして由紀は今このタイミングでそれを言い出した？　なにか根拠でもあるのか？」

と迦葉が割り込んできた。

「根拠というか、やっぱりどこか引っかかってるの。そもそも迦葉だって最初からずっとなにか理由があるはずだって言ってたじゃない」

「それは動機の話であって、殺意そのものに対する言及じゃねえよ。万が一、今からひっくり返したら、検察側も少なからずむきになってくるだろうし、一番きつい思いするのは環菜ちゃんだぞ。由紀はそれを」

「分かっているからこそ、今こうして迦葉たちに相談してるんじゃない」

北野先生が、どちらの意見も分かりますから、と取り成したことで、いつの間にか人目もはばからずに、由紀、迦葉、と呼び捨てにし合っていたことに気付いた。

「すみません」

と私は謝った。迦葉も、失礼、と片手を挙げた。

私はゆっくりと呼吸してから、明日仕事の合間に環菜を訪ねることを告げた。

「私にはやっぱり、環菜さんはまだ本当は言いたいことがあるように見えるの。ただ、彼女の幸せが第一だというのは私も同じだから、執筆に必要なこと以外は訊かないから、そこは信用して。裁判の件も、分かりました」

そう伝えて席を立つ間、迦葉は黙ったまま一度頷いたきりで、その胸の内をふたたび明かすことはなかった。

面会室に入りながら、あと何回ここに来るのだろう、と思った。環菜に会える時間も残り少ないのかもしれない。急にそのことが生々しく感じられた。

あいかわらず小さな体に、私は話しかける。

「迦葉君と、なにかあった？」

環菜はゆっくりと顔を上げた。

「私が、失礼なことを言いました。ごめんなさい」

「べつに私に謝らなくていいから。でも、どうしたの？」

彼女はしきりと耳に髪を掛けながら、私やっぱり男の人って苦手です、と呟いた。

「話しているうちに、信じていいか分からなくなって、怖くなって」

うつむいた環菜に、信じられないようなことがあったの、と私は尋ねた。

彼女はふたたびこちらへと視線を向けた。淡いピンク色のアンサンブル。やけに可愛らしい印象を受けて、誰が差し入れたのだろう、と疑問に思った。香子か、迦葉か、それとも。

「男メンヘラ」

つかの間、なにを言われたのか分からなかった。

「ですよね、庵野先生って」

環菜は表情を変えずに言った。

「そんな言葉は、使うものじゃない」

「どうして？　女ばっかり、そんなふうに言われるの不公平じゃないですか。男だって病んでる人はたくさんいるのに」

「迦葉君の、どこをそんなふうに思ったの？」

問いかけながら、迦葉が口をつぐんだわけを理解した。昔の迦葉だったら手がつけられないほど激怒したに違いない。お互いに年を重ねたことを実感していたら

「カフスボタン」

と言われて、私は環菜へと意識を戻した。

「あの人、いつも違うカフスボタンしてるんです。趣味がばらばらの。一度だけ、男の人のセンスだなって思う黒い石のやつだったから、訊いてみたら、司法試験に合格したときに自分で買ったって。ていうことは、残りのコンサバ系とか可愛い系のカフスボタンは女の人からのプレゼントだなって。しかも、複数。そういうのをとっかえひっかえつけて、誰のことも好きじゃなくて、愛されてる証拠だけをコレクションみたいにして、そんなの愛情が欠乏していて、心が病んでる人がやることですよね」

環菜の目は、激しく傷ついている者の目だった。近親憎悪か、あるいは嫉妬か。自分も彼の遊び相手の一人になったような錯覚を抱いたのかもしれない。

そして失望と怒りがごっちゃになった環菜は、賀川洋一に手紙を返した。

彼にとってはまだ自分が特別だということを確かめるために。

「あなたは、誰かに病んでるって言われたことがあるの？」

「ないけど、でも、そうだと思うから」

環菜はそっけなく答えると、つまらなそうに自分の手の爪を見た。

「カフスボタンの件は分からないけど、少なくとも迦葉君は心からあなたを救いたくて、懸命に事件と向き合っているから。そんなふうに疑心暗鬼にならなくてもいいと思う」

「でも庵野先生は、真壁先生のことを私の同類だって言ってました。冗談でも本気でも、そんなこと言う人を信じたほうがいいって本当に思うんですか？」

私は環菜を直視した。

彼女は怯んだように口をつぐんだ。

瞬時に呼吸を整える。同類。迦葉がいかにも言いそうな単語。下手に反応すれば環菜を傷つける。しかし受け入れれば弱いところにつけ込まれる。そもそも接見中にそんなことを言うだろうか。分かっていてもとっさに判断が鈍る。なぜ急に私や迦葉に攻撃的な言葉を向けるようになったのか。

はっとして、尋ねた。

「もしかしてお母さんから連絡が来た？」

わずかに身構えた気配がした。

「来ました、けど。私を気遣う手紙でした」

「会いに来たわけでは、ないの？」

「違います。母もまだ静養中だし。私の、せいで」

「お母さんが体調を崩した原因は事件かもしれないけれど、その事件のきっかけは家の中にあったんでしょう……？」

環菜はすっと首を横に振った。

「ない、です。結局、私が弱かっただけです。私がおかしかったし、嘘ばかりつくから。拘置所に来て、ずっと考えて、そういうことがせっかく自分で少しずつ客観的に分かるようになったのに、母とか父のせいにしたら、卑怯だし、同じ場所に戻っちゃうから、少しずつ、自分のしたことと向き合って、ちゃんと一人の大人として責任を取らなきゃいけないから」

正しいことを口にしているようだが、実際には本心を自分自身で隠蔽《いんぺい》しようとしているように感じられた。推測でしかないが、母親の手紙には、私や迦葉を悪者にするような文章が綴られていたのだろう。

疲労を覚えながらも心の中で唱える。こちらだってプロだ。いつまでも好き勝手なことは言わせない。

「環菜さん」

私は彼女の思考を断ち切るように話題を変えた。

「私からいくつか質問があります。あなたの腕の傷のことだけど、お母さんに自傷癖があることを打ち明けたことは？」

環菜の顔色が変わった。振り払うような口調で
「いえ」

と否定した。

「どうして？」

「どうしても、なにも。ていうか、なんの話だか分かりません」

「質問を変えます。デッサン会に来ていた五十嵐さんという人に、元彼の話をしていたそうだけど、その元彼って誰？　フルネームはまだ覚えてる？」

さすがにびっくりしたようだった。私は時計を横目で確認した。あと七分。

「それは、十二歳のときに付き合った人で」

「ずいぶん早かったのね。相手は同級生？」

「違います。大学生、でした。怪我を……私が道で怪我してたら、助けてくれて」

「道？」

私は静かに訊き返した。環菜は表情を柔らかくした。

「そうです。助けてくれて、何度かアパートに遊びに行って、すごい、楽しかった。私がミスドが好きって言ったら、六種類くらいドーナッツ買ってきてくれたり、遅くなると危ないからって駅までかならず送ってくれて。あんなに優しくされたことなかったから。恋愛で一番いい思い出なんです、私の」

「どれくらい付き合ってたの？」

環菜の表情がわずかに陰った。私は様子をうかがいながら、答えを待った。

「三か月くらい、です。私が子供だったから、まわりの目とか。仕方なかったんです。あのまま付き合ってたら裕二君《ゆうじ》が警察に捕まっちゃってたかもしれないし」

裕二君、と私は心の中で復唱した。

「なに、裕二君？」

環菜は、手紙に書きます、と濁した。

「お願い。最後に、もう一つだけ質問させて」

「今日は、たくさん訊くんですね」

と彼女が小声で呟いた。私は力強く、うん、と頷いてから、口火を切った。

「環菜さん。あなたは本当にお父さんを殺すつもりだったの？」

数秒、数十秒、沈黙は退出の合図だった。

看守に促されて立ち上がった環菜を私は観察し続けた。

スケッチブックの中の少女と現実の彼女がふたたび二重写しになる。現実から逃げているときの瞳。

私は確信した。あの子はまだ本当のことを言っていない。

環菜からの手紙が届くまでには時間がかかるだろうと思ったが、意外にも三日後の夕方には、職場の郵便受けに届いた。

「　真壁先生

この前は、途中で黙ってしまってごめんなさい。

裕二君との話を書きます。私の初恋の相手で、初めての彼でした。

十二歳の春休みに母がハワイに行ってしまって、父と二人きりで家に残されたことがありました。

たしか知り合いのホームパーティに父が出かけていって、帰りが遅かった晩でした。近所のマンションで不審者に女の子が襲われかけた、ということがあって、戸締りに気をつけるようにという回覧板が回っていました。

それでも鍵を掛けることができないので明け方くらいまで父を待っていましたが、全然帰ってこなかったので、鍵を掛けて少しだけ寝ようと思って、私は目覚まし時計を一時間後にセットして横になりました。

気が付くと、お昼前でした。家の中を見回したけど、父の姿はありませんでした。目覚まし時計が止まっていたことに気付いて、怯えていたら、父が帰ってきました。

父はものすごく怒ってました。私の話も聞かずに一方的に責め続け、俺の家なのに閉め出すなんてどういうことだ、と怒鳴って、約束を守れないならおまえが出ていけ、と宣言しました。

耐えきれなくなった私は財布だけ摑んで、家を飛び出しました。

そのまま電車に乗って父方の祖父母の家に向かいました。荒川近くの工場地帯のはずれにある、大きな一軒家です。

だけど祖父母は口をそろえて、那雄人は芸術家だからちょっと変わってるんだ、親を家から閉め出したのは事実なんだから帰って謝りなさい、と言いました。

それからお風呂場の掃除と靴を磨くように言われました。

私は青いタイルと黒い革靴をぴかぴかにしてから、夕飯を断って、祖父母の家を出ました。

風の吹き抜ける荒川沿いを、どこまでも歩きました。空には分厚い雲がぎっしりで、そのうちに季節外れの雪が降ってきました。寒さにしびれた手や足だけが生きている証でした。

どこへ行っていいか分からなくて、大したお金もなくて、そのまま雪と一緒に消えてしまいたかった。

視界が悪い堤防を上がろうとしたら、転んで膝を擦りむきました。

血を見たら、なんだか悲しくなって、道路の隅に座り込んで泣いていたら、いつの間にか目の前に、救急箱を手にしたコンビニの店員さんが立ってました。髪が黒くてもっさりした感じの、地味だけど優しそうな男の人でした。

店員さんは泣いている私の足元にかがんで、膝の手当を始めました。

私はもうろうとしたまま、店員さんが絆創膏を貼り終えるのを見ていました。たぶん私はそのときにはもう彼を好きになっていたんだと思います。

店員さんは救急箱を片手に立ち上がると、遠慮がちに
「帰れないの？」

と訊きました。胸の名札に、小泉《こいずみ》、と書かれていました。

それが裕二君でした。

私は頷きました。

「あと三十分、待てる？」

私はまた頷きました。

裕二君は制服のポケットから財布を出すと、私に千円を手渡して、近所のファミレスで待っているように言いました。

あの晩の出来事が夢だったか現実だったか、今では私にもよく分かりません。

狭いけど片付いた部屋で、甘いコーヒーを飲ませてもらったこと。本棚に漫画がたく

さんあって読んだこと。テレビゲームをして、楽しくなって笑ったこと。布団が一つしかなくて一緒に寝ることになったこと。彼に、ぎゅってしたいって言われたから、付き合うならいいよ、と答えたこと。

雪もやんで、音のない夜でした。

裕二君の手のひらが大きかったことを思い出します。

長い手紙を書いて、ちょっと疲れました。今日はここで終わりにします。

聖山　環菜　」

手紙を読み終えた私は、すぐにパソコンを起動して、小泉裕二という名を検索した。だけど同姓同名の男性があまりに多く出てしまった上に、環菜の手紙にある、荒川の近くに住んでいる人物はざっと探したかぎり見当たらなかった。

私は指で眉間を軽く押した。十年近く経っているのだから、とっくに引っ越していても不思議ではない。まだ都内にいるならいい。けれど、それこそ南羽さんのように他県へ移ってしまっていたら——果たして探し当てることができるのだろうか、と考えたところで行き詰まった。

悩んだ末、迦葉に連絡した。

「人捜しか。そのコンビニにとりあえず連絡してみるか。すぐに辞めたりしてると、たどるのは難しいかもしれないけど」

私はパソコンの画面をスクロールしながら、お願い、と言った。

「もうちょっと今時の珍しい名前だと、ありがたかったんだけどな」

「そうね。だけど、いくらお互いに好きだったとして、それこそ十二歳の子と付き合ったなんてちょっとした犯罪だから。会って話をしてもらえるかは」

「ああ、それなら、別件が上手くいったところだよ。例のデッサン会に参加してた元美大生から、証拠として油絵を提出してもらうことになった」

「え、ほんとに⁉」

と私は驚いて訊き返した。

「試しに当たってみたら、むしろ夢見が悪いから持っていってくださいってさ」

「なんだ。それなら最初から迦葉に頼めばよかったかも」

私が苦笑すると、由紀たちがそこまで調べてくれたおかげだよ、と迦葉が優しさを見せたので、先日言い合ったことを謝ろうとした矢先に

「とはいえ十年前の恋人となると、証人や証拠としては認められない可能性が高いけどな」

と言われて、私は、そうなの、と訊き返した。

「ああ。事件との関連性はないとみなされると思う。それでも本当のことが知れるなら、捜してみる価値はあると思うよ」

ありがとう、とお礼を言って電話を切った。

私はゆっくりと室内を見回した。初めてここを訪れたときから変わらない診察室の風景。生い茂る観葉植物に、加湿器の蒸気。水槽の中で尾びれを翻《ひるがえ》す熱帯魚たち。

私は立ち上がると、本棚の前に移動して一冊の本を抜き出した。高校生で初めて手に取った院長の著書。

その中で初めて、サバイバー、という言葉に出会った。

少女の頃から理由もなく暗渠《あんきょ》の中をさ迷っているような感覚を抱いていた私はなぜかひどくその言葉に引きつけられた。その理由を知ったのは、もっと後だった。

名付けとは、存在を認めること。存在を認められること。

院長の著書に出会って初めて、自分が存在していることを認められた気がした。

だからこそ、今度は私たちが環菜の心のうちにある闇に名前をつけなくてはならない。さかのぼって原因を突き止めることは、責任転嫁でもなければ、逃げでもない。今を変えるためには段階と整理が必要なのだ。見えないものに蓋をしたまま表面的には前を向いたようにふるまったって、背中に張り付いたものは支配し続ける。

なぜなら「今」は、今の中だけじゃなく、過去の中にもあるものだから。

小泉裕二が見つかりますように、と願った。環菜が唯一心を開いたという相手だけが知っていることが、きっとあるはずだ。


一週間もしないうちに迦葉から電話がかかってきた。

「小泉裕二君だけど、見つかったよ」

「本当？」

仕事帰りに駅の階段を上がっていた私は訊き返した。

「ああ。勤めていたコンビニに行って訊いてみたら、幸運にも夜勤歴十五年のベテランバイトがいたんだよ。なんでも小泉君は、今は和光市のゲームセンターの店長をしてるらしい。で、どうする？　まだ本人に連絡はしてないから、そっちにバトンタッチするか」

私は、お願い、と頷いた。

「分かった。任せた」

と迦葉は言って、電話を切った。私はすぐに辻さんに連絡をした。

翌日、辻さんは電話越しに弱気な声を出して
「さっそくご本人に連絡をしてみたんですが、昔の話だし、今の自分には家庭もあるから取材に応じることはできない……と。僕ももう一度くらいはお願いしてみようとは思

ってるんですけど、かなり厳しそうで」

と言った。私はしばし考えた。

「分かりました。それなら環菜さんの手紙のコピーを辻さんにお渡ししますから、それを小泉さんに送ってみてください。そこまでこちらが把握していると知れば、匿名でなら取材に応じたほうがいいとご本人が思うかもしれませんから」

「なるほど。分かりました」

電話を切ってから、なんだか自分のやり方が迦葉に似てきた気がする、と思った。

環菜の手紙を読んだ小泉裕二の反応は予想通りだった。絶対に名前は明かさない、本人の希望を最大限に尊重するという約束で、会う日を決めた。

「和光市まで行くと言ったんですけど、むしろそれはやめてほしいと言われました。お店もちょっと、ということだったんで、結局、当時住んでいたアパート近くの区民会館の会議室を一時間ほど借りることになりました」

私は辻さんにお礼を言った。

環菜に手紙でそのことを伝えると、彼女からもすぐに返事があった。そこには、面会に来てほしいと裕二君に伝えてください、と書かれていた。

当日は朝から雨が降っていたが、車内から大きな川が見えたときにはやんでいた。曇り空の切れ間からうっすら日が差していた。

駅から少し離れた住宅地の中に、緑に囲まれた区民会館が建っていた。

中に入って受付を済ませ、会議室の扉を開けると、大きなテーブルとパイプ椅子が並んでいた。

扉が開いたので、私は振り返った。

強い警戒心を滲ませた男性にそっと、小泉裕二さんですね、と声をかける。

「初めまして。聖山環菜さんの本を執筆しています、臨床心理士の真壁由紀と言います」

彼はその場に立ったまま、どうも、と小声で言った。

スプレーで固めた髪は墨のように黒い。二重の目に丸顔。黒い革ジャンにジーンズという格好は、やや時代遅れに感じられた。中肉中背というよりもう少し肉付きが良く、美形ではないが、若い女の子から見れば可愛いと言えなくもない顔立ちをしている。環菜が初対面で気を許した気持ちも分かった。

「このたびは急なお願いにもかかわらず、お時間を割いていただき、感謝しています。本当にありがとうございます」

彼は変わらずひどく小さな声で、いえ俺こそ、と言った。

それから怯えた顔で
「ていうか、本当に取材だけなんですか。俺を訴えたり脅したりすることは考えてないんですか？」

と訊かれたので、私は慎重に言葉を返した。

「環菜さんに告訴の意思はありません。話したくないことは伏せていただいてもかまいません」

彼は落ち着きなく、だったら早めに話しておしまいにしましょうよ、と急ぎ足で本題に入ろうとした。

私は少しだけ間を空けてから、ちなみに、と言った。

「心配なことがあれば、先におっしゃっていただいても。これは絶対に書かないでほしいというようなことがあれば」

「書いてほしくないって言ったら……全部ですけど。てか本当にもう今さら」

勘弁してもらいたいんですよ、と彼は消え入りそうな声で呟いた。

「今は結婚して嫁もいますし、たとえ訴えるとかじゃなくても、ネットから個人情報が漏れて特定されないともかぎらないじゃないですか」

「その点は配慮します。場所や状況は特定できないように伏せますから。私たちも環菜さんからの手紙で初めて小泉さんの存在を知ったくらいなんです。たぶん彼女のご両親も把握していなかったことだと思います。いわば小泉さんは、彼女の世界にはいなかったことになっている人だったんです」

「忘れてもらっていいですよ。俺なんて記憶から抹消してもらって」

私は少しだけ表情を柔らかくしてから、尋ねた。

「環菜さんのことは好きでしたか？」

彼はふるえる声で、そんなこと、と漏らした。

「訊かれても、なんていうか」

「でも、恋人同士だったんですよね？」

彼はたまりかねたように、だって、と遮った。

「年齢的にアウトですよね？　恋愛だって、恋愛じゃなくたって。俺、連絡もらってから自分なりに色々調べたんですよ」

辻さんがうかがうように私を見た。

「法的なことはまたべつにして、私は臨床心理士として、環菜さんの内面になにが起きていたかを知るために、こうしてお話をうかがいに来ました。小泉さんが環菜さんと出会った雪の晩になにがあったのか。それを知ることで、少しでも環菜さんの回復に役立てたら、と。どうぞお座りになってください」

「回復って、環菜ちゃん、そんなに悪いんですか？」

彼は不意を衝かれたように訊き返した。その名前の呼び方が十年のときを経て、ごく自然に出てきたことが切なかった。

ひとまず向かい合って座る。辻さんが買ってきたお茶を紙コップに注いだ。

「精神状態はあまりよくありません。それでも状況を考えれば、落ち着いているほうだと思います。ただ彼女の記憶にはいくつか欠落が見られます。それを埋めに来たんです。小泉さんのことは、初めてできた恋人だと私は聞いていました」

彼は困惑したように
「そんなこと言ってましたか」

と言った。そして小さく呟いた。懐かしいな、と。

「環菜さんのことは覚えてましたか？」

と私はできるだけ優しく訊いた。

「忘れたりは、できないですよ」

「彼女と初めて会った晩から別れまでのことを、お話ししていただけますか？」

「俺もさすがに十年経ってうろ覚えですけど。そもそも、あの日に雪が」

私は、雪、と軽く首を傾げた。

「あの日、雪が降ってなかったら、あんなことにならなかったかもしれないな……」

ドアが開いて、コンビニからお客が出ていくときに、道端でうずくまっている女の子が見えたんです。

店内でも寒い夜で、おまけになんか怪我してるみたいだったから、もう一人のバイトと相談して、俺がコンビニの制服の上にダウン羽織って、救急箱ぶらさげて外に出ました。

声かけてみて、びっくりしました。

芸能人みたいに可愛い顔した女の子だったから。

足が血だらけだったんで、そのへんに座らせて、とくになにも考えずに手当しました。

話しかけたら、敬語も使えて頭良さそうだったし、てっきり中学生だと思いました。

父親に追い出されて帰れないって言って、寒くて震えてたから、とりあえずお金渡してファミレスに避難させて、コンビニに戻りました。

自殺とか少し心配だったんで、早めにレジ点検して夜勤と交代しました。

ファミレスで一緒に軽く飯食って、少しずつ話し始めた頃には、彼女の顔色も良くなってました。

芸能事務所とか入ってるのかって冗談で訊いたら、入ってないけど絵のモデルはしてるって言われて。それなら大人の話も分かるだろうし、自分で判断できるだろうから、どうしたいか訊いたんですよ。そうしたら、一緒に連れていってほしいって言われて。

そんな可愛い子を夜の街に放っておくわけにもいかないし、あんまし深く考えずに人助けのつもりで俺のアパートに連れて帰りました。

ゲームしてお菓子食べてるときに初めて年齢知ってびっくりしたけど、俺もサワー飲んで酔ってたんでバイクで送ってもいけないし、なにかあったら本人に連絡させればいいかって。

寝るときになったら布団が一組しかないことに気付いて。暖房つけても床は寒いし、男みたいに放置するわけにもいかないし。

一緒でもいいか訊いたら、いいよって普通に明るく言われたから。

布団の中でも、最初は冗談半分だったんですよ。足まで寒いっていうから爪先挟んであげたりして。遊んでたつもりが、ふざけて抱き合ったりしてるうちにエスカレートして、つい服の中まで触っちゃったみたいな。

でも、そのときに俺を見た目が誘ってるとしか思えなくて。

明け方まで、そのまま触ったりやめたりを繰り返してました。

その間も抵抗したり逃げる気配がまったくないから、だんだん俺もいけないっていう感覚が麻痺してきて、性欲も我慢できない感じになってたし。

それでも最後まではさすがにまずいって俺が、朝になったら帰りなよって言ったら、環菜ちゃんのほうから突然
「慣れては、いるけど」

て言い出して。

びっくりしたけど、今時の子ってすげえ早いって聞いたことあったから、そういうものかなって。でも最後まではしなかったです。本当です。

そしたら彼女が急に、今までのなんだったのって問い詰めてきて。俺もどうしていいか分からなくなって、逆にどうしたらいいのって訊いたんです。そうしたら
「付き合うならいいよ」

て言われたから、罪悪感もあって、いいよってOKしたんです。

それから数か月間は、うちのアパートが親と喧嘩したときの避難場所になってました。いつも部屋でゲームして、あとは……適当に。

正直、思考停止っていうか、おおごとになるとやばいんで、あんまり考えないようにしてました。

でも、あるとき朝にゴミ出ししてたら、アパートの大家さんに会って、いつも遊びに来てる子は妹さんかってしつこく訊かれて。

ごまかしたけど、やっぱりこのまま続けるのはまずいって、焦りを感じたんです。

それで次に環菜ちゃんに会ったときに、もう別れたいって言ったんですよ。

泣かれて、すげえ粘られて
「裕二君と別れたら、もう一生、誰のことも信じない」

とまで言われました。

一生ってことはさすがにないだろうし、俺の代わりなんていくらだっているし、なにより別れなかったら俺が警察に捕まるって言ったら、ようやく分かってくれて。夕暮れの中、二人で川沿いを歩いて駅まで送りました。何度も振り返るんで、俺がばいばいって手を振ったら、あきらめたように改札の向こうに消えていきました。それが最後です。

それから半年くらいは、彼女の親から訴えられるんじゃないかって気が気じゃなくて、夜も眠れなかったですよ。

でも結局それっきりでした。

普段あんまりニュースとか見ないんで、事件のことはちょっとしか知らなくて。正直、彼女の名前を見た瞬間に、まさかって感じになって、それからはできるだけニュースは見ないようにしてました。

十年経って、こんな形で話すことになるなんて思ってなかったです。

話が終わると、彼は息をついた。

私は責める口調にならないように気をつけて、彼に質問を始めた。

「小泉さんはもともと同年代の女性よりも、年下の子に関心があったんですか?」

「……あの頃は正直、同年代の女とかはちょっと怖かったですね。俺、高校のときにクラスの女子に意味なく笑われたり、整形顔のデブとか言われて馬鹿にされてたんで。それに小中学生のアイドルが普通にテレビ出てて、露出高めの格好したりとかして、めっちゃ大人びてたじゃないですか。環菜ちゃんもそういう感じだったから、なんか年齢の実感がなくて」

「あなたは、環菜さんが誘っている目をしていた、と言いましたよね。でも先にそういう目で彼女を見たのは、あなただった可能性はないですか？」

彼は曖昧にしたいような気配を滲ませて
「でも無理強いは、してないです。それはほんとに」

と自己弁護した。

「環菜さんが、慣れてはいるけど、と言ったのはたしかですか？」

「はい、たしかに言ってました」

「あなたが彼女と付き合っていたときに、ほかの男性のことでなにか打ち明けられた記憶はありますか？　あるいは性的に虐待されてるといった話だったり」

「虐待って……」

その唇が動いた。

「虐待って言えるか分かんないけど、ちょっとおかしい様子は、あったかも」

私は膝に置いた手に力を込めた。

「どんなことですか？」

「付き合い始めてから、二人で交換日記してて。環菜ちゃんが色々出来事とか書いて、俺がそれを読んで感想を書く、みたいな感じだったけど。そこに、たまにちょっと変なことが書いてあって。今日も絵のモデルをして、服は買ってもらえたから嬉しいけど、終わった後にまた誰々さんがべたべたしてきて嫌だった、とか書いてあった気がするんだよな。ただ、どこまでリアルだったかは分かんないんですけど」

私は慎重に問いを重ねた。

「その日記は、最後にどちらの手元に？」

「環菜ちゃんだったはずです」

「その内容に関して、小泉さんは彼女に尋ねてみたことはありましたか？」

彼は後ろめたそうに、訊こうとは思ってたんですけど、と答えた。

「訊いたらいけない気がして。環菜ちゃん、普段はあんまり家の話したがらなかったんで」

彼自身、他者に心を開いたり開かれたりすることが苦手なのだろう。追い詰められたように幾度となく鼻をこする様子に、彼を責める気にはなれなかった。

一方で、気にかかっていることがあった。

「小泉さん。あなたはさっき、無理強いはしなかった、と言ってましたよね。それを信じたいと思っています。ただ、もう一度確認させてくださいね。環菜さんとの行為は本当に同意の上でしたか？　もちろん同意の上だったとしても、彼女自身が実際はまだ、性的な行為の意味そのものを理解していなかったと思いますけど」

彼はなんと言っていいか分からないという顔をして黙り込んでしまった。

私は少し待ってから、分かりました、と告げた。

「ありがとうございました。環菜さんのことを理解する上で、大変参考になるお話でした」

頭を下げて終わろうとした瞬間に

「僕、やっぱりちょっと分からないです……」

驚いて振り向く。辻さんが張り詰めた表情を小泉さんに向けていた。

辻さん、と呼びかける私のほうを見ずに、彼は続けた。

「たしかに相手が子供だったとはいえ、付き合おうっていう話になって、頻繁に部屋に来てたら、たとえ恋愛ではなかったとしても情は移るかと……そういう年下の女の子が、ほかの男から変な目に遭ってるって打ち明けてきたら、男だったらむしろ俺が助けるっていう気持ちには、なりませんでしたか？」

辻さんの問いかけに、小泉さんは弱り切ったように眉を寄せると、本当は怖かったんだと思います、と漏らした。

私はいったん浮かしかけた腰を落ち着けて、また質問に戻った。

「怖かったというのは、関係が露呈することがですか？」

彼は首を横に振ると、環菜ちゃんです、と気まずそうに付け加えた。

「会ってるうちに、どんどん雰囲気が変わってきて。言ってることも本当か嘘か分からないところがあったし、いったん泣き出すと、こっちが一生懸命宥めても泣きやまないし、遠慮してたかと思えば突然怒って暴れるし。一緒に死んでほしいって包丁突きつけられたこともありました。機嫌いいときは、唐突にエロいことしたがることもあったけど、その様子とか全然子供らしさがなくて。可哀想だと思ったけど、俺の手には負えなかったです。だから、逃げるしかなくて。それに正直、環菜ちゃんも家に帰りたくないから、俺を利用したところがあったんじゃないかと思うんです」

欲望にも罪悪感にも負けて、世間の目に怯え、少女一人救うこともできずに逃げた。今さら責めたところで時間が戻るわけでもない。それでも
「それは対等な大人同士だった場合の話です」

と私は言った。

「環菜さんが慣れない性的行為のために不安定になるのは当然です。心も体も未熟な子供にとって、小泉さんとの関係は理解の範疇を超えた、心身に強い負荷をかけるものだったと思います。それでもあなたを頼るしかなかったくらい、彼女は孤独だったんです。

ちなみに環菜さんから、一度あなたに面会に来てほしいという希望が出ています。どうされますか？」

と私は念のため訊いてみた。

彼は動揺したように、行けるわけないじゃないですか、と即答した。

「俺の顔なんて見たって、つらいこと思い出すだけだろうし。なにをしてあげられるわけでもないし」

「これは、たとえばですけど、もし必要な場合には法廷に証人として出ていただくか、それが無理なら手紙という形で証言していただくことは可能でしょうか。私は弁護人ではないので、これはお願いではなく、あくまで可能性としての話ですけど」

「……それも、きついです。証人は絶対に無理です。手紙も。ていうか、俺、今からでも逮捕されるんじゃないですか？」

「先ほどのお話を聞くかぎりだと、小泉さんのしたことは強制わいせつ罪に当たります。ただ公訴の時効はたしか七年ですから、もう彼女があなたを訴えることはできません。逆に言えば、小泉さんがなにかしらの形で彼女に償いたいと思っても、今となってはできないんです。その中で唯一手助けできるかもしれないことが、来月から始まる裁判です。でもそれが難しいというのも分かります。今日は本当にありがとうございました。もしなにかあれば、いつでもご連絡をください」

一人の少女から逃げた記憶を彼の中に残して、私たちは席を立った。

寒空の下、閑散とした商店街を歩いた。藍染の暖簾が掛かった乾物屋や豆腐屋が並んでいる。辻さんは背を丸めて寒そうにコートの前をかき寄せていた。

私はその様子を見ながら、言った。

「辻さんが発言してくれて、良かったです」

彼は動揺したように口ごもると
「お恥ずかしいところをお見せしてしまってすみません」

とその場で頭を下げた。

私は首を横に振った。

「お話をうかがっていたら、僕がイメージしていた様子とはだいぶ違っていたので。聖山さんはどうして今も小泉さんのことを大事な恋人のように言うのかな、と疑問に感じてしまって」

私は少し考えてから、救いがなくなるからじゃないでしょうか、と答えた。

「母親の不在時に、父親に家を追い出されて。助けてくれた男性に信頼を裏切られたなんて救いようがないから。だから、変えたんだと思います。物語を。あれはちゃんと恋愛で、自分も相手のことが好きで同意の上で、愛情もあったと。ない場所にないものを求めたんだと思います」

「愛情はなかった……んですかね」

辻さんは言った。

布団が一組しかなかった。男みたいに床に適当に寝かせるわけにいかなかった。だから一緒に寝ることになった。

一応は筋が通っているように聞こえる。だけど真に下心がなくて真面目な青年だったら、こう提案したのではないだろうか。

「小泉さんは、俺が床で寝るから君は布団を使って、とは言わなかった。私には彼が最初からそういう可能性を少しは期待していたように思えました。もしかしたら環菜さんはそれを感じ取って、無意識に相手の意に添おうとしたのかもしれない」

こたえなきゃ。

大人の期待にこたえなきゃ。

自分の不快や恐怖なんてないことにして。

小泉さんの話を聞いている間ずっと、そんな環菜の声が聞こえていた。

鳴り響く踏切の前で立ち止まる。轟音をたてて過ぎ去っていく電車を目で追った。

夕暮れの中で点灯する赤いランプに、別れの日、環菜もこの光景を見たのだろうかと想像した。

向かい合った環菜に、私はふと
「髪、切ったのね」

と言った。

彼女は短くなった黒髪を耳に掛けると、はい、と頷いた。

「庵野先生が、裁判の前にさっぱりしたほうがいいと思うって」

どうやら迦葉に対する疑心も一段落ついたようだ。私はほっとして言った。

「手紙にも書いたけど、小泉さんに会ってきました。彼なりに環菜さんの様子は気にしていて」

環菜の表情に期待が滲んだ。湿度の高い眼差しを、気の毒だと思いつつも受け止める。

「ただ、面会に来ることはできないそうです。残念だけど」

彼女は放心しかけた。けれど、すぐに表情をしまい込むと、そうですか、と素っ気なく言った。

「ちなみに……なにか理由は言ってましたか？」

「いえ。でも、あなたに向き合う勇気がなかったんだと思う。自分にしてあげられることはないから、と」

「それって殺人犯に関わりたくなくて……」

本人も言ってから動揺したのか、言葉が途切れた。私は短く息をつくと、あえてはっきりと告げた。

「自分の社会的な立場だったり、家庭のことを考えての判断でしょう」

家庭、と今度こそ環菜は茫然としたように反復した。

「裕二君、結婚してるんですか？」

「ええ」

「え、だって、あんなことした人が普通の女の人と付き合って結婚するとか意味分からない。おかしくないですか？」

じょじょに語気を荒らげる環菜に、私は問いかけた。

「環菜さん。あなた、本当は分かってるのね。小泉さんとのことは初恋の記憶なんかじゃないって」

彼女は表情をなくすと
「なんだったんだろ」

と呟いた。

「そこに意味が欲しかった？」

と私は尋ねた。

「意味、あるじゃないですか。普通そういうことしたら」

「普通だったらね」

　環菜はなにかを悟ったような顔をした。

「私が、普通の子じゃないから？」

「どうして自分の心の声を聞いてあげないの？」

　自分、と頼りない声で問い返される。瞳にいつもの弱々しい揺らぎが映り込む。過去と現在が入れ替わりかけたのを、私は遮った。

「あなたがされたことは正しいことだったと思う？」

「正しい、かは分からないけど、同意した私にも責任はあると思います」

「あなた、彼が一緒に布団に入ろうって言ってきたとき、本当にそうしたかった？　夜中の密室で小学生の女の子が大人の男性からそう言われて、たとえ嫌でも断れたと思う？」

「でも、嫌、ではなかったと思うし。それに最後まではしないって」

「それはあなたが拒否したから？　それで彼がちゃんと納得してやめてくれたの？」

　環菜は混乱し始めたのか、指の爪を噛みながら、むこうが、と呟いた。

「むこうから、やっぱりやめようって。やばいからって」

「それはあなたの体や心を気遣ったというよりは、彼の自己保身のように私は感じる。あなたが本当に肉体関係を強要されたと訴えたかった相手は、賀川さんでもなければほかの大学の先輩でもなく、小泉さんだったんじゃない？　当時、誰かにその話を相談したことはある？」

環菜の肩が震え出した。私は様子を見守った。

ようやく顔を上げた環菜の目から、大粒の涙がこぼれ落ちた。

「ハワイから帰ったお母さんに一度だけ……家出した話になって、どこにいたんだって言われて、それで、助けてくれた人の家に行ったけどちょっとなんか変だったたって言ったら」

「お母さんは、なんて？」

環菜は一瞬だけ強く息をのむと
「まさかレイプされたんじゃないでしょうねって」

と言った。

「それであなたはなんて？」

「違うって。じゃあ問題ないじゃないって言われて。なにが変だったのかって訊かれても、どんなことがあったか詳しくなんて言えないし。おまけに心配かけたからってお父さんに謝らされて、それでまた嫌になって、だったら裕二君のほうが優しいからいいってなって。でも、だんだん、最後までできない代わりに口とかでしてって言われるようになって、私なんだか物みたいだなって。でも悲しくて泣いたら冷たくされるし、むこうだってそういうことしたくて私と会ってるんだと思って。それなのに、結局、そういうことしてるから別れるってなって、ぜんぜんっ、私にも意味分からなくて。でも先生、裕二君だって私のこと少しは好きだから付き合ってたんですよね？　本当にまったく気持ちがなかったら、男の人だってそんなこと」

「愛情がなにか分かる？　私は、尊重と尊敬と信頼だと思ってる」

「私に、尊敬されるようなところがないから」

当たり前のように言い切る環菜は、たしかに空っぽの人形のようだった。でも、そうさせてきたのはまわりの大人たちだということを私たちはもう知っている。

「あなたはたしかに自分の父親を殺した。だけどその前に、あなたの心をたくさんの大人たちが殺した。あなたは嘘つきなんかじゃない。小泉さんにされたことを具体的に説明するなんて恥ずかしくてできないのは仕方ないことだし、お母さんの言葉によって、強姦されたと言うことでしか同情してもらえないし、被害者になれないと思ったんだと思う」

環菜はじっと黙ったまま涙を流していたが

「いっそ、無理やりされてたらって考えたことはあります」

と打ち明けた。

「小泉さんとの交換日記は、あなたが処分したの？」

おそらくはもう手元にないだろうと思いつつも一応訊いてみた。

環菜が涙を拭いながら

「日記なら、香子ちゃんが持ってるかも」

と言ったので、私はびっくりして、ほんとう、と訊き返した。

「うちに置いておけないし、捨てることもできなくて。香子ちゃんはとっくに捨てちゃったかもしれないけど」

私は、分かった、と答えた。それから環菜が少し落ち着くのを待ってから
「絵のモデルだって、本当はやりたくなかったんじゃない？　まだ小中学生の女の子が、裸の男性と一緒にいる姿を何時間も親や複数の男性に見られ続けるなんて、異常なことよ」

と告げた。

「異常なんて、思ったことなかった」

「親がそれを容認しているんだもの。あなたの家ではそれが普通だったんだから、あなたにそれが分からなくても当たり前よ。その交換日記には、デッサン会に参加してた男性のことも書いてあったって小泉さんが証言してくれたけど、あなたはもう覚えてない？」

「それはたぶん、参加者じゃなくて、モデルの男の人のほうで」

「なにをされたの？」

と私は訊いた。

「たしか、小五のときに、うちで忘年会してて。みんな酔ってて、その人がいきなり私に抱きついてきて、押し倒されて。でもみんな笑ってるから、嫌がってる自分がおかしいと思って」

「体を触られたりもした……？」

環菜は自信のなさそうな口調で、もしかしたら……と呟いた。

その光景を思い浮かべて不快を覚えた私は、環菜にあらためて問いかけた。

「モデルをやめたときのことは覚えてる？　それを言い出すのはだいぶ勇気が必要だったんじゃない？　お母さんは、あなたがバイト代も出ないのに働きたくないって言ったって話していたけど」

環菜の顔が奇妙に凍り付いた。

「バイト代とか、私、知らない」

「え？」

私は訊き返した。それから、モデルをやめたときのことをすぐに訊かなかったことを悔やんだ。香子の話を聞いたときにも不自然に感じたことだったのに。

「あなたがそう言って、モデルをさぼるようになったって。違うの？」

「あいつのほうから、やらなくていいって」

無意識に父親をあいつと呼んだ環菜は、信じられないという目をしていた。

「どうして？」

彼女はひどく苦しいことを打ち明けるように、浅く呼吸を繰り返した。

「最初は、ハワイの後で。腕に傷があるから、当分は無理だって」

今度は私が事実を前にして黙る番だった。

「でも治ったら、また絵のモデルが始まって。見られて気持ち悪くなると、自分でもわけわからなくなって、でも、そのおかげでまた休みになるからくり返して、そのうちに傷の数が増えて消えなくなってきて、そしたら、もうモデルはやらなくていいって」

自傷癖のある相談者はけっして少なくない。けれど、そんな理由は初めてだった。

誰かに見てもらって異変に気付いてもらうためじゃなく、見られることから逃れるために。

彼女が黙ってしまったために、看守が面会を打ち切ることを告げて環菜に近付いた。

その瞬間、環菜が振り切るように手を強く振った。

看守が驚いたように彼女の肩を押さえつけた。私はとっさにガラスに張り付いて、やめてください、と声を出した。私もまた抗いようのない力で引きはがされた。

その手が男の手だったことに反射的に嫌悪感が沸騰して、触らないで、と払いのけた瞬間に環菜が

「……ひどすぎる」

と呟き、私は振り向いた。

強引に連れていかれる環菜がせきを切ったように突然叫んだ。

「言うことなら全部聞いたのにっ、我慢したのに……どうして！」

「環菜さんっ、あなたはやっと」

と言いかけたところで双方、強制退出になった。

私は座り心地の悪い椅子に押し込められて、時間をかけて厳重注意を受けた。

最後にはスーツ姿の迦葉がやって来て、拘置所の職員たちに頭を下げると、私と連れ立って待合室を出た。

拘置所の正面玄関を出て、広すぎる道を歩きながら
「ごめん。ありがとう」

とお礼を言うと、迦葉が私の肩を叩いた。

力が抜けて、息を吐きながら空を仰ぎ見た。

「あの子、初めて怒った」

迦葉がじっとこちらの横顔をうかがっていた。私はくり返した。

「初めて声をあげて、感情を見せた」

環菜はひどすぎると訴えた。一見、小泉さんや父親に対して怒りを向けたようにも映ったが、さっきの彼女の話を聞いているときに私が最も怖さを感じたのはべつの相手だ

った。

バイト代も出ないのに働きたくないと言って、やめさせられた。

母親がそう説明したことに対して、環菜はまったく心当たりがない様子だった。

虚言癖――。

それは本来誰に向けられるべき言葉だったのか。

「環菜さんのこと、動揺させてごめんなさい。もしかしたら前よりは自分のことを話せるようになるかもしれない。ただ、しばらく感情の起伏がひどいかもしれないけど」

分かった、と迦葉はしっかり頷いた。あとは任せろ、とも。

タクシーに乗り込みながらお礼を告げた。

こちらにかがみ込んだ彼の背後に差す光が眩しくて、その表情は見えなかったけれど、今までで一番優しいように感じられた。

車内でしばらく呆然としていた。長い眠りの終わりに立ち会った感覚を抱きしめながら。

クリニックのドアが開いた瞬間、室内の酸素がわずかに薄くなった気がした。

ほかの相談者に付き添っていた里紗ちゃんが足を止めた。床に落ちた迦葉の影は長く、彼女の影と頭のところだけ重なっていた。

私はそっと歩み寄り、ドアの前にいた彼に声をかけた。軽くまばたきした視線を受けたとき、まわりの空気までも振動したように感じた。

「こちらへどうぞ」

「どうも」

と迦葉は軽く頭を下げると、すぐに診察室へと移動した。

扉を閉め、互いに向かい合ったソファーに腰を下ろす。白いブラインドと、窓辺の観葉植物群。電源を落としたデスクトップのパソコン。熱帯魚が揺れる、水槽のポンプの音。

迦葉は出したお茶に軽く口をつけると、顔を上げた。

「殺すつもりはなかったって言い出した」

「環菜さんが？」

迦葉は頷くと、私は本当のことを言ってもいいんですか？　て聞かれたよ、と続けた。

「本当のこと」

と私は小声で呟いた。ようやくここまでたどり着いたことを実感しながら。

「ただ裁判ではキツイよな。今から主張変えると、やっぱり心証よくないしさ」

と迦葉が本音を口にした。

「私は彼女を刺激しないほうが良かった……？」

彼はふいに笑った。それから、事件の背景が隠されたままのほうが良かったなんてことはないよ、と言った。

「私は本当は殺すつもりなんてなかった。殺人罪で訴えられるのは不当だ。環菜ちゃんがそこまで強く主張するようになるとは思わなかったよ。たしかに結果は大事だ。だけど、たとえ刑期が多少短くなったところで、納得いかない理由を押しつけられた記憶や理不尽は死ぬまで残る。どっちが幸せかなんて言い切れないしさ。本人が納得いくようやるよ。ただ、もうあまり日がないから、裁判に集中するために、由紀の面会はここでストップしてもらって、あとは完全に俺たちに任せてくれるか？」

「うん。分かった」

私は昔、迦葉から聞いた我聞さんの台詞を思い出して、言った。

「我聞さんだけじゃなく、私も迦葉が弁護士になって良かったと思ってる」

出会ったばかりの頃、私もまた彼のこういう柔軟さがとても好きだった。

「どうも。あと小泉君の件は、証人として呼んでも裁判所に関係ないって却下される可能性が高いから、交換日記を証拠として提出するかだな」

面会の翌日、迦葉はすぐに香子に連絡を入れたという。

友情に厚く真面目な香子は律儀に環菜から託された日記を取っていた。

大学の帰りに待ち合わせた香子が、迦葉に手渡した茶封筒にはこんなことが書いてあだ。

ったらしい。

『開封禁止！　開けたら絶交だよ！』

少女らしい文面を見た迦葉が複雑な思いに駆られていると、香子が真顔で言ったそうだ。

「私がこの封筒をもっと早く開けていたら、環菜はお父さんを殺さなかったかもしれないですね」

迦葉がふと思い出したように訊いた。

「だけどさ、どうしても男には分からないところもあってさ。どうして環菜ちゃんは小泉君が迫ってきたときに、慣れてはいるけど、なんて言ったのかな」

これは私の解釈だけど、と前置きしてから口を開く。

「朝になったら帰って、ていう言葉が彼女の分離不安を刺激したんだと思う。むこうの目的を叶えれば、自分の願いも叶えられると思ったのかもしれない」

「彼女は小泉君になにを叶えてもらいたかったんだろうな」

「保護者の代わりの、愛情じゃないかな」

「愛情ね」

そうくり返した迦葉に、私は言った。

「女の子のまわりにはいつだって偽物の神様がたくさんいるから。それで自殺してしまう子もいれば、生き延びて、トラウマを乗り越えたり、本当の愛を知って回復するケースもある。環菜さんも、もう少しだけ待って逃げ切れば、あるいは」

迦葉が腕を組みながら、そういうものか、とこぼした。

それから不自然に黙った。

どうすればいいか迷い、私が続きを促そうとしたとき
「分かってるんだよ」

と迦葉が一言、呟いた。

私は小さくまばたきした。

彼は少し困ったように額を掻くと、言った。

「昔、大学時代にあなたを傷つけたことも。いくら若かったって言っても、他の相手だったら、あんなこと言わなかった。たぶん、由紀なら笑って許してくれると思ってたんだ。甘えてたんだよ」

私は首を横に振った。そして言った。

「私のほうこそ、ずっと後悔していた。あなたを傷つけたこと」

「そうか」

でも本当は、と発した自分の声は予想外にふるえていた。

「あんなこと、言いたくなかった」

まっすぐにこちらを見た迦葉が言った。

「俺もだよ。ごめん」

私はこぼれてきた滴を指でそっと拭いながら
「私のほうこそ、ひどいことを言って、ごめんなさい」

と伝えた。

迦葉はしばらく閉じこもるように沈黙していたが
「実は自分でも、由紀の部屋に行ったときに上手くできなかった理由が、結局よく分からないんだ」

私は目を閉じた。ずっと心の中に封じ込めていた言葉。一度だけ迦葉の母親を見舞ったときに、もしかしたら、と察したことを。

「迦葉のお母さんって、もしかして、昔からすごく痩せてた？」

彼が不意を衝かれたように黙った。

長すぎる沈黙ののちに
「ああ」

とだけ彼は答えた。

「それが、答えじゃない？　あなたは母親と似た体型の私が怖かったんだと思う。あれから、あなたの付き合う女性は肉感的な子ばかり。ゆかりさんもそう」

迦葉は信じられないという目をしていた。

「こんな話になると思わなかった」

と彼は呟いた。

「ここは診察室だし、私は聞き手だから」

と告げると、迦葉は納得したように、そうか、と頷いてから
「ありがとう」

と返した。

迦葉が帰ると、私はソファーに深く腰掛けたまま、軽い眠りについた。まるで自分がここで診察を受けた十年前のように。


正親を産んで半年後、私は以前から憧れていた院長に手紙を書き送り、そちらで勉強させてほしいと頼み込んだ。

初夏の、木漏れ日が乱反射して眩しすぎる朝だった。バス停から歩きながら、おそろしく鮮明な青空にくらくらした。

クリニックの扉を開けた院長は形の良い額を見せて、白いワイシャツの袖を捲り上げた。こちらを数秒間だけ直視し、ボーイッシュな短い髪を掻きまわしながら、勉強もい

いけど先にちょっと解消したほうがいいものがあるみたいね、と言った。

動揺しているうちに、診察室に案内された。

ソファーに深く腰掛けた私を、院長が特別に催眠療法へと誘導した。

「基本的にはあまり催眠療法はやらないんだけど、あなたは理性が強そうだから。そうね、もっとリラックスできて、空っぽになれるような場所へ行きましょうか」

深く落ちていくような静寂が訪れた。十秒、二十秒、三十秒……

気が付くと、夜空の広がった平野に立っていた。

風の音だけがしていた。荒涼としているのにどこか懐かしかった。

平野をさまよっているうちに海の見える断崖へとたどりついた。夜が明け始めていた。

自然と飛び込んでいた。

水中に沈んだ瞬間、破裂したように無数の大小の気泡が浮き上がった。体のところどころに違和感を覚えていたら
「なにか、体によけいなものがついてない？　剝がれる？」

と訊かれて、とっさに探す。腕や胸や腰回りに気味の悪い海藻が絡まっていた。

剝がしたいのに剝がれずに嫌悪感が爆発しかけて
「取れない……自分の体ごと燃やしたいです」

と訴えた私に、院長は冷静な声で

「そういうのはやめよう。手で剝がせない？」

と訊いた。

診察室で向かい合っていたはずなのに、水面から声が聞こえているようだった。

「無理、です」

「海水には溶けない？」

「溶け……ないです」

「泳いで振り切る？」

突然、呪縛が解けた気がして、強く頷く。水の中をおそるおそる、慎重に泳ぎだす。

それでも絡まる海藻の間から覗き見えたもの。それは。

誰よりも身近な異性――父の目だった。


意識を取り戻したとき、私は大きな声で泣いていた。生まれたての赤ん坊のように。

ようやく抱え込んでいた闇に光が当たった。清らかな解放感だけが胸を浸していた。

人は、もう一度、生まれることができる。

環菜もきっと。


初公判の朝はずいぶんと冷え込んでいた。

裁判所内のベンチに座って、辻さんと缶コーヒーを飲みながら、開廷の時間を待った。高い天井を見上げる。今、環菜はなにを想っているのだろうか。

扉が開き、中に入って傍聴席に着く。弁護人の席には迦葉と北野先生がいた。分厚い資料を束ねながら、なにか話し合っている。迦葉の顔つきがずいぶんと穏やかになったように見えた。この事件がなければ、私たちはずっと硬くいびつな感情を抱え続けていたかもしれない、と考えていたときに、刑務官に付き添われて環菜が入ってきた。

細い腰と手に縄と手錠がかけられている姿は、被告人というより被害者のようだった。小さな体を白いシャツが包んでいる。髪が短くなったために、整った容姿が際立っている。どこか自信のない様子は変わらないものの、その瞳にはだいぶ力が戻っていた。

彼女が被告人席に向かうときに、迦葉がなにかそっと声をかけた。少しだけ環菜が微笑み、その笑顔があまりにごく普通の女の子らしかったので、胸を突かれた。ほかの傍聴人たちの間にも少しだけ動揺が立ち込めたように感じた。

法廷内に、声が響いた。

「起立」

傍聴席にいた人々が次々と立ち上がり、その間に裁判官と裁判員たちが入廷してきた。

老人に近い男性もいれば、若い女性もいた。環菜に対してあからさまに否定的な感情を持つ裁判員がいないことを祈った。話題になった殺人事件に対して一様に緊張していることだけが伝わってくる。一礼して、席に着く。

裁判長が丸みのある、柔らかな声で言った。

「被告人は前へ」

環菜が立ち上がり、まっすぐに中央の証言台へと移動した。

「名前を言ってください」

一呼吸置いて
「聖山環菜です」

と答えた声は落ち着いていた。

「検察官は、起訴状を朗読してください」

厳しい顔つきの痩せた男性が立ち上がった。年齢は四十代手前くらいだろうか。どことなく迦葉と雰囲気が似ていた。ただ、そこに愛嬌や隙といったものはなかった。尖った頬骨がより神経質な印象を際立たせている。

検察官は起訴状を早口で読み上げた。

「……そして平成二十八年七月十九日、T局内の収録スタジオでの二次面接の途中で体調を崩し、結果的に試験を辞退することになってしまった被告人は、このことによって以前から被告人の進路に否定的であった那雄人さんに対して突発的な殺意を抱き、午後二時二十分頃に刃渡り十八㎝の三徳包丁を購入後、那雄人さんの勤める美術学校を午後二時五十分に訪れ、二階女子トイレにおいて那雄人さんの胸部を用意していた包丁で突き刺すことによって、死に至らしめたものである。罪名及び罰条、殺人、刑法第百九十九条」

終わると、裁判長が被告人へと視線を向けた。

「被告人は今の公訴事実を認めますか?」

いえ、と環菜が首を横に振った。

「私は、父を、殺そうと思って包丁を購入したわけではありません。包丁は私の意思で刺したのではなく、父が足を滑らせて刺さりました。最初から最後まで、私には、父を殺すつもりはありませんでした」

彼女は時間をかけて、一つ一つの言葉を丁寧に口にした。

私は驚いて、辻さんと目を合わせた。

父親が足を滑らせて刺さった?

傍聴人たちの間にもかすかな戸惑いが広がる中、裁判長が弁護人席に視線を向けた。

「では弁護人の意見をどうぞ」

迦葉が立ち上がる。長身で手足も長いため、法廷ではいっそう見栄えがした。その存在感に、皆の関心が向いた瞬間に

「争います」

と彼は宣言した。

「被告人に、父親である那雄人さんを殺害する意思は一切ありませんでした。よって殺人罪は成立せず、被告人は無罪です」

空気が完全に変わった。報道関係者らしき人々も顔を上げて行方を見守っている。

裁判長だけが淡々と裁判を進めるように
「それでは次に検察官、冒頭陳述を」

と促した。

先ほどの瘦せた検察官が立ち上がると、頭上のモニターを仰ぎ見るようにして
「あちらのモニター画面を使って、今回の事件の争点について説明していきます」

と起伏のない声で言った。

「ポイントとなる事実は四つで、一つ目は被告が事前に包丁を購入した上で父親である那雄人さんに会いに行っていること。二つ目は、胸の刺し傷が心臓に到達していること。三つ目は、胸から血を流して倒れている那雄人さんを残して、被告人がその場から立ち去ったこと。四つ目は、被告人に被害者である那雄人さんを殺害する動機があったことです」

瘦せた検察官は環菜側の動機について述べた後、医師の所見の朗読を続けた。表情の変化もほとんどなく、無罪の主張など意に介さないように。

「解剖を担当した春日《かすが》医師によれば、那雄人さんの胸部を貫いた包丁は、やや下のほうから突き刺さっており、これは被告人と被害者の身長差によるものと判断するのが妥当である、とのことで、また、被告人は小柄な若い女性ではあるが、被害者にとくに警戒心がなく無防備な状態であれば包丁が心臓まで達することは可能である、ということです」

そして検察官から凶器などの証拠の説明があった。

モニターに血の乾いた包丁の写真が映し出されると、今さらながら人ひとり亡くなったという現実を突きつけられて、彼女に殺意がなかったという方向性が正しかったのか、さすがに気持ちが揺らいだ。確かめたくて環菜の横顔を見たが、彼女は目を伏せていた。

裁判長が顔を上げた。

「それでは次に弁護人、冒頭陳述をしてください」

迦葉が立ち上がる。検察官の独断的な流れを断ち切るように、そっと環菜に気遣う視線を向けると、裁判員たちに向き直った。

「今回の裁判について、弁護人の庵野から一点、先にお伝えしたいことがあります。それは刑事裁判における原則で、疑わしきは罰せず、ということです。どういうことかと申しますと、被告人はたしかに罪を犯した、と確信を持って断定できる場合のみ殺人罪は成立するのです。その立証責任は検察側にあります。ですから、少しでも被告人には無罪の可能性がある、という場合は無罪にあたります。それでは、検察官から今回の争点について話がありましたが、弁護人からも、先ほどの争点について説明していきます」

丁寧に補足を加えるような迦葉の話し方は信頼できるものだった。

私自身も環菜が主張を変えたことでどんな流れになるのか予想がつかなかったので、軽く呼吸を整えてから、彼の話に集中した。

「まず一つ目の、被告人が被害者である那雄人さんに会いに行く前に包丁を購入していたという事実ですが、これは那雄人さんを殺害するためではありません。とはいえ包丁を購入した後に殺人事件が起きたという事実だけを見れば、普通は、被告人に被害者を殺害する意思があったと考えるのが妥当でしょう。それについてこれから説明します。じつは、被告人の腕には計三十二か所の傷跡があります。これらは被告人自身が、子供の頃から自傷行為を重ねてきてできた傷の跡です。事件当日にできた傷が五か所、それとはべつに左腕の二の腕に五か所、肘から手首にかけて十七か所、手首の内側に五か所の自傷痕が確認されました。事件当日にできた五か所の傷を除いて、かなり長い年月が経過している傷です。このことは海洋大学病院の高島《たかしま》医師の意見書により立証します。被告人が十歳から十四歳まで、月に二度、自宅のアトリエで定期的に那雄人さん主催のデッサン会が行われていました。被告人はそのデッサン会で絵のモデルをしていました。参加者が全員男性であるデッサン会は、被告人にとって非常に精神的に負担の大きいものでしたが、血縁関係のない那雄人さんに、なにかあったら戸籍を抜く、と言われていた被告人は拒否をすることができず、自傷行為に走るようになりました。被告人がその腕の傷を那雄人さんに見せたところ、那雄人さんは被告人に、しばらくデッサン会のモデルはお休みだ、と告げました。そこで、怪我をすればモデルをしなくても済む、と考えた被告人は頻繁に自傷行為をするようになっていきます。その傷跡が隠せないほど増えたために、那雄人さんはとうとう被告人にモデルをやめさせました。しかし、その頃には、自傷行為は被告人にとってつらいことから逃れるために習慣化していたのです。そして事件当日も、被告人は父親の那雄人さんを殺害するためではなく、自傷によってできた傷を見せるために美術学校へ向かいました。つまり事件当日も、被告人は那雄人さんを刺すためではなく、自傷行為のために包丁を購入したのです。このことは医師の意見書や被告人質問であきらかにします」

次に弁護側からの証拠調べになった。

「モニターの絵をご覧ください」

モニターに映し出されたのは、私が見た南羽さんのスケッチとは異なる角度から、環菜とヌードモデルの男性を描いた油絵だった。デッサンではなく色付けされて完成している分、男性が全裸であることがより強調されている。

裁判員たちは眉をひそめてモニターを見つめた。

「白いワンピース姿の少女が被告人です。となりに描かれているのは、ヌードモデルの派遣会社に登録していたアルバイトの男性です。この絵は当時デッサン会に参加していた男子大学生によって描かれたものです。これを見て分かるとおり、男性のモデルは服を一切身につけておらず、小学生だった被告人は、毎回このモデルの男性と密着した状態で絵のモデルになるように那雄人さんに言いつけられていました」

実際に見る絵のインパクトは予想以上に強く、裁判員の反応をうかがうと、数人の顔つきがかなり険しくなっていた。

ゆっくりと語る迦葉の横顔は、知性と正義を内包した弁護人そのものだった。

いつしか私は一人の傍聴人として話に引き込まれていた。

「次に被告人の小学校からの友人である、臼井香子さんの供述調書を読み上げます。

『環菜の家庭には、今から思い出すと様々な問題があったと思います。最も違和感を覚えたのは、家のドアに鍵を掛けてはいけないというものです。それは自宅の鍵を持ち歩くのが嫌いな環菜の父の言いつけだったと記憶しています。たとえ環菜が一人で留守番をしているときでも、ドアに鍵を掛けてはいけないということでした。環菜が十二歳のときに、たしか母親の昭菜《あきな》さんが一人でハワイに行って四日間家を空けたことがありました。外で飲み歩いて夜遅くなっても帰らない父親を待っていた環菜が、泥棒や不審者に対する不安から家の鍵を掛けて眠ってしまったら、その翌日に帰宅した父親が激怒して、家から追い出されたそうです。そして雪の中夜道で怪我をしたところを、当時近くのコンビニに勤めていた店員さんに助けてもらった、という話は当時環菜から学校の放課後に聞きました。同じ男の人なのにお父さんとかデッサン会の人たちよりもずっと優しかった、と環菜が嬉しそうに話していたのが今も印象に残っています。』

そのコンビニの店員というのが、小泉裕二さんという男性です。ここに小泉裕二さんからの手紙があります。今から読み上げます」

私は顔を上げた。あれほど、勘弁してください、と怯えていた人が。驚きを隠せないまま、迦葉の声に集中する。

「『私、小泉裕二は十年前の三月下旬、当時、大学生でコンビニでアルバイトをしていたときに、小学校を卒業した聖山環菜さんが、足を怪我して夜道にうずくまっていたところを見つけ、怪我の手当をしました。その後も家を追い出された環菜さんをたびたび保護し、家庭の相談も受けていました。自宅ではデッサン会が定期的に開かれていて、環菜さんはそこで裸の大人の男性と並んでモデルをしたり、酔った大学生に体を触られたりしている、と私に打ち明けたこともありました。その話の最中に、家に帰りたくないと泣いて訴えることもありました。家庭に問題があることには気付いていましたが、よその家のトラブルに関わることを避けて、最終的に環菜さんが相談にくることを拒みました。時間はだいぶ経ってしまいましたが、強烈な話だったので今でもはっきりと覚えています。』小泉裕二さんからの手紙は以上です」

法廷に霧のような空気が立ち込めていた。誰もが一体どういうことなのだという顔をしている。

「解剖を担当した春日医師に弁護側からも質問したところ、故意に刺した場合と、事故で倒れ込んできた場合には、若干、心臓内の出血に差が見られるという話でした。そして那雄人さんの解剖結果を見ると、やや事故の可能性が高いのではないかという回答が返ってきました。先ほど検察官から、小柄な女性でも被害者が警戒心がなく無防備な状態であれば刺殺は可能である、という話がありましたが、春日医師によれば、たしかに不可能とは言わないが一度でこんなにきれいに深く刺すことは通常やはりやや困難ではある、という回答でした」

じょじょに法廷内の空気が濃くなっていく中、裁判長の声だけが落ち着きを保っていた。

「それでは次に検察側の証人尋問にうつりますが、その前に休憩を挟みたいと思います。午後からの開廷は一時十五分からを予定しています」

緊張から解放されて、立ち上がると軽いめまいがした。カウンセリングは集中するので疲れることもあるのだが、それ以上だった。

廊下で待っていると、中から迦葉と北野先生が連れ立って出てきた。

迦葉が目くばせしたので、私は近付いて、お疲れさま、と小声で言った。

「よ、そっちこそ疲れなかったか」

「大丈夫。それより、よく小泉さんが手紙を書くことをＯＫしてくれたと思って」

早足で歩きつつ質問を重ねる。迦葉は自販機の前で立ち止まると、缶コーヒーを買いながら言った。

「男には、男同士の言葉があるからさ。とはいえ説得するの、すげえ大変だったけどね。しかし、あの検察官はどうでしょうね、北野先生」

北野先生はコーラのボタンを押しながら
「公判前の整理手続きのときから、ちょっと厄介そうな印象はありましたよねえ。あの手の検察官は被告人質問で本領を発揮することがありますからねえ」

と呟いた。

「ああいうやつが平気で無神経な質問ぶっこんでくるんだよな。まあ、もともと状況は悪いけど負け戦じゃあ、かっこつかないからな」

それから迦葉は私と辻さんを交互に見ると
「だけど、あのデッサン会の油絵は、一般の裁判員たちにも非常にインパクトがあったと思いますよ。富山まで行って二人が絵の存在を発見してくれたおかげです」

とあらたまって言った。

辻さんは謙遜して、こちらこそ色々とお邪魔してしまって恐縮ですが午後もがんばってください、と頭を下げた。

私たちは昼食をとるために、いったん裁判所を出た。寒い冬の空でさえ、仰ぎ見たときにこれほど清々しいと感じるのは初めてだった。

私の気持ちを代弁するように
「緊張しますね」

と辻さんが言った。私は無言のまま頷いた。

午後からの開廷の十分前に、私と辻さんは裁判所内の廊下に戻ってきた。

白い廊下を歩いていたとき、見覚えのある人影が視界の隅を過った。とっさに振り返る。白いセーターに身を包んだ環菜の母親が、検察官に案内されて控室へと入っていくところだった。

一瞬とらえた横顔に弱々しさはなく、むしろ好戦的にさえ映った。

見てはならないものを見た気がして、私は傍聴席へと向かった。

「それでは午後の審理を始めたいと思います。まず、検察官から請求があった証人尋問にうつります。証人は証言台にお願いします」

環菜の母親が足音をたてて、座っている環菜のほうを見ながら、証言台へとやって来た。環菜はとっさに下を向いた。

「証人は名前を述べてください」

「聖山昭菜です」

高く張りのある声だった。夫を殺され、娘が逮捕された母親にしては、堂々としすぎているくらいに。

さきほどの神経質そうな検察官ではなく、大人しそうな若い検察官が出てきた。

「証人にいくつかお訊きします。まず、事件当日ですが、証人が自宅で夕飯の支度をしていたときに、白いTシャツに血をつけた被告人が帰ってきた、ということで、間違いないですか?」

「はい。間違いないです」

「そのとき、母親である証人から見て、被告人はどんな様子でしたか?」

「動揺はしているようでしたけど、泣いたりといったことはありませんでした。むしろ今から思うと、落ち着いてさえいたかもしれません」

「落ち着いていた?」

「はい」

「被告人はなにかあなたに言いましたか?」

「ええ。お父さんに包丁が刺さった、と言いました」

私は目を見開いた。それでは環菜は母親には殺したわけではないと伝えていたのだ。

彼女の入院していた病院を訪れて、迦葉と一緒に話をしたときには、そんなことはまったく言っていなかったのに。

「それで、あなたはなんと？」

「包丁が刺さったってどういうこと？　お父さんが自殺しようとしたの？　と訊きました。そうしたら環菜が、私が持っていた包丁が刺さった、というので、あんたが包丁を持っていて勝手に刺さるなんてことがあるわけないでしょう、と問い詰めました」

「それに対して被告人はなんと言いましたか？」

「環菜は、もういい、と言って、家を飛び出してしまいました」

「それで、あなたはどうしましたか？」

「そもそも環菜の言うことが本当か嘘かも分からないので、とりあえず夫の職場に連絡して尋ねようとしたら、反対に電話がかかってきて、夫が病院に搬送されたことを知りました。それからひとまず病院に駆けつけたときに、やって来た警察から、環菜が逮捕されたことを知らされました」

大人しそうな若い検察官は、少し不思議そうに眉を持ち上げた。

「今、本当か嘘かも分からない、と言われましたが、ちなみにそう思ったのはどうしてですか？」

環菜の母親は、どうして、と口の中で繰り返すと

「環菜は嘘を言ったり、ありもしないことをあったように話したりすることが、昔からあったので」

と答えた。

「昔から、とはいつ頃からですか？」

「小学生くらいのときからです」

「その原因はなにか思い当たりますか？」

彼女はあっさりと、いいえ、と首を横に振った。

「あなたから見て、被告人と那雄人さんの関係は良好でしたか？」

「良好では、ありませんでした。夫は厳しくて気まぐれなところがありましたから。ただ海外での仕事も多くてほとんど家にいなかったので、そもそも関わることは少なかったです」

「那雄人さんが被告人の就職活動に反対していたという話は本当ですか？」

はい、と環菜の母ははっきりと頷いた。

「本当です。若いうちはいいけれど年齢を重ねたら女にはなにかと厳しい仕事だから、と」

「それは、那雄人さんが被告人の将来のことを考えて心配した上で、反対していたということですか？」

環菜の母はさらに、はい、と強く頷いた。

「環菜は線の細いところがあったので、人前に出る仕事は向いていないというのが、あの人の意見でした」

「それに関して、二人が口論するようなこともありましたか？」

「事件の前夜には、かなり激しい言い合いをしていました」

「そのとき、証人はどうしていましたか？」

「私は夫に逆らうことは考えられなかったので、環菜を宥めようとしましたけど、娘は部屋に閉じこもってしまったので」

「その後、被告人になにか変わった様子はありましたか？」

「いえ、落ち着いていたと思います。その晩は私は夫と食事に出てしまったので、詳しい様子は分かりません」

若い検察官が一瞬、言葉を止めた。それからすぐに質問を変えた。

「被告人の性格についてうかがいますが、証人から見て、被告人はどのような性格でしたか？」

「普段は大人しいほうだったと思います。ただ幼い頃から情緒が安定しなくて、いきなり泣き叫んだり、家を飛び出したり、ということはたまにありましたけど」

「それに対して証人や那雄人さんはどのように接していましたか？」

「夫は病院に一度連れていったほうがいいと言ってましたけど、私はそういうことをして、まわりから偏見の目で見られたら可哀想だから、家庭で見守るのが一番じゃないかと思っていました」

「ちなみに先ほど弁護側から出たデッサン会の話はご存じでしたか?」

その問いを受けて、彼女の声がかすかに尖った。

「いいえ。私はいつもデッサン会のときには家を空けていたので。モデルの男性が衣服を着ていなかったなんて知りませんでした」

「いつも、ですか?」

「はい」

「四年間ずっと?」

「実際は四年間じゃなくて、夫が海外で半年くらい留守にする時期もあったので、トータルではそんなに長くありません」

「ではそのデッサン会の後の打ち上げのような場で、誰かが酔って被告人に抱きついたり、性的に虐待めいたことをしたりといったことは、実際にあったんでしょうか?」

「大人しい学生ばかりでしたから、そんな素行の悪い人は私が知るかぎりではいません。子供好きの学生の中には、頭を撫でたり、軽く抱き上げたりする人もいましたけど、環菜も喜んでたし、むしろ、お兄ちゃん、なんて呼んで懐いていたので、それがどうして虐待みたいな話になるのか分かりません。環菜が思い違いをしているんだと思います」

とにかく環菜は大げさなんです、昔から。

彼女が以前そう言い切ったことがよみがえる。

「それでは先ほどの弁護人が述べたような事実は、少なくとも、あなたが知るかぎりではなかったということで」

「ていうか誰なんですかっ？　その小泉とかいう人は」

耐えきれなくなったように発せられた感情的な声に、尋問していた若い検察官が動揺したのが分かった。

「小学校を卒業したばかりの子供が家出してきたら、普通、警察に届け出るなりするものじゃないんですか。その人と環菜はいったいどんな関係だったんですか。そんな女の子を家に呼び寄せて、むしろ頭がおかしいのはその人のほうじゃないですかっ。だいたい私たちは環菜を追い出したことなんてありません。その逆で、いつもあの子が親の話を聞かずに、勝手に飛び出していってしまうんです。そんな男の証言なんて、でたらめです」

まくし立てた環菜の母親に、傍聴人たちの間にも困惑したような気配が漂った。今日という今日までかろうじて形を留めていた歪みが、じょじょに大きくなり始めていた。

「分かりました、それでは最後にお訊きします。事件直後にあなたは被告人に会っていますね。そのときの印象をもう一度教えてください」

「さっきも言いましたけど、冷静でした。とてもうっかり包丁が刺さった後のようには見えなくて、だから、やっぱりあの子は最初から夫を刺すと決心して、美術学校に向かったんだと思います」

そう言い切った環菜の母に対して、若い検察官は遠慮がちにお礼を言って下がった。

検察側の証人尋問が終わると、今度は弁護側からの反対尋問だった。

てっきり迦葉がやるものと思っていたら、立ち上がったのは北野先生だった。

「弁護人の北野です。答えられることだけでけっこうですので、始めていきたいと思います」

おっとりとして穏やかな物腰に、混沌としかけていた場の空気が少し和らいだ。

「じゃあ、まず証人にうかがいたいのは事件当日のことなんですが、夕飯のメニューになにを用意されていましたか？」

その質問に、全員が不意を衝かれた。

「は？」

と環菜の母親も首を傾げて訊き返した。

「その日の夕飯です。もし覚えていたら、教えていただけますか？」

「あの日は……酢飯とお吸い物とだし巻き卵です。手巻き寿司にするつもりで」

「それは、ちなみに証人が考えたメニューですか？」

いいえ、と言いかけた環菜の母がなにか気付いたように口ごもってから
「環菜の、リクエストでした」

と答えた。

「環菜さんが、夕飯は手巻き寿司にしてほしいとリクエストしたのは、いつですか？」

「その日の朝の、面接に向かう前です」

「そうですか。それはうまくいくことを願って、お祝いの意味で手巻き寿司をリクエストしたんですか？」

いいえ、と彼女は首を横に振った。

「たぶん無理かもしれないから、夕飯くらいは豪華なのがいいって言ってました」

「じゃあ、環菜さんには不合格になるかもしれないという心の準備はあったわけですね？」

「それは、難しい試験ですから、絶対とは思ってなかったと思いますけど」

「証人から見て、被告人は就職活動にどう向き合っていましたか？」

「それは、がんばってました」

「ちなみに被告人はその日で、テレビ局の試験はおしまいだったんですか？」

いいえ、と環菜の母親はまた首を横に振った。

「キー局は最後でしたけど、まだ地方が残っていました」

「じゃあ、その日で完全に夢が絶たれるわけではなかったんですね？」

「だけど、本人はキー局が第一志望だったので。そういうところは、プライドの高いところもありましたし」

北野先生が考え込むように一瞬だけ低くうなった。全員が気を取られたとき、彼はごく自然なタイミングで
「あなたは被告人が自宅に帰ってきたときに、お父さんに包丁が刺さった、と言っていた、と先ほどお話しされていましたよね。それなのにどうして、被告人が那雄人さんを刺したと思ったんですか？」

と質問した。

「それは、包丁が勝手に刺さるなんて状況はありえないでしょう。環菜が自分の罪を隠そうとして、そんなふうに言ったとしか」

「先ほど証人は、被告人が嘘を言ったり、ありもしないことをあったように話したりすることがある、とお話しされてましたけど、具体的になにかそういう言動で思い出せることがありますか？」

「それは、色々ですけど、たとえばさっきのデッサン会の話だって、そんなおかしなことをする変な学生はいなかったのに、大げさに言って心配されたがったりとか。夫は躾には厳しいほうでしたし、一人っ子だったこともあって、寂しがり屋なところが昔から

ありましたから、そういう気を引くような言動はよくあったんです」

それについてなんですけどね、と北野先生は飄々《ひょうひょう》とした雰囲気を保ちつつも続けた。

「先ほど証人は、いつもデッサン会のときには家を空けていてモデルの男性がヌードだったことさえ知らなかった、とお話しされてましたよね。そんな大変な事実を把握していなかった証人が、デッサン会で被告人に対して性的ないやがらせをするような人物がいなかったと言い切れるのは、どうしてですか？」

北野先生の的確な尋問に、風向きが変わったように感じた。

「それはデッサン会が終わる頃には戻ってきて、私が手料理をふるまったり、お茶やお菓子を出していたからです！　ずっといなかったわけじゃありません」

「そうですか。分かりました」

家庭内に目の行き届かない時間帯があったという認識をまわりに十分与えたことを感じ取ったのか、北野先生はすっと引いた。

さらに彼が

「ちなみに環菜さんの腕の傷のことは、証人は知っていましたか？」

と尋ねると、環菜の母親はもう感情を隠そうともせずに

「それは目に入りますから。でも、本人は怪我しただけだと言ってました」

と答えた。

「じょじょに傷が増えていくことで、被告人の心になにか重大な問題が起きているということは、考えませんでしたか？」

「傷の数なんていちいち数えません。最初からかなり目立つ傷だったから、かえって、それが増えてるとか減ってるとかなんて、分からなかったんです」

「ということは、那雄人さんだけがそれを知っていて、それを理由に被告人にモデルを休ませることもあり、最終的にはモデルをやめさせたということですか？」

「モデルの件はよく知りません、夫の仕事ですから。私が口出しすることはありませんでした。夫だけが知っていたかと訊かれたら、知っていたのかもしれないけど、私は直接夫からそのことで相談されたり話を聞いた覚えはありません」

次第に、環菜の母親が口にする言葉の中に、知らない、分からない、という表現が増えていく。

「証人は、環菜さんと那雄人さんの関係は良好じゃなかったと答えていましたが、証人のいないところで、環菜さんと那雄人さんだけが話し合うような時間も日常の中にあったということでしょうか？」

「それは親子なんだから、当然ありましたけど。それがなんですか？」

「質問を変えますね。どうして那雄人さんは被告人がアナウンサー試験を受けることに反対してたんでしょうか。理由はご存じですか？」

「バラエティ番組とか、そういうものはくだらない、と夫は思っていましたから。もともとテレビも嫌いな人だったんです。だから夫が家にいるときはつけないようにしていましたし」

「それに対して被告人はなにか反論したり、口論になるようなことはありましたか？」

「面接前日のナーバスになっているときに、たまたま早く帰ってきた夫に、くだらない、と言われて、そのときはさすがに環菜も泣いて怒っていました」

「それでも翌朝には、母親である証人に手巻き寿司をリクエストして、面接に臨んだわけですよね。証人から見て、そんな被告人がいくら大事な試験に失敗したとはいえ、那雄人さんを刺したいと思うほどの感情を急に抱くことって、あると思いますか？」

　環菜の母親はまた
「親子だって他人ですから、本当の心の奥までは分かりません」

　と言い切ると
「そうじゃなければ説明がつかないでしょう。包丁を持って父親に会いに行って、実際、その包丁が胸に刺さって。そんなの殺意があったからに決まってるじゃないですか。環菜本人だって逮捕された直後からずっとそう言ってたのに、むしろなんで今さら殺してないなんて話になるのか分かりませんっ。弁護士の人たちが裁判に勝ちたくて、直前にばたばたとおかしな話を作ったんでしょうけど、そんな事実を歪めるような作り話をするなんて、私には悪質なやり方だとしか思えません。私は母親として、環菜にはもっと心から誠実に反省してもらうことを望みます」

北野先生はようやくそこで質問を止めると

「分かりました。ありがとうございました。弁護人からは以上になります」

気が付けば、ずいぶん時間が経っていた。

法廷を出るときには、想像以上に全身に疲労を覚えていた。

廊下に出ると、環菜の母親が憮然としたように検察官に付き添われて退出していくところが目に入った。

霞が関へと向かう朝の地下鉄の車内で、ぎゅうぎゅう詰めの乗客たちに押されていたら、スマートフォンがふるえた。

なんとか鞄の中から引っ張り出すと、迦葉からのメールだった。起きたときに私から

『今日が環菜さんは一番精神的に大変だと思うから、よろしくお願いします。』

と送ったことに対する返事だった。

そこには

『一応、魔法の言葉を伝えてあるんで、なんとかなるかと。心配ありがとう。』

とあった。

魔法の言葉、と首を傾げつつも、迦葉のことだからなにか考えがあるのだろう、と私はスマートフォンをしまった。

法廷の傍聴席に着くと、定刻を迎えたところで
「起立」

という声が響いた。頭を下げて、ふたたび座る。

「まず弁護人の被告人質問から始めます。被告人は証言台にお願いします」

環菜がすっと立ち上がる。今日も白いシャツを着ていた。

静かに移動していく横顔は想像していたよりも落ち着いているように映った。初日に比べると、傍目にはそれほど緊張しているようには見えなかった。

前を向く。もうじき終わるのだと実感しながら。

「それでは弁護側の質問を始めてください」

迦葉がすっと立ち上がり、環菜に向けて、言葉を発した。

「あなたは過去になにか罪を犯したことはありましたか？」

「ありません」

と環菜は言った。

「誰かに暴力をふるったことは？」

「それも、ありません」

「あなたから見て、ご両親の仲はどうでしたか?」

「仲がいいとはけっして感じませんでした。父の機嫌がいいときには恋人のようにふるまうときもありましたけど、母がちょっと自分の都合に合わせないで行動したり、家を空けたりすると、白痴だとか、夜に出かけるなんて売春婦と一緒だとか、耳を塞ぎたくなるような言葉で罵倒することもしょっちゅうでした」

環菜の母親の証言からは浮かび上がってこなかった夫婦関係に、聞いている側の心も凍り付くようだった。

「那雄人さんはお母さんに対して暴力をふるうことはありましたか?」

「あからさまな暴力はないですけど、真冬に下着みたいな格好でベランダに出されているところは一度見たことがあります。母がそんな目に遭っているのをみて、私も逆らえば同じようなことをされると思っていました。そもそも私が父に逆らったことは就活以外に一度もありませんでした」

落ち着いた環菜の供述を聞いていると、取り乱して激高した母親よりもはるかに冷静で、客観的に事実を述べているように映った。

「事件のあった日、あなたはどうして包丁を購入したんですか?」

「就活に失敗したから、自分で、自分のことを罰して、それを父に確認してもらわなくてはいけないと思いました」

「ほかの、もっと小さな刃物ではだめだったんですか？」

「いつも包丁を使ってましたから、当たり前のように包丁を選びました」

「それからあなたはどうしましたか？」

「父の働いていた美術学校に向かいました。途中、降りた駅のトイレで怖くなって、数回、腕を切りました。その後は、美術学校にまっすぐ向かい、受付で父のいる準備室を教えてもらって、父に会いました」

「そのとき、那雄人さんはどんな様子でしたか？」

「私が血だらけの腕を見せたので、動揺した様子でした」

「あなたに那雄人さんはなにか言いましたか？」

「ちょうど生徒さんが質問に来たので、どこか見られないところで血を洗いなさい、と言いました。だから私は、べつの階の女子トイレに行ってる、と伝えました」

「それから、あなたはどうしましたか？」

「一つ下の階の、誰もいない女子トイレにいました。そこでまた、こんなに父の迷惑になることをしてしまったと思って、怖くなって、腕を深めに切ったら、思ったよりも血が出たので、びっくりしました。そのとき父がドアを開けて入ってきました」

「そこでどんなやりとりがありましたか？」

「『もう子供のときに治ったと思ってた』と言われました。それから、『おまえがおかしくなったのは母親の責任だから、あいつに電話してどこか頭の病院に連れていってもらう』とも言ったので、私が、それはやめて、と強く頼んだけど、父が背を向けてスマートフォンを取り出したので、包丁を握りしめたまま止めようとしました」

「女子トイレで那雄人さんがスマートフォンを摑んだのは、どちらの手だったか覚えていますか？」

「むかって右だったから……左手、だったと思います」

「那雄人さんは左利きですか？」

「いいえ。両方使えると言っていました」

そうですか、と迦葉は相槌を打った。

「電話をするのを止めようとしたあなたは、どんなことをしましたか？」

「父の手を摑みました」

「そのとき那雄人さんに触れた手は、どちらだったか覚えていますか？」

「左手です。右手では包丁を握っていたので」

「そのときには刃先はどちらに向いていましたか？」

「下です」

「左手で、彼の左手の動きを制止したとき、あなたの左腕はどうなっていましたか？」

「斜め上に伸ばすような感じになっていました」

「那雄人さんはどんな反応をしましたか？」

「父は、ちょっと驚いたように、のけぞるような感じになって、私は逆に父に寄りかかるような格好になりました」

「それで、あなたはどうしました？」

「いったん離れました」

「それによって那雄人さんの体勢に変化はありましたか？」

はい、と環菜は力を込めて頷いた。

「後ろにかかった重心を戻そうとして、軽く前に上半身を持ってきて……そのときに、濡れていた床で足を滑らせました」

「あなたはどんなふうに反応しましたか？」

とっさに、と環菜は言った。

「倒れ込んできた父をなんとかしようとして、両手をあげてしまいました」

「そして倒れこんできたお父さんは、どうなりましたか？」

「包丁が、胸に、刺さりました」

「倒れこむ直前、あなたは包丁を手放すことは考えませんでしたか？」

「それは、とっさには考えられませんでした」

「それはどうしてでしょう？」

迦葉はやわらかく訊いた。

「包丁を手放したら、父が、母に電話してしまうと思ったから。とにかく手放したらいけないと思っていました」

「那雄人さんは包丁が刺さったときに、なにか言ったり、なにか行動を取ろうとした様子はありましたか？」

「いえ。ぐ、という声だけが聞こえて……そのまま床に膝をつきました。それから、ゆっくりと頭から横たわってしまいました」

「なにか声をかけたりしましたか？」

「いえ。びっくりして、怖くて、その場を離れました」

「どうしてその場を離れたのですか？」

「大変なことになってしまった、と思って。怖くて、とっさに母に助けを求めるために電話したけど、母が出なくて、何度もかけているうちに充電が切れてしまって。とにかく家に戻らなきゃ、と思って、そうしました」

「家に戻ったあなたを見て、お母さんはなんと言いましたか？」

「いったいなにがあったのかと言いました。だから、お父さんに包丁が刺さった、と言いました。そうしたら、勝手に包丁が刺さるわけない、と。お父さんはどうしたんだと訊かれました」

「そのとき、あなたは、どんな格好をしていましたか？」

「下が面接用の紺色のスカートで、上は白いTシャツ一枚です」

「あなたもだいぶ腕に傷を負っていましたよね？　それについてお母さんはなにか言いましたか？」

環菜はふっと間を空けてから

「なにも言いませんでした」

とどこか本人も不思議そうに答えた。

「それで口論になったので、あなたはどこへ行くつもりだったんですか？」

「家を飛び出して、あなたはどこへ行くつもりだったんですか？」

「どこへも行けるところはなかったので、多摩川の河川敷を歩いていました」

「たとえばその足で、自分から警察に行くということは考えませんでしたか？」

環菜は少し考えるように黙ってから

「もう、死んでしまいたいな、と思ったので。すみません。警察に行くことは思いつきませんでした」

「死んでしまいたいと思ったのはなぜですか？」

「母と口論になって、私を信じてくれる人はこの世にいないんだと思ったからです」

迦葉は神妙な面持ちになって、少し時間を置いてから

「具体的にどのようなことをお母さんと言い合ったか覚えていますか？」

と環菜に尋ねた。

「はい。どうしてそんなことになったのかと母が問いただしてきたので、面接で意識が飛んでしまったことや、気付いたら包丁を持って父のところへ行ってしまったことを説明していたら、母が叫んで、それで口論になりました」

「お母さんはなんと叫んだんですか？」

「それくらいなによって」

あの事件の日の記憶の蓋がゆっくりと開いていく。

「私だって昔は散々苦労したんだからって。そんなことより私はこれからどうやって生きていけばいいのよって逆に問い詰められて、それで私は」

環菜は次第に涙声になり、呼吸を乱しながらも続けた。

「それと私がおかしくなってしまったこととどう関係があるのって訊きました。だけど母が、そんなの知らないわよって突っぱねたので、家を飛び出しました。夕方の川べりを歩いてたら涙も出なくなって、私はきっと最初から一人だったんだって気付きました」

泣きながら話す環菜を、全員が見つめていた。

「亡くなってしまった父には申し訳ないことをしたと思います。だけど、じゃあ、どうすればよかったのか、私にも分からないんです。自分がおかしいことには気付いてたけど、病院にかかるようなお金もなかったし、母は自分でなんとかしなさいと言うので、そうするものだとずっと信じてきました。私は、どうすればよかったんでしょうか。自分を抑えて試験を乗り切ることができたらよかったのに、と今でも思います。だけどあのときは無理でした」

　これほど真っすぐに自分の思いを言葉にすることができるようになった彼女が、今自由の身ではないことが私は一臨床心理士として惜しかった。

「弁護人からは以上です」

と迦葉が締めくくった。法廷は水を打ったように静まり返っていた。

検察側の席で、誰かが立ち上がった。迦葉たちが危惧していた、痩せた検察官だった。

痩せた検察官は
「それでは検察側の質問を始めていきたいと思います」

とそっけない口調で言った。

「被告人は被害者である那雄人さんとはどういう関係でしたか？」

「戸籍上の父です。だけど血縁関係はありません」

「そのことについて、被告人はどう感じていましたか？」

「養育してくれたことに対する感謝の気持ちはありました」

慎重な言い回しに、検察官と距離を取ろうとする姿勢が感じられた。

「事件当日、テレビ局で二次面接を辞退したあなたは、どうして家に帰ることなく包丁を購入して美術学校に向かったんですか？」

環菜はゆっくりと答えた。

「失敗したことで受けたショックを、自分を傷つけることで和らげようとしたからです」

「それと美術学校に向かうことと、どういった関係があるんですか？」

「その事実とショックを、父に訴えるためです」

痩せた検察官はちらっと環菜の顔を見ると、また訊いた。

「自宅に戻って、母親の昭菜さんに訴えればよかったのでは？」

「それは考えられませんでした」

「それはなぜですか？」

「先に父に言うべきことだと思ったからです」

と彼女は答えた。

検察官はやや強い口調で尋ねた。

「女子トイレに那雄人さんがやって来たとき、あなたは包丁を手に持っていましたか？」

「はい」

「那雄人さんはどんな反応でしたか？」

「ぎょっとしたようでした。今まで傷跡は見ていても、実際に包丁を手にしているところを見せたことはなかったので」

「それはぎょっとするでしょうけど。それで那雄人さんはなんと言いましたか？」

その言い方には若干侮蔑的なものを感じた。迦葉も同じだったようで、不快そうな表情を作っていた。

「おまえがおかしくなったのは母親の責任だから、あいつに電話してどこか頭の病院に連れていってもらう、と言いました。神経が脆弱《ぜいじゃく》なのは遺伝だ、とも言われました」

環菜は一定のペースを崩さずに答えた。

「それに対してなんと答えましたか？」

「母親に電話するのはやめてほしい、と言いました」

「そうしたら那雄人さんはどうしたんですか？」

「無視してスマートフォンを出したので、それを止めようとして、揉み合いになりました」

痩せた検察官は不思議そうに言った。

「けれど実際にあなたは自ら腕を切りつけて血を流していたわけですよね。那雄人さんがお母さんに連絡しようとした、という行為は父親として一般的なものだと感じますが、あなたは那雄人さんがそういう反応をすることは予想してなかったんですか?」

「していませんでした。父は今まで、私の腕の傷のことを誰かに相談したり、公にしようとしたことはなかったからです」

彼女にとって答えづらい内容や複雑な心理状態までしっかりと説明できていることに、私は内心感銘を受けた。

「じゃあ、どうして那雄人さんは今回にかぎって、母親の昭菜さんに連絡しようとしたのだと思いますか?」

「自分の責任じゃなかったからだと思います」

瘦せた検察官はよく理解できないという様子で眉根を寄せた。

「責任じゃないっていうのは、あなたの腕の傷が那雄人さんの責任じゃないということですか?」

「そうです。父は最初からアナウンサーになることに反対だったから。なので、自分のせいじゃなく母のせいだから、電話しようとしたんだと思います」

「試験の結果については、那雄人さんはなにか言いましたか?」

環菜は一拍置いてから、はい、と頷いた。

「なんと言ったんですか?」

と痩せた検察官はたたみかけた。

「そんな傷のある体で人前やテレビに出ることは最初から無理だと思って反対してたんだ、と言いました。衣装も選べないだろう、と」

「それを言われて、あなたはどんな感情を抱きました？」

それが直接の原因ではないかと示唆するような問いにも、環菜は動じずに淡々と答えた。

「理由が分かって、かえって不思議と納得したというか、ああ、なるほどな、と思っただけでした。そのときには、自分が駄目な人間だという想いのほうが強かったので、父に対して腹を立てたりといったことはありませんでした」

ずっと環菜は現実が把握できずに混乱しているのだと思っていた。

だけどそれは口に出してはいけないことだっただけで――

「あなたと母親の昭菜さんはどんな関係でしたか？」

と痩せた検察官が訊いた。

「仲は、良かったと思います」

と環菜は少し慎重に答えた。

「それなら、あなたはお母さんに連絡すると言われて、どうしてそんなに取り乱したんですか。それこそきちんと打ち明けて家族で話し合うこともできたんじゃないですか？」

環菜が黙ってしまったので、迦葉と北野先生が心配そうに見守っていたとき
「母には昔、気持ち悪い、と言われたからです」

ふるえながらも大きく発せられた声に、弁護人も検察官も彼女を見た。

「私が小学校を卒業した後です。ハワイから戻ってきた母が、私の腕の傷を見て、そのときに」

環菜はふたたび強く息を吸い込むと、言った。

「なにその気持ち悪い傷、と言われたんです。一度テレビで自傷する若者たちの特集をやっていたときも、あんな怖くて気持ち悪いもの見たくない、と吐き捨てるように言っていました。だから私は、母にはそのことを知られたら絶対にいけないと思っていました。それが理由です」

そうですか、と痩せた検察官は若干戸惑ったように返した。

「じゃあ、あなたは絶対にお母さんには知られたくないっていう想いがあったわけですか」

「はい」

「じゃあ、それが原因で父親の那雄人さんを刺したんじゃないんですか？」

「違います。それに、それなら私があらかじめ包丁を購入して計画的に父を殺そうとし

た、という検察側の主張と辻褄が合わなくなります」

瘦せた検察官が一瞬言いよどんだ。

私は呆然として、この子はもしかしたら、と心の中で呟いた。

私たちが思っているほど、弱くはないのではないだろうか。

「だけど事件直後、あなたは自分が父親を殺した、と供述されてましたよね。今になって主張を変えたのはなぜですか？」

「母がそう、言ったからです。勝手に包丁が刺さるわけがないと。私はずっと母から嘘つきだと言われ続けてきたので、そのときも自分が本当のことを言っている自信がなくなりました。だけど私は自分から父を刺してはいません。むしろ、そんなことはできません」

「そう言い切れるのはなぜですか？」

「私は父が、怖かったからです。自分が怖がっている相手を刺すなんて、考えてもいませんでした」

「殺意がなかったのなら、救急車を呼ばずにその場から逃亡したのはなぜですか？」

「殺意がなかったからこそ、突然のことにどうしていいか分からなくて、それに父の仕事先だったので、私とのトラブルをまわりに知られていいのか分からずに、とっさに逃げるしかなくて」

「ちょっとよく分からないですけど、あなたは少なくとも那雄人さんに包丁が刺さったときに、通報しようとは思わなかったんですよね。そのまま彼が死んでしまうとは考えなかったんですか?」

「想像もしてなかったことが起きたから、本当にどうしていいか分かりませんでした。そもそも死ぬほどの傷かどうかも私には判断がつきませんでした」

「さっきあなたは、試験に失敗したショックを那雄人さんに訴えたかったと言いましたけど、それでわざわざ怖いと思っている相手に会いに行くのは、やっぱり殺意があったからじゃないんですか?」

環菜の言葉が途切れた。反論が見つからないのかと思い、はらはらしながら見ていたとき、彼女がゆっくりと独り言のように呟いた。

「たぶん、あのときと一緒だったからです」

法廷全体が静まった後、一拍遅れてから

「あのときとは?」

と瘦せた検察官が訊いた。

「デッサン会です。アナウンサー試験の二次の集団面接は、デッサン会にそっくりでした」

一瞬、私の目の前に収録前のスタジオの様子が蘇った。たくさんの男性スタッフの視線。自由に身動きできないがゆえの、強い緊張感。

そういうことだったのか、とようやく悟った。

「テレビ局の面接官たちは、みんな男の人でした。その視線を受けているうちに、突然怖くなって、気付いたら倒れていて。自分なんてなんの価値もないと思ったら悔しくて悲しくて、その勢いで包丁を買いました」

「なんのためにですか？」

「だから、自分を罰するためです。子供のときからずっとそうやって解消してきたんです」

「それなら自分一人で解消すればよかったのでは？」

環菜は追い詰められたように口をつぐんだ。がんばって、と心の中で祈った。あなたはもう、自分の言葉を獲得したのだから——。

「父に、許されなければいけないと思ったからです」

環菜はそう言い切ると、逆に問いかけるように、痩せた検察官へと顔を向けた。

彼は表情を変えないまま足を引いた。

「知らない男の人の裸がすぐそばにあるとか、小学生の私を酔った男の人たちが触ったり、抱き着いてきたりして、いつなにをされるか分からなくて怖いのに、それをそばで見ている親が助けてくれない。だから腕を切って、傷が塞がるまではデッサン会からも解放されて。つらいことから救ってくれたのは血を流すことだけでした。だから、あの日も、私は同じようにしただけです」

堪えかねたように息を吐く音が、すぐそばから聞こえてきた。そっと視線を向ける。

三列先の席に、香子がいた。証言台の環菜の背中を食い入るように見つめていた。

「それはご両親に対する憎しみとは違うんですか?」

と瘦せた検察官がたたみかけた。

迦葉が遮るように、異議ありっ、と声をあげた。

「検察官の質問は、被告人の答えを意図的に誘導しています」

裁判長は無表情のまま数秒だけ黙ると

「異議を認めます。瘦せた検察官は事実に沿った質問を行ってください」

と言った。瘦せた検察官は、はい、と答えると、なにごともなかったように

「これで検察側の質問は終わります」

と締めくくった。

論告の最後に、検察官は

「被告人を懲役十五年に処するのが相当と考えます」

と宣言した。

弁護側最終弁論で、立ち上がったのは北野先生だった。

「未成年に対して、裸を見せたり、個人の境界を侵すほど誘惑的な視線を向けたりすることは性虐待だと定義されています。被告人は人格形成において重要な幼少期に、数年にわたって性的な虐待を受けていたのです。それゆえ精神が不安定になった被告人は、自傷を行うことでなんとか自己を保ってきました。被告人にとって精神に負荷がかかったときに自傷行為に及ぶことは日常になっていたと言えるでしょう。そして事件当日も、そのために包丁を購入したのです。被告人が被害者に会いに行ったのも自罰の一環でありまして、けっして被害者を殺害するためではありません。被害者に包丁が刺さってしまったのも、被告人を見て動揺した被害者が床に足を滑らせたためであり、よって被告人は無罪が妥当であると考えます」

北野先生はそう丁寧に述べると、席に着いた。

裁判長はゆっくりと結論付けるように

「判決は来週の十四日十時を予定しています。それでは閉廷します」

と言った。

私と辻さんは廊下に出ると、顔を見合わせた。

「どうなるでしょうね」

と辻さんが問いかけた。どうなるか、想像もつかなかった。

それでも北野先生が法廷で、環菜のされていたことは性虐待であると言い切ってくれたことには大きな意味と救いを感じた。

ひとけのない廊下の自販機でお茶を買おうとしていたら、迦葉たちが大股でやって来た。

迦葉は小銭をポケットから出しながら、憤慨したように言った。

「あんな失礼な被告人質問はねえよ。あいつのほうがよほど人格に問題あるんじゃねえの」

北野先生が、まあまあ、と宥めた。

「それにしても環菜さん、堂々と話せてたからびっくりした。迦葉君と北野先生が指導したの？」

迦葉は、ああ、と呟くと、表情を戻して
「指導っていうか、指導はもともとされてたよ」

と言った。私が首を傾げていると、辻さんが声をあげた。

「そういえば聖山さんって、アナウンサー志望だったんですよね」

「そうなんですよ。環菜ちゃんはもともと人前で客観的事実や自分の意見を、相手に不快を与えない形で話す訓練をしてた。今まではそれが罪悪感で発揮できてなかったけど。だから言ったんだよ。あなたの見てきた事実と感じてきたことこそが必要なんだから、母親や父親への遠慮や負い目は捨てていい。責任は、俺や北野先生と環菜ちゃんの三人で一緒に持とうって」

「まあ、結論は裁判所が出すものですしね」

北野先生があっけらかんと言ったので、迦葉は軽く苦笑した。

「あとは判決を待つのみですね」

迦葉と北野先生はそう言い合いながら、戻っていった。

私と辻さんは温かい紅茶のペットボトルを購入した。普段ならちょっと甘すぎると感じるミルクティーの味も、疲れた脳にはちょうど良かった。

飲み終えてペットボトルを捨てようとしたとき、残っていた数滴が指にかかった。べたつきを覚えて
「辻さん、ちょっと私、お手洗いに行ってきますね」

と告げて、踵《きびす》を返した。

廊下の突き当りの女子トイレに入った瞬間、洗面台で手を洗っていた環菜の母親と目が合った。

とっさに敵意のこもった眼差しを向けられると思ったが、彼女は体をそらすと、私を避けるようにうつむいた。

この動きをどこかで見たことがあった。遠い過去ではなく、もっと日常的に。たとえばクリニックで相談者と向かい合ったとき。

息が詰まりそうになった。

彼女が逃げるようにしてトイレから出ようとしたのを遮ると、ぎょっとした表情を向けられた。

私はできるだけ丁寧に、聖山さん、と呼びかけた。

「ちょっと、お訊きしたいことが」

「いいかげんにしてください」

突っぱねるように言い返した彼女の左腕を、私は見下ろした。彼女は気まずそうに捲った袖を引っ張り下ろした。

環菜の母親の腕は、環菜よりもひどかった。

切り傷もあれば、半ばまだらに変色したやけどのような痣もあった。それらが手首から肘にかけて混在していた。事故や一度の怪我で負った傷には見えなかった。

私は茫然としたまま彼女を見つめた。

こちらを睨む瞳は濡れたように光を帯びて、美しい形を保っていた。けれどその奥にあるのは踏み込むのをためらうほどの闇だった。

「失礼します」

と彼女が怒ったように言って立ち去ろうとしたので、私はとっさに引き留めた。

「待ってください。それはご自身で……それとも誰かに」

そして思い出す。多くの性虐待を受けた娘と、そのことを見て見ぬふりをする母親の事例を。

「終わったことです。私は正常ですから」

性虐待を受けた娘の母親もまた、誰かに性的な虐待や暴力を受けていた可能性があることを。

そして大人になると今度は自ら過去と似たような境遇に入っていくことがあるのも。

私はゆっくりと目を閉じて、また開いた。

「なにかつらいことや、話したいことがあれば、信頼して相談できる機関に連絡を」

「私は正常だって言ってるでしょうっ。赤の他人に話すことなんてないわよ」

と彼女は強い口調で言い返した。

私は小さく首を横に振ると
「本当にそうでしょうか？」

と問いかけた。

彼女は背を向けると、足早にトイレから出ていった。

私は蛇口から水を流したまま洗面台の縁を握りしめていた。

もしかしたら誰よりも環菜が壊れていくことを恐れていたのは彼女だったのかもしれない。それを直視すれば、自分自身の暗い過去と対峙することになるから。だから目をそむけたとしたら。

　私は環菜が法廷で告白した言葉をそっと呟いた。

「気持ち、悪い」

　気持ち悪くなどない。それだけつらい想いをし続けて、耐え抜いてきた証なのだと教える人間が一人もいなかったのだ。あの母親のそばには。今も。


　判決公判の朝、法廷にはこれまでよりも人が多く詰めかけていた。

　傍聴席の最前列には報道関係者らしき人々の姿もあった。

　やがて裁判官たちが入廷してくると、最後の
「起立」

　が響き渡った。

　そして判決が下った。

「主文。被告人を、懲役八年に処する」

　有罪。

　裁判長は、包丁を購入し、美術学校に向かった環菜が那雄人さんをひとけのない場所に呼び出し、包丁が刺さった後も通報せずに、その場から逃走したことで
「確定的な殺意があったと推認できる」

としながらも

「被告人の幼少期の成育環境は、健全な心身の発達に適切な環境であったとはいえず、またそのことを被害者や複数の人間が把握していたにもかかわらず、一定期間、継続され続けたことは被告人の精神や被害者との関係性の悪化に少なからず影響を与えたものと考えられる」

と認め、まだ年齢も若いことから

「更生の余地があるものと判断した」

と締めくくった。

最前列の報道関係者が一斉に立ち上がって、出ていった。迦葉たちは納得できないという表情を浮かべていた。私は退廷していこうとする環菜を見た。

その横顔は不思議と安らかだった。

遠目から真意を確かめる間もなく、環菜は刑務官にふたたび縄を掛けられて法廷を去っていった。

すぐに裁判の内容をまとめなくてはいけなかったので、クリニックに数日間休みをもらい、自宅で執筆作業に入った。

平日のお昼に、自分で握ったおにぎりを頬張りながら、これまでのメモや報道記事や資料と格闘していたときに電話が鳴った。

　束の間、無視するか迷った。それでも出てしまったのは、環菜の母親のことが頭を過ったからだった。

「もしもし、由紀。急に押しかけたら迷惑だろうと思って、電話したのよ。元気？」

　さすがに我聞さんにまで念を押されたことが効いたらしい。私は、忙しくしてた、とだけ答えた。

「そうだろうと思ってね、手短に話すけど。あたしとお父さん、マレーシアに移住しようかと思ってるのよ」

　耳をうたがった私はとっさに、なんで、と久々に身内らしい声を出して訊き返した。

「もういい年だし、べつに環境悪い東京にいなくたって、向こうだったら温暖な気候でのんびり暮らせるじゃない。お父さん、海外出張多くて慣れてるし、言葉だって困らないでしょう。お父さんの同僚も移住したらしいのよ」

　海外出張、という単語に気持ちが尖る。どうして当たり前のように語れるのか、やっぱり私には今でも分からなかった。

「なんで、平気なの？」

　静かに問いただした。そうか、と心の中で納得しながら。

「平気って、移住が？」

「そうじゃない。だってお父さんは……昔、海外で女の子買ってたって言ったじゃない。私には理解できない。どうして離婚しなかったのかも、平気で海外移住とか言い出せるのかも」

分からないのは、私が訊かなかったからだ。

傷つくことが、理解し合えないことが、理解されないことが、怖かったから。

母はしばらく戸惑ったように沈黙していたが、だって、と口を切った。

「離婚とか、最近はみんな平気で言うけど、あたしの時代は考えもしなかったわよ。だって子供はやっぱり両親そろってるほうがいいじゃない。由紀にだって十分なことしてあげられなくなるし。それにお父さんだって、あたしが昔泣いて責めたら、もう二度としないって土下座して謝ったんだから。それからは大人しいものよ。あたしは自分の人生なんていいから、いつも家庭の幸せ第一に考えてきたのよ」

言い訳めいては、いなかった。ただ本当にそう信じて疑わなかったのだ。若かりし頃の、この女性は。時代か、教育か、個人的な資質か。もう現代では機能していない、たくさんの過ぎ去っていったものたち。

私は

「分かった」

とだけ答えた。それから

「移住する時期が決まったら教えて。一度、我聞さんたちも交えてお寿司でも食べに行ければと思うから」

と言ったら、母はとても嬉しそうに、美味しいやつね、と言った。

最後まで娘の愛情を信じて疑わない母に、電話を切った後、私は少しだけ泣いた。

法廷を去る環菜の穏やかな表情の意味を知ったのは、それから一週間後だった。

私は植物に囲まれた診察室で、届いたばかりの環菜からの手紙を開いた。

「　真壁由紀先生

ようやく裁判が終わって、気が抜けたのか、しばらくはなにも考えずに眠る日々でした。

今回の裁判を通して、たくさんお世話になりました。真壁先生、庵野先生、北野先生には本当に感謝しています。

法廷で、大勢の大人たちが、私の言葉をちゃんと受け止めてくれた。

そのことに私は救われました。

苦しみ悲しみも拒絶も自分の意思も、ずっと、口にしてはいけないものだったから。

どんな人間にも意思と権利があって、それは声に出していいものだということを、裁判を通じて私は初めて経験できたんです。

庵野先生と控訴も検討したけれど、やっぱり一審の判決をこのまま受け入れようと思います。

私が救急車を呼ばなかったのは事実なので、それによって父が亡くなってしまったことを受け止めて、判決で告げられた年数を塀の中で静かに過ごしていきたいと思っています。

自分の感情や心のこと、まだまだ分からないことがたくさんあります。

今はそういうものを、ほかの誰でもなく自分で書いてみたいと考えています。いつか最後まで書き通せたら、最初に真壁先生に読んでもらってもいいですか？

もうじき春ですね。この数か月、ずっと私の心に向き合ってもらえたこと、ずっと忘れません。本当にありがとうございました。

聖山　環菜」

私は手紙を閉じた。

これでよかったのだ、と思えたが、一つだけ気になることが残っていたので、また手紙でお礼と質問を綴り投函した。

私が訊きたかったのは、お母さんの腕の傷について知っていることはあるか、ということだった。

それに対する彼女の答えはこうだった。

「昔、事故で負った傷だと言っていました。母はその傷をすごく気にしていたので、私の腕に傷ができることをよけいに嫌悪したのかもしれないです」

その返信を読んだ私の頭に、環菜の傷に対して、鶏でしょう、と言い切ったときの母親の顔が浮かんだ。見ないことと見せないことをずっとくり返してきた彼女は、今もまだ真実を否定し続けているのだろうか。

環菜が母親の傷の真実に気付いたとき、彼女はきっとまたすごく傷つくだろうと思った。それでも、乗り越えることで得るものもあるだろうと。

今の環菜なら、そちらの可能性に希望を見出すことができる気がした。

その晩のうちに八割ほど書き上げた原稿を辻さんに送ると、すぐに返信が届いた。

素晴らしい内容でした、という感想の後に
『できれば直接お会いしてご相談したいことがあります。』

という一文が添えられていた。なんだろう、と首を傾げつつも、空いている日程をいくつか返事した。

数日後、休憩の合間にクリニック近くの喫茶店にやって来た辻さんは、注文したコーヒーが運ばれてくるなり、両膝に手を置いたまま頭を下げた。

「じつはご本の件ですが……上のほうから、想像していたよりも事件が小さく収束してしまって、今の形で出しても、当初想定していた部数が見込めないのではないかという話になりまして」

私はしばらく沈黙してから、分かりました、と答えた。なんとなくこうなる気がしていたのだ。

環菜の事件の判決はテレビでも週刊誌でもほとんど取り上げられなかった。最近起きた連続殺人と美人政治家のゴシップで車内の中吊り広告は埋めつくされていた。

「それで、僕からご相談があるんです」

と彼が顔を上げて言い出したので、私はまばたきして、はい、と訊いた。

「頂いた原稿を基に、性虐待を受けた女性たちのノンフィクション本に形を変えてご執筆いただくことは難しいでしょうか？　今回の聖山さんの事件のことをメインに、同じように苦しんでいる女性たちの声を、真壁先生に取材を通してすくい上げていただきたいと考えています」

私は辻さんの顔を見つめた。

「こんな形の性虐待があるんだと、僕は今回の事件を通して初めて知りました。この日本のどこかにまだたくさん埋もれていると思うんです。そこに光を当てることで、こんなことはおかしいと言っていいんだ、と世の中に訴えることができたらと考えています。取材相手との交渉も大変だと思いますし、時間はかかると思いますが、ご検討いただけたら嬉しいです」

いつか北野先生に、私は有名になりたいんです、と言ったことがあった。

お金のためでも名誉が欲しいわけでもなく、有名になることで、より多くの救える命の声が自分の下へ届くようになってほしいから。初めてクリニックを訪れた日の私のように。

「やりましょう」

と私は即答した。

今度こそ誰も死なせることなく、生きていけるように。

そして傷ついた者たちがいつか幸福になれるように。

新緑に囲まれた結婚式場に到着すると、私は花嫁に挨拶するために控室を探した。

控室のドアを叩くと、はあいっ、と明るい声がした。

「失礼します……わ、すごい。綺麗」

母親に付き添われて、白いベールをかぶった里紗ちゃんが振り向いた。綺麗な鎖骨が、真っ白なウェディングドレスに映えていた。

ご親族に挨拶を済ませると、里紗ちゃんが立ち上がって言った。

「由紀さん！　ありがとうございます。正直どうかと思ってたんですよ、純白のドレスなんて私のギャル顔とミスマッチじゃないかって」

「そんなことないって。本当に綺麗。あ、そういえば我聞さんは」

里紗ちゃんがぐっと顔を寄せてきて、それなんですけど、と小声で言った。

「え、もしかしてなにか手違いでもあった？　まさか遅刻とか」

「や、違います！　今は会場のほうに。ていうか私、集合場所にオールバックで眼鏡を外した由紀さんの旦那さんが来たときに、びっくりしたんですけど……すごい予想外にイケメンですよね⁉　なんで普段あんな眼鏡掛けてるんですか」

ああ、と納得した私は苦笑した。

「彼、わりにはっきりした顔してて背も高いから、写真始めた頃に撮られる側が緊張しているのを感じて、ああいうスタイルになったみたい。老若男女問わずリラックスしている表情が好きなんだって」

「そうだったんですかー。本当にびっくりしましたよ。うちの旦那に、なに動揺してんだって突っ込まれちゃいました」

私は笑いながら、昔デパートの屋上で迦葉と星を見たときのことを思い出した。

こいつには敵わないかもしれないってそのとき思ったんだよ、と我聞さんのことを語った後に
「しかも俺よりやや男前だしさー」

と付け加えたことを。意外とそんなことにこだわる迦葉を可愛いと思ったことも。

今となっては心穏やかに振り返ることができた。

花の咲き乱れるガーデンパーティが始まると、その様子を撮影していた我聞さんの近くに私は近付いていった。

「由紀も一枚」

とレンズを向けられて、私はほほえんだ。

飲食もせずに写真を撮っている彼にグラスを差し出すと、カメラを下ろして
「ありがとう。いい式だな」

としみじみ言った。たくさんの女友達や親族に囲まれた里紗ちゃんはたしかにとても幸福そうだった。環菜とも、もっと早くに出会っていれば、とふいに夢想する。きちんと段階を踏んで回復して、彼女が望んだ人生を送るまでの手助けができたかもしれない。

そこまで考えて、私は空を仰いだ。やるべきことはまだたくさんある、と実感した。

我聞さんがふいに呟いた。

「僕らの式を思い出すな」

私は頷いてから、そっと花の垣根を見渡した。もう今の季節は椿の花は咲いていなかった。

気が付くと、我聞さんがこちらをまっすぐに見ていた。

「どうしたの？」

と私は尋ねた。

「僕も、椿は咲いてないな、と思ったから」

黙ったままでいると、我聞さんが言った。

「迦葉にとって椿は特別な花だったんだ」

私は軽く眉をひそめた。

「迦葉がうちに引き取られてきたときに、一つだけ母親の物を持って来たんだ。女の人が髪につける椿油の空き瓶を」

我聞さんは、その色素の薄い瞳に静かな憐憫《れんびん》を滲ませて、続けた。

「僕の家に慣れるまで、迦葉は毎日寝転がったまま、その空き瓶をずっと眺めてた。花の名前をうちの母親に聞いてたのを覚えてるよ」

私はもうなにも言えなかった。

「迦葉が大学三年になってすぐの頃に、二人で飯を食いにいったことがあって。そのときに、あいつが言ったんだ。校内で妙に雰囲気のある女子がいたから声かけちゃったって。学内でナンパなんて初めてしたって。茶化してたけど嬉しそうだった。それからしばらく会う機会もなかったから、まさかそれが由紀のことだとは思わなかった。だけどダウンジャケットを渡しに行った日、食堂で顔を合わせたときに、気付いた。だから二人きりになったときに訊いたんだ。迦葉は由紀ちゃんのことが好きだったんじゃないかって」

答えは知りたくないと思った。

とっさにそう思ったことで、自分がなによりも知りたかったことはそれだったのだと悟った。

「迦葉はなんて言ったの？」

我聞さんは優しい目をして、やっと本当の呼び方に戻ったね、と言った。私ははっとして強くまばたきした。

「大事だったけど、恋愛ではなかった。それがどれだけ特別なことかを伝えようと思っても、きっともう由紀は受け入れないだろう。それを聞いて僕は、君らがどれほどお互いを理解し合っていたかを悟った」

瞼が熱くなって、目をつむると、どこかで幸福な笑い声が響いていた。

「それを聞いて、私と別れようとは思わなかったの？」

と私は訊いた。

「いや」

とだけ我聞さんは答えた。

「でも」

「僕がずっと言いたかったのは」

と彼が遮った。

「由紀はこれからはもっと気楽に僕にむかって、迦葉の愚痴を言ったり、誉めたりしていいんだ」

私は無言のまま下を向いた。いつだったか彼が私に言った。由紀は負うべきものじゃないものを負いすぎてる。

「由紀は僕と結婚してよかったと思う？」

と我聞さんが訊いたので、私は顔を上げた。

「もちろん。あなたと出会ってからの私はずっと幸せだった」

我聞さんも頷いて、言った。

「僕もだよ。迦葉は大事な弟で、由紀は大事な恋人だった。僕を慕ってくれる様子さえ、君らは似ていたんだ。由紀が触れてほしくないだろうと思って、今日までずっと黙ってきた。だけど、もしいつか君らが和解したら、言おうと思ってた。今日が来て、僕もようやく由紀を独占できるよ」

私はゆっくりと息を吐いた。長年抱え込んでいた秘密が、消えていく。

歓声がして、花に包まれたウェディングケーキが運ばれてきた。我聞さんがカメラをかまえ、私がウェディングケーキに近付きながら振り返ると、私たちはつかの間、どこでもない場所にいた。互いの視線の中に。

本作品の執筆にあたり、弁護士や臨床心理士の方々に取材をお受けいただきました。

その中でも、刑事裁判については今西順一弁護士に、また臨床心理学の知見については精神科医・医学博士・臨床心理士の星野概念氏に特に有益な助言をいただきました。

お世話になったみなさまに、改めて深く御礼を申し上げる次第です。

本文中の記述内容に誤りがあった場合、その責任はすべて著者に帰するものです。

解説

朝井リョウ

「なぜ娘は父親を殺さなければならなかったのか？」

発売時、単行本を手にしたとき、帯に書かれていた惹句が気になった。文章の意味するところ自体が気になったというよりは、島本理生という小説家の作品に、このようなミステリー感の強い惹句が掲げられていることを意外に感じたのだ。

著者の小説を初めて手に取ったのは高校生のときだった。『リトル・バイ・リトル』を読みながら、これ書いたときこの人も高校生だったんだなあ、と思ったことをとてもよく覚えている。そして、著者に対しては作品を読む前から〝弱冠十七歳でデビューした純文学の書き手〟というイメージが強くあり、その印象は読了後もますます強まっていった。選び抜かれた言葉たちが結束して、心にインパクトを与える一瞬が克明に描かれている——そんな感覚を抱いた。怒濤の展開で魅せるというよりは、全身に跡が残るような、自分の内側で起こる爆発を、その熱さが消えないうちに書き残す人だと思った。

その後、『ナラタージュ』がより多くの人に愛される作品となったことで、若き純文学の書き手というイメージに加え恋愛小説の名手とも呼ばれるようになったことは世間の知るところだろう。とある作家が『あられもない祈り』を読んだことをきっかけに自分は恋愛小説を書くことを諦めたと話す場面に出くわしたときは、納得感を抱いた。それほど恋愛に関する描写が衝撃的だったということである。その後、映画化された『Ｒｅｄ』で島清恋愛文学賞を受賞したことでも、著者を語るにあたり恋愛小説というジャンルは切っても切り離せなくなったと感じる。

私自身、著者の作品を追う中で個人的に特に記憶に残っているのが『夏の裁断』という恋愛小説だ。一組の男女の関係性を描写する文章のいたるところに、私は、未知の感情や瞬間を沢山見つけた。著者の小説を読んでいると、恋愛とは、人間ってこういうときこんな気持ちになるんだ、という驚きに満ちたからくり屋敷みたいなものだと感じる。そしてそれこそ、冒頭で述べた〝全身に跡が残るような、自分の内側で起こる爆発〟にあたるものだと思う。著者はそのような、映像的にその人を眺めたとて変化はないが、実はその内面が大きく波打っているという場面を鮮烈に描写してくれる。

ここまで説明すれば、今作の惹句を目にしたときの驚きが伝わるだろうか。殺人事件という、映像的に派手な爆発が作品の取っ掛かりとなっていることがとても意外だったのだ。だが、読み終えた今、『ファーストラヴ』は、著者のこれまでの数々の名作が積み重なった先にあるものだということがよくわかる。

あらすじはこうだ。

ある夏の日の夕方、多摩川沿いを血まみれで歩いていた女子大生・聖山環菜が逮捕された。就職試験を終えたその足で父親の勤務先である美術学校に立ち寄り、女子トイレにて刺殺したのだ。テレビ局のアナウンサーを目指していたという環菜の美しいルックスも相まって、この事件はマスコミでも大々的に取り上げられてしまう。

臨床心理士の真壁由紀は、事件を題材としたノンフィクション本の依頼を受け、環菜やその周辺人物たちと面会を重ねていく。その過程で明らかになる、「動機は自分でも分からないから見つけてほしい」と語る環菜が通過してきた数々の景色たち。彼女が〝初恋〟と語る時間、画家である父親のデッサン会と名付けられた空間、出自を巡る両親との対話、親友と過ごした学生時代……様々なシーンについて語られるたび、環菜が自分自身でも把握できていなかった心の形が、事件が発生するまでの感情の軌跡が再構築されていく。

主人公が、弁護士でも検察官でも警察官でもなく、ノンフィクション本を執筆する予定の臨床心理士という設定が利いている。それ以外の職業では分け入って進むことをやめてしまう場所の先まで、主人公は必然性をもって丁寧に手を伸ばしていく。

そして、事件の全容を追うだけでもじゅうぶん読み応えがあるのだが、環菜の過去が明かされていく道程に並走するように、主人公である由紀の人生も紐解かれていくところが頁を捲る手を加速させる。環菜の国選弁護人である迦葉との胸に秘めた出来事、それに連なる現在の夫との出会い、母親から聞いた父親の知られざる姿、自分を縛り続けていたある目線——動機がわからないと吐露する環菜に寄り添うことによって、由紀自身も、これまで自分の人生を突き動かしてきたものに向き合っていくのだ。

終盤、法廷で自身にとっての真実を語る環菜の言葉に触れた私たち読者は、事件の全容を知るだけでなく、私たちがこれまで見てきた景色にも思いを馳せることになるだろう。あのとき、あの人の内側では思いもよらぬ爆発が起こっていたのかもしれない。あのとき、本当は自分はものすごく傷ついていたのかもしれない。読後、由紀と環菜の今後を祈ると共に、自分が浴びてきたもの、人に浴びせてきたものについて振り返るはずだ。

小説を書くとき、私は、その主人公が世界に対してどういう肉体か、という意識を持つことが大切だという実感がある。たとえば大盛り無料の定食屋で店員から「大盛り無料ですよ」と言われたとする。普通体型の人とふくよかな体型の人とでは、受け取り方が大きく異なるだろう。前者は「ふうん、お得だな」くらいかもしれないが、後者は「自分が太っているから大盛りを勧められたんだ」と、傷つく可能性すらある。同じシチュエーションでも、性別や年齢や身長や体重など、受け手の肉体やその肉体に行き着いた歴史によって、生まれる感情は大きく変わる。

逆に、主人公に対して世界はどのようなものであるか、ということも意識する。たとえば、私と同じく身長が一七二センチの男性を主人公に据えるとして、物語の舞台を人類の平均身長が一九〇センチの世界としたとき、その主人公は夜道を独りで歩くことに恐怖を感じるだろう。現代の日本の夜道を歩くときよりも、何十倍も。

頭ではそうわかっているのに、いざ自分にとって予想外の事例に出会うと、人はどうしても「そんなことくらいで」「考えすぎなのでは？」と言ってしまいそうになる。

（ここから先は、小説の内容に触れるので、未読の方は注意していただきたい）

今作で描かれる環菜が置かれてきた様々な状況は、読者自身の肉体と世界との関係性によって受け取り方が絶妙に変わるものばかりだ（実際、証言をする者によって同じ場面が別の出来事に感じられるシーンが頻出する）。私自身、絵の世界から遠く離れている身として、「確かに画家の子どもだったらデッサンモデルとかやらされるのかもしれないなぁ」と感じたし、その特異なシチュエーションが明らかになったときですら、「少年時代、全裸の異性と寄り添うという状況に置かれたとして、それをどれくらいのこととして捉えただろうか」と考えた。父親が戸締りをさせないという描写一つとっても、読者の暮らす地域、年齢、性別などが違えば受け取り方が変わってくるだろう。環菜が精神的不安を抱える場面のセレクトが絶妙なので、読みながら、自分の立場がぐらつく感覚に襲われる。

想像するしかないのだと、改めて思わされる。想像することをサボれば、自分とは別の肉体が生きる景色を知ることはできない。目に見えない爆発の存在を知ることすらできないのだ。

読後、島本作品というのはやはり、自分ではわからない気持ち、自分だけでは辿り着くことのできない感情を教えてくれるものだと実感した。そしてそれは、自分とは異なる肉体が歩む道を想像するスイッチを授けてもらえることなのだと思った。環菜、由紀が自身の心を把握していくにしたがって、特に男性の読者の中には、「このシチュエーションでこれほどの精神的ストレスが生まれ得るものなのか」「その振る舞いをもってして、同意や好意の表明ではないと言うのか」と、狐につままれるような気持ちになる人もいるかもしれない。だが、簡単に理解できないものに出会ったときこそ、断絶を感じ距離を取るのではなく、想像するスイッチを授けられた幸運を噛み締めたい。環菜は自分に最も近しい隣人であり、時に自分自身でもあることを忘れずにいたい。

既報の通り、著者はこの作品で第一五九回直木賞を受賞した。それまで、著者は複数回、芥川賞の候補となっていた。純文学と大衆文学の境目をはっきり説明できる人に出会ったことなどないが、全ての小説をどちらかに分類しなければならないといわれたら、著者はデビュー以来ずっと、前者の書き手だと言われてきた。

今作を書くにあたり、著者が取り分け「大衆文学を書こう！」と意識していたわけではないだろう。ただ、烏許がましくも同業者の一人として、私は勝手に、今作は過去作に比べてより広いところに物語が開かれている印象を受けた。冒頭で「全身に跡が残るような、自分の内側で起こる爆発を、その熱さが消えないうちに書き残す人だと思った」と述べたが、その内省的な魅力や一語一語を選び抜く繊細な筆致を保ったまま、複数の主題（環菜の事件、由紀の過去）の同時進行による起承転結の妙という新たな魅力が上乗せされていると感じたのだ。今作においてはドラマ化と映画化の両方が同時に進行しているという珍しい現象も、エンターテインメントとしてのおもしろさがこれまでの著者の作品の中でも目立っていることの証明ではないだろうか。

最後に。261頁に、この作品を象徴するような一文がある。

【「今」は、今の中だけじゃなく、過去の中にもあるものだから】

そんなことで泣いてるの、こんなことで立ち直れなくなったの、あんなことで――現実でもよく耳にする言葉であり、主人公の環菜も散々浴びてきた物言いである。

感情を溢れさせる最後の一滴こそ、溢れた感情とともに周囲の目の前に現れる。だが、それまで胸の内に溜まり続けていた何百滴、何千滴は、すでに混ざり合い一つの湖となり、本人にすらその内訳はわからなくなっている。読んでいる間は環菜の湖にばかり注目しがちだが、終盤に言及されているように、環菜を追い詰めてきた母親にも当然その湖はあり、もっと言えば、刺殺された父親も自分でもわからないような湖を内包していたのだろう。不遜な物言いを反省する機会がないまま人を育てる立場になってしまった父親の不幸、家庭内にいる男を絶対君主として受け止めるしかない時代を生きた母親のこれまで。著者の緻密な描写は、書かれることのなかった部分にまで私たちの想像力を伸ばしていく。そしてその想像力が伸びゆく先には、現実を生きる誰かがいる。この小説が授けてくれた想像力は、きっと現実の世界に浸透していく。

そして、「今」は今の中だけじゃなく過去の中にもあるという文章は、島本理生という小説家の歴史にも当てはまるだろう。ジャンルを軽やかに飛び越えながら書いてきた過去があるからこそ、どちらの要素もバランスよく混在している今作のような小説が生まれたのだ。そして、この文庫が発売されている時点での著者の最新作『夜 は おし まい』には、純文学の系譜の文芸誌に掲載された作品ばかりが収録されている。なんと逞しい自由さだろうか。『ファーストラヴ』を書いていた時間を過去とした著者がこれからどんな小説を生み出すのか、一人の読者として楽しみに待ち続けたい。

（作家）

文春文庫

ファーストラヴ

定価はカバーに
表示してあります

2020年2月10日　第1刷
2021年1月20日　第8刷

著　者　島本《しまもと》理《り》生《お》
発行者　花田朋子
発行所　株式会社 文藝春秋

東京都千代田区紀尾井町3-23　〒102-8008
TEL 03・3265・1211(代)
文藝春秋ホームページ　http://www.bunshun.co.jp

落丁、乱丁本は、お手数ですが小社製作部宛お送り下さい。送料小社負担でお取替致します。

印刷・萩原印刷　製本・加藤製本

Printed in Japan
ISBN978-4-16-791435-6